神祕的密

革命之後

大漠倉鼠——著

*****

生而扭曲的王子
騎著扭曲的白馬
帶上扭曲的寶劍
來到扭曲的高塔

打敗扭曲的惡龍
贏得扭曲的榮耀
迎娶扭曲的公主
露出扭曲的微笑

*****

（節錄自　佩斯凡德筆記本字跡潦草的最後一頁）

Content

目次

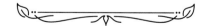

序章　異類相吸

生在一個傳奇家庭是一件辛苦的事情、特別是一家人都是傑出的魔法天才，當一家人聚在一起時魔力波動就像無垠大海一樣，佩斯凡德．胡迪尼．沃姆溫特如同汪洋裡的一葉扁舟、被孤立的感覺特別嚴重——好比黃金堆裡掏出一粒沙，無損家族的光輝但總是格格不入。

「神的孩子品味可真是獨特。」

「這麼說就是妳的不對了、班奈特侯爵夫人，沒有異於常人的地方怎麼叫『與眾不同』呢！」

「就是啊，有這麼優秀的父母、孩子總是不會差到哪裡去。」

「只是這孩子一點都沒有『神』該有的模樣，難道不是凱薩琳陛下……」

佩斯凡德在一場沙龍宴會上把這些話都聽在心裡，一群貴婦們當著他母親的面對他指指點點，好像認為他還小、不懂事，對他指手畫腳並不會對他造成多大的傷害，然而佩斯凡德非常清楚這些明褒暗貶——就算是身為革命英雄、開國元勳、擁有神性軀體的母親也免不了遭人妒忌；這些貴婦嬌生慣養、只剩下一張嘴還有攻擊能力，可笑的是這些攻擊也弱不禁風。

相較於父母古典莊嚴的傳統服飾和兩位姐姐新穎時尚的打扮，佩斯凡德一身純黑素面宛如喪服的衣裝顯得特別突兀、在宴會上很難不引起注意，賓客們對他的品頭論足肯定不會少，一些礙於情面會放在嘴裡、另一些不留情面的則會說出口，說出口的多半像那些貴婦一樣沒多少建設性，不過他知道這就是宴會、不是什麼正經八百的國政高峰會議，太多建設性的話語會讓宴會嚴肅又無趣。

默默離開是最好的選擇，既不失體面又不違反禮儀，比起充滿大人虛偽自私嘴臉和談吐的宴會，滿天星空下寧靜祥和的迷宮花園是佩斯凡德最好的去處。

「請問你是佩斯凡德嗎？」一個輕柔優雅的聲音在迷宮花園的入口叫住他，說話的人與他年紀相仿，鑲金邊鳳凰花紋襦裙和頭上的牡丹樣式髮簪證明她是一位身分不凡的東方女孩，稚嫩未熟的臉蛋和親切迷人的笑容足以讓石頭做成的心為之柔軟。

佩斯凡德仍維持一貫的冷漠，這是他受盡外界攻擊後養成的慣性：「我是、妳又是誰？」

女孩眨了眨水潤的睡鳳眼，右側嘴角的美人痣特別顯眼，笑盈盈地說：「我叫李璉、長安城的李璉，我的封地在平陽莊園、那裡有一座不會輸給你們家的城堡，不過我沒住那裡就是了。」

「哼嗯——」佩斯凡德單手抱胸、摸著下巴：「長安李家的三女兒還能偷跑出宴會會場，看樣子書上說東方人對女性的禮儀教養要求嚴格也並非如此。」

李璉不經意間皺了下秀眉，底氣十足地回答：「人家可是立志要成為像凱薩琳女王那樣的大英雄呢，禮教什麼的人家才不管那麼多。」

佩斯凡德感到有些意外、對眼前這位個頭還不如他的女孩產生興趣，自家兩個姐姐在母親這棵頂天立地的大樹下長大都沒有這等威風，李璉的叛逆之心與他倒是有幾分相似。

「話說回來、妳找我有什麼事嗎？」佩斯凡德雙臂抱胸、右手四指習慣性地翻轉著一枚金幣。

「宴會裡的那些臭男生連凝聚魔力都不會、一點都不好玩。」李璉熟練地凝聚一小團鮮紅的魔力在手掌心，五指齊張、魔力點燃，一團蘋果大小的烈火懸浮在手掌上；就一個未經過魔導學院訓練的孩子來說確實是令人讚賞的表現，李璉早已在以自體為施法媒介的古典魔法領域初露鋒芒。

「『與眾不同』的佩斯凡德、你來陪人家玩玩如何？」李璉目光如炬、勝過手中的火團，她的眼神竟然與母親凱薩琳有些相似、讓佩斯凡德微微一笑——異類找到同類何嘗不是一件令人開心的事情。

「那我們來玩捉迷藏吧。」佩斯凡德抬起右手、手執金幣說：「閉上眼睛、聽到金幣敲在石板磚上的聲音後來找我。」

說完就用拇指將金幣彈射至空中、整座庭園的水晶燈同時熄滅，黑暗浪潮洶湧地撲向李璉，只剩她手中的火團和皓月繁星得以照明，她立刻將火團照向佩斯凡德的位置但那裡已經空無一人。

「哼嗯——這下子有趣了。」李璉在按照約定、在金幣落地時大喊：「躲好了嗎？」

整座庭園只有寂靜回應她，李璉帶著十足的信心走進迷宮花園，她不知道的是佩斯凡德就在她身後目送她——整個遊戲還沒開始就已經結束了。

佩斯凡德還有自己的事情要辦，來到迷宮花園只是他計畫的環節之一，雖然中途出現李璉這個意外、不過這並不妨礙計畫，更何況佩斯凡德並不討厭這個意外。

就在李璉翻遍整座迷宮花園、只差一把火把它燒掉時，佩斯凡德若無其事地站在入口處等著她，看著她氣沖沖的表情、失笑：「看你累成這副德性，當初回個頭不就什麼事都解決了嗎？」

李璉喘著氣、跺著腳、嘟著嘴罵：「你作弊！我不管！你就是作弊！」

佩斯凡德輕蔑一笑、指著李璉的鼻子說：「那是妳眼光太遠啦，把握不住當下。」

李璉雙手插在腰上、氣罵：「那又怎樣、你作弊就是不對！你輸了！」

李璉的倔強和好勝心讓佩斯凡德感到無奈又好笑，只好聳聳肩、說：「好吧、小公主，只要妳願意消氣，我就帶妳去吃宴會上沒有的甜點、如何？」

「不要叫我小公主！」李璉雖然嘴上罵著、腳下足跡還是跟著佩斯凡德而去，她對甜點一點抵抗力都沒有，剛想大步邁出就踩到地上石板磚的凸起處、整個人向前傾跌；本以為佩斯凡德會轉身奔向她來個英雄救美，沒想到佩斯凡德竟然是用一條套索將她上半身套住、將她甩向自己，粗魯地用左手臂將她在半空中攔下來。

「不當公主就沒有白馬王子囉。」佩斯凡德嘲笑著驚魂未定的李璉，後者則氣得臉紅脖子粗卻又沒地方出氣。

「哼！」

「喂、不吃點心啦？」

「不吃！」

再次目送李璉後、佩斯凡德決定回房好好睡一覺，完成計畫已經耗費掉他太多精力，他可沒有多餘的心思去跟李璉攪和。

另一方面、李璉回到父母身邊之後才逐漸恢復理智，仔細一想後才發現佩斯凡德說的並非沒有道理——不想當公主就得自己照顧自己、想逞強就得自立自強。

回到宴會上依舊得進行著例行公事——遇到人要問好、把每一張臉孔和正確的名字配對上、當個有禮貌的乖孩子、當父母和別人家的孩子比較時乖乖站好……李璉厭倦了這種毫無建設性和創造性的行為，這些例行公事進行地越多、李璉就越懷念剛才自己一個人在迷宮花園裡探索的經過，儘管被佩斯凡德擺了一道但是探索帶來的新鮮感和趣味是前所未有且無可取代。

「再過個幾年、我大概會被安排嫁給一個對家族有利的男人，生幾個孩子鞏固地位、勤儉持家、孝順公公婆婆、必要時出來當個稱職的花瓶，然後過完這無聊的一生。」

李璉不用思考也能猜到自己未來的命運，哪怕她天資出眾、努力過人，她始終會走向東方女性共同的結局、這是東方民族千百年來根深蒂固的傳統，然而她拒絕這個命中註定，就算代價是失去一切、她也要試著去改變。

在回家的路上李璉已經大致擬定好自己未來的方向，機會渺茫但是值得一試、同時也是她唯一的機會——魔導學院、一個任何事情都有可能發生的地方，有太多的傳統和階級在那裡被打破，有破壞才有創新而創新就是她改變命運的契機。

當晚宴會結束後有個貴婦意外身亡，死因是煞車失靈導致馬車失速翻覆、車毀人亡，車夫和隨車僕從都沒有倖免、是一場死無對證的意外，聽說該名貴婦是宴會上批評佩斯凡德最大聲的人、不過這僅僅只是聽說而已。

第一章　抉擇信念

1-1

「入學魔導學院」對聯合帝國的每位國民都是一個重要的生命歷程，不論種族、階級和性別，每位國民都有進入魔導學院學習魔法的義務，為自己的祖國盡一份心力，就像魔導學院大門口噴水池中央的方尖碑上的標語所言：「團結一心，光榮永續」。

聯合帝國由五大勢力共同創立，佩斯凡德所屬的「沃姆溫特家族」領導北方凍原地區，餘下則是李璉的家族治理帝國東部平原地區的「唐國」、帝國南方雨林地區的統治者「艾西尼部落聯盟」、西方火山地區由七大惡魔家族組成的「自治區最高議會」以及核心首都地帶的「紅盾家族」。

過去五大勢力以「紅盾家族」為首、共同推翻貪婪腐敗的黑玫瑰王朝，革命戰爭過後百廢待興，此時不論是外國或是國內投機分子都在伺機而動、企圖鯨吞這個新興國家，因此帝國表面看似和平繁榮、實則暗潮洶湧。

佩斯凡德終於等到他的入學通知、為此他已經準備許久；貴族家庭都會提前啟蒙子女透過內臟位移作工來汲取魔力的能力，優渥的環境能提供孩子更多的時間去練習魔法，然而佩斯凡德無法汲取魔力的先天缺陷是眾所皆知，所幸他有個開明的母親和曾經擔任過「精靈驃騎兵」領導人的父親——維多里奧，在他們的特別指導教育下、佩斯凡德才得以免於成為大眾定義的「廢物」。

「鑷子、燒杯、紅磷石、火蜥蜴的集火囊……」

佩斯凡德把所有要帶的行李在床上攤開來逐一清點、縱使這些東西和入學通知上列舉的「個人物品」完全不同。

「也許我該把獵刀帶上、聽說公發的東西用起來都不是很稱手。」

就在佩斯凡德自言自語期間他的母親——凱薩琳女王推開房門、左手托著豐盛的早餐，語重心長地耳提面命：「佩羅（佩斯凡德的暱稱）、你該先吃完早餐再來煩惱這些事情。」

「母親！」佩斯凡德立刻停止手邊的動作、上前接過凱薩琳手中的托盤：「叫僕人們送來就好了，妳不是還要主持朝會嗎？」

凱薩琳身為暖冬城城主、聯合帝國北方領域的主人，每天眼睛一睜開就必須面對無數的國家事務，多年來的壓力似乎把她的背壓出不明顯的弧度，亦或者是作為母親的錯覺——那個還需要自己庇蔭滋養的兒子如今已經高出她一顆頭、即將要面臨他這個年紀的孩子們共同的「成人禮」。

「我已經宣布朝會延後，因為我還有更重要的事情要先解決。」凱薩琳闔上房門、從外衣口袋裡取出一捲官方急件。

佩斯凡德一看就知道母親的來意，她手中的文件現在理應寄到首都戶政局的入學事務處、既然被她攔截下來說明紙包不住火。

「我已經做好決定了、母親。」佩斯凡德神情嚴肅地向凱薩琳坦承：「而且是深思熟慮過後。」

「我知道、你向來比同年齡的孩子有遠見。」凱薩琳坐在佩斯凡德的床上，拿著自己配戴多年的獵刀端詳、看著刀身上的倒映說：「我只是希望你能看得再遠一點。」

「母親、我不懂妳的意思。」

「佩羅、我希望你將來能繼承暖冬城城主的位置。」

佩斯凡德隱約猜到凱薩琳的用意、只是不知母親這麼做是出於大局還是私心，儘管自己是難產出生卻也是母親唯一一個經過懷孕分娩的孩子，比起大姐葉卡琳娜和二姐卡列妮娜、自己得到母親的關愛最多。

身為凱薩琳的兒子、佩斯凡德相當清楚她的固執，他必須避開無路可退的風險：「我明白妳的用心良苦，不過我需要證明自己、證明我有實力繼承妳的事業。」

「證明的方法有很多種、在我看來你選的並不是最好的那一種。」凱薩琳的眼神變得尖銳、像極了以前還是革命軍領袖的時候那種堅定的眼神。

「『戰爭是塑造英雄最快的捷徑』——這可是妳說的。」佩斯凡德知道自己是母親心中最柔軟的地方所以他沒有打算退讓：「再說若是我沒有在軍隊中確立地位，像我這種被時代背棄的人根本沒有立足之地。」

精靈族藝術級別的工藝讓刀身如明鏡、放血槽卻薄如蟬翼，凱薩琳轉動獵刀刀身的角度、與佩斯凡德的目光僅隔著一片蟬翼。

凱薩琳輕嘆一口氣、閉上眼睛說：「也罷、現在的大環境是我們這一代造的孽；既然你有膽識、我也只能放手讓你去。」

關於革命軍的往事歷歷在目，當年還在使用冷兵器和古典魔法的時代、魔法的相關知識一直掌握在腐敗的貴族手中並被作為高壓統治的工具，像凱薩琳這種出生於農家的人若是沒有奇遇就根本不可能有機會學習魔法、更不用提反抗被統治者壓榨的命運，因此她深刻體會到階級帶來資源分配不平等、進而導致命運僵化的惡果，在革命成功後就一直倡導魔法知識的教育普及、期望能藉此達到每個人都能透過自己的努力來改變命運。

凱薩琳是開創嶄新輝煌時代的英雄人物，諷刺的是她生下一個與時代背道而馳的兒子。

「答應我一件事、好嗎？」凱薩琳將文件遞給佩斯凡德時突然停住，眼裡盡是作為一個母親的關懷：「照顧好你自己，不要忘記我和你父親給你的訓練。」

佩斯凡德自信一笑：「當然、母親，妳知道我向來都行。」

凱薩琳外表欣慰地笑著、內心卻充滿惆悵——含辛茹苦拉拔長大的兒子終於要獨當一面，這本來應該是一件值得她高興且驕傲的事情、然而一想到自己無法陪著佩斯凡德一起面對接下來的未來，她就不由自主地感覺到空虛、一種源於母性的空虛。

佩斯凡德收下文件、順帶滿床的行李一起收進背包裡，看著母親對著獵刀發呆、猜想她是否正在回憶某段私藏的過往，於是話鋒一轉：「趁著還有一點時間、我去跟父親道別吧。」

「去吧、還有別忘了你二姐。」

直到佩斯凡德離去且腳步聲已遠，凱薩琳才眉頭深鎖、盯著獵刀喃喃自語：「好的、壞的都一起遺傳了，造孽啊——」

就算急著證明自己的實力，佩斯凡德大可以回國選擇前線作戰的野戰單位如邊防軍或精靈驃騎兵、風險相對較低，像「魔法爆破中隊」這種深入敵後的特戰單位只要有任何閃失就注定是客死異鄉、屍骨無存的結局；佩斯凡德瞞著她偷偷寄出去的文件正是「魔導學院軍科志願」的申請表，這種初生之犢的魯莽自信與她年輕時沒兩樣，差別在於她年輕時孑然一身、了無牽掛，佩斯凡德則有家人的牽絆和家族的使命在身、必須比她更加謹慎。

凱薩琳將獵刀收入自己新製的皮鞘裡，在刀柄上用咬破手指流出來的血寫下護身咒文後收進佩斯凡德的背包內、誠心默念：「『賭徒』啊、但願你的好運沒被我用完，繼續保佑我的孩子吧。」

1-2

「『船離開港口時總是會開始思念故鄉，就算終其一生有一半的時間都在海上。』」佩斯凡德在主屋鐘樓上遠眺夕陽，眼皮底下就是再熟悉不過的家，家僕們來來去去、為今晚的「送行晚宴」作準備；他俯瞰家裡的一磚一瓦、一草一木，無一不是有感情的事物，這不是他第一次出遠門但是每一次都會感到不捨。

「妳這個蠢貨！」

一聲惡毒的咒罵、一聲清脆的鞭打聲、一聲淒厲的慘叫和一陣瓷器摔碎的聲音劃破寧靜的氛圍，佩斯凡德探頭往下看、發現是衣著凌亂暴露的二姐卡列妮娜正在往宴會廳的廊道打罵一名新進的狐人女僕，剛才那一鞭已經在狐人女僕的肩頭打出一道帶著燒燙傷的血痕，隊伍領頭的王家總管——艾雯．芙蘿拉立刻回頭護著新人並向卡列妮娜賠不是：「十分抱歉、卡列妮娜大人，屬下會再好好教育她，請大人再給她一次機會吧。」

高傲自負的精靈絕不可能屈身侍奉他人、艾雯卻是一個例外，她因為戰亂而失去家園和親人、靠著維多里奧接濟度日，跟隨維多里奧走過許多風風雨雨的她不知是出於報恩還是其他情感因素、在佩斯凡德還未出生之前就已經擔任沃姆溫特家的總管家多年，因此她雖然身為管家卻地位不凡。

「給我滾開！妳這個臭精靈！不要以為妳上過我爸的床就想當我媽，妳再不滾開、我連妳一起打！」卡列妮娜不愧身負惡魔血統，一句惡語直接捅在艾雯心頭的傷疤，後者身軀一震、如鯁在喉。

眼看二姐撒潑過了頭、佩斯凡德決定給她一點教訓，當即縱身躍下瞭望塔樓，落到半空中時甩出纏在腰上的牛皮繩綁住石欄杆、一路踏著牆壁跑到宴會廳屋頂上方，隨後抖繩解開繩結、順著屋頂的走勢一路滑至屋簷，最後一個空翻、安全落地。

卡列妮娜帶火的荊棘鞭就要打在艾雯身上，佩斯凡德甩手出繩、套住她的脖子，隔著一條皮繩的距離都能聞到她身上濃烈的酒氣，她敢說出讓自己父親難堪的話也就見怪不怪。

佩斯凡德對卡列妮娜挑釁：「太陽還沒下山就醉成這副德行啊、我的好姐姐。」

卡列妮娜被皮繩掐得惱火，說話的聲音變成深淵迴響、代表她體內的惡魔力量爆發：「連你這個小雜種也要來管我！」

一旁護著新人的艾雯已經不是第一次見識卡列妮娜「魔化」、她仍然會被每一次「魔化」爆發出來熾熱魔力所震懾；卡列妮娜有著惡魔中魔力最強大的「阿斯莫德」一族的血脈，平時維多里奧和凱薩琳不在時只有身負天使血脈的葉卡琳娜能鎮住她，偏偏大公主葉卡琳娜已經遠嫁他鄉，這位二公主才能無時無刻無理取鬧、作威作福。

過去卡列妮娜胡鬧時佩斯凡德都在冷眼旁觀，艾雯擔心這位實力向來不被看好的三王子會不會受到池魚之殃。

眼見卡列妮娜祖母綠色瞳孔和眼白顏色對調、頭頂和側腦分別長出牛角和羊角、全身燃起青綠色的鬼火，空氣中瀰漫著濃厚刺鼻的硫磺味讓艾雯意識到她已經怒火中燒、連忙扭頭對身後的一干僕人大喊：「愣在那裡幹什麼、快去找兩位大人！」

一些回神的僕人已經開始行動，沒想到剛走出兩步就被一堵環形火牆包圍、寸步難進。

「芙蘿拉總管！」

艾雯聽到狐人女僕虛弱的呼喚，回頭一看發現佩斯凡德已經被卡列妮娜掐著喉嚨、提在半空中，令她驚訝的是佩斯凡德臉上不僅沒有痛苦的表情、反而像是計畫得逞的滿足，只見他右手不知何時握著一支羽箭並迅速折斷箭桿，帶著箭頭的那一截箭桿立刻噴出灼目的白光，箭頭像是被高溫熔爐燒煉過一樣紅裡透白，不過幾秒鐘的時間、艾雯立刻就感覺到空氣變稀薄，卡列妮娜身上的鬼火跟火牆瞬間消散，她被迫解除「魔化」的同時露出呼吸困難的痛苦模樣。

「這是怎麼一回事？」艾雯這輩子都還沒有見過眼前的景象——一個凡人不使用魔法就能制服惡魔，尤其卡列妮娜一副快要窒息的表情、彷彿被掐緊脖子的人是她一樣。

佩斯凡德的雙腳緩慢著地，手中的斷箭不再噴發白光，抱著剛昏迷的卡列妮娜、看著周遭紛紛下跪的僕人們感到有些好笑，他已經猜到艾雯接下來要說些什麼。

艾雯興奮難掩：「佩斯凡德大人、您終於覺醒『聖化』了！」

佩斯凡德聳聳肩：「妳有在我身上感應到任何魔力波動嗎？」

眾僕人面面相覷、有著同樣的疑惑——如果佩斯凡德體內的天使血統沒有覺醒、那麼他是如何創造出天使「聖化」時所發出的聖焰光芒？

艾雯無法理解佩斯凡德究竟如何辦到、只是慶幸一場災難終於暫時結束了。

「好啦、該幹活的幹活，晚宴還是照辦、別耽誤了。」佩斯凡德將卡列妮娜安置在地上、整理好她凌亂的衣物後為她蓋上自己的外衣，隨後從腰包裡取出一塊藥膏扔給艾雯、指著狐人女僕的傷口說：「燐火燒傷、敷上這塊藥膏會比較快好。」

「多謝大人。」

「剩下的就交給妳了、艾雯，我姐姐就讓她在這裡吹點風、清醒一下，反正她不會感冒。」

「是。」

佩斯凡德正盤算著去廚房跟主廚要些私房菜，來到轉角時聽到父親維多里奧的聲音說：「對自己的姐姐下手會不會太重了點？」

佩斯凡德環顧四周、很快就發現宴會廳建築陰影裡的一雙翠綠眼眸，自豪地笑著說：「撲滅一把火最快的方法就是引爆一把更猛烈的火，把周圍空氣都燒光、火就會自己熄滅了。」

維多里奧從陰影中走出來，從佩斯凡德的腰包裡拿出折斷的箭矢，仔細端詳後說：「你改良了燃燒箭、手藝不錯。」

「這叫『窒息箭』、父親。」佩斯凡德說：「本來是用來讓人窒息的，剛才稍微測試一下、確實也能窒息磷火。」

維多里奧說：「很有創意、你總是能帶給我驚喜。」

佩斯凡德說：「只是追根究柢而已，跟魔法的原理一樣、表現的形式不同罷了。」

維多里奧滿意地點點頭，將斷箭還給佩斯凡德後說：「宴會開始前來空中花園一趟、我給你看個好東西。」

1-3

空中花園涼風徐徐，放眼望去正好是冉冉東升的滿月，遙望輝映的是緩緩西沉的落日，北方領域的百姓們將這種景象稱之為「逐日者露娜」，傳說中少女露娜為了探視被太陽神徵招去打仗的未婚夫而不斷追逐著太陽，太陽神不忍心將未婚夫戰死沙場的實情告訴她、因此將她變成月亮讓她永遠都只能追逐太陽。

佩斯凡德知道這是深埋在暖冬城地底下「屏障網絡系統」中「人造氣候裝置」造成的現象，作用在於緩解北方領域終年不見陽光引發的心理病症，它也是暖冬城能在一片荒蕪的凍原上能有四季變化的關鍵，這種攸關北方領域興衰存亡的裝置得用神話好好包裝、越少人知道真相越好。

維多里奧拿著一節神木樹幹製成酒瓶的白蘭地走向佩斯凡德，這瓶白蘭地是連凱薩琳都不知道的「私藏」、維多里奧很早就規劃好用它來慶祝兒子長大成人。

「這瓶酒的年紀比你母親還要大，當年一位老朋友送給我、為了慶祝我正式成為驃騎兵。」維多里奧小心翼翼地拔開枯骨木瓶塞、聞著上頭積攢多年的醇酒精華。

這瓶白蘭地跟著父親顛沛流離大半輩子還能完好如初、讓佩斯凡德感到有些驚訝：「那至少是五十年前的事情。」

「是啊、五十年有了。」白蘭地在口腔裡翻騰、如同維多里奧的思緒：「試試看、孩子，這是我老家的味道。」

佩斯凡德將酒杯放在鼻下聞過、辛辣味在鼻腔內亂竄，一口入喉、後勁十足：「鼻子辣、舌頭苦、喉頭甜——通透。」

「像極了人生。」拜精靈基因強大的新陳代謝和細胞再生所伺、維多里奧站在兒子身旁就像雙生兄弟，而以純種人類的標準來看他的年齡足以當他的曾祖父。

「對了、一直以來我都有個疑問，希望你別太見外。」佩斯凡德又將空杯斟滿。

「問吧、沒有什麼好見外。」維多里奧點上一根雪茄，深吸後吐出一口煙在手上把玩，時而球狀、時而螺旋，透過控制風魔力將其變形成各種模樣。

佩斯凡德乾杯壯膽：「你跟艾雯真的……」

「睡過。」維多里奧爽快地接話：「沒什麼好意外、你母親也知道，在那種嚴寒天氣做激烈的運動很容易失溫。」

「純睡覺？」

「純睡覺。」

維多里奧回答時看向夕陽、眼神飄忽不定，若心理學書籍說的沒錯、他現在有百分之五十的機率在說謊。

維多里奧話鋒一轉：「你母親已經告訴我——你打算報名參加『魔法爆破中隊』的事情。」

佩斯凡德看著空杯：「你不同意嗎？」

維多里奧倒滿第三杯酒、說：「我支持你、孩子，我和你母親一樣都以你為榮，你在和平的時代沒有像你大姐一樣選擇安逸也沒有像你二姐一樣選擇墮落，你選擇最艱苦的一條路來磨練自己，我相信你未來會大有成就。」

佩斯凡德微微一笑：「謝謝。」

父子倆在夕陽的最後一絲餘暉下舉杯同敬、敬世代交替。

1-4

宴會是貴族的家常便飯、連凱薩琳這個草頭貴族也不例外。

「『地獄咫尺樂團』？凱特（凱薩琳的暱稱）、親愛的，我不記得有這塊留聲水晶。」

「他們是自治區近年來新興的樂團，里歐（維多里奧的暱稱）、專門演奏大氣磅礴的流行音樂，名氣就跟他們的樂風一樣響亮。」
「我們為什麼不放些巴洛克音樂呢？這些音樂聽起來有點太……激進了。」
「噢——里歐，這裡都是年輕人、該有些年輕的空氣。」
凱薩琳和維多里奧從入主暖冬城開始就撤銷昂貴的私人樂團，無論大小宴會都是以讀聲機和一位選樂師負責音樂，這只是他們勤儉治國的縮影、因為他們知道一方面要大方、另一方面就得節省，否則就會像步入黑玫瑰王朝快速崩毀的後塵——財政入不敷出。
沃姆溫特家的大方體現在私家宴會上，無論身分、階級都能參與，從凱薩琳到打雜的僕人都得自取所需，沒有人有義務要服務他人。
「當初選擇加入革命是對的。」維多里奧翹腳坐在絨毛沙發上喝著特製的蛋奶酒、應付著來來去去的招呼，身旁躺著同樣翹著腳、正在享用鱈魚排的凱薩琳。
「只可惜我們的理想終究還是只能關在這個小地方。」凱薩琳彷彿又變回那個大口喝酒、大口吃肉的野姑娘，畢竟身上穿的是居家服、身邊也沒有那些愛說三道四的貴婦們，她絲毫不顧形象地邊吃邊說：「秩序永遠要在檯面上。」
維多里奧將半杯蛋奶酒交給凱薩琳：「都過了這麼多年、我們才明白這個道理。」
凱薩琳將半塊鱈魚排交給維多里奧：「畢竟這就是自由的代價。」
兩人談話間艾雯突然來報：「凱薩琳大人、維多里奧大人，屬下慚愧……」
凱薩琳漫不經心地回答：「沒什麼好慚愧的，就直說吧。」
艾雯說：「屬下沒有找到卡列妮娜大人和佩斯凡德大人。」
凱薩琳一下子來了精神、從絨毛沙發上撐起來：「卡列妮娜就算了，佩斯凡德可是這場宴會的主角啊。」

艾雯對著維多里奧結結巴巴：「這……這……」

凱薩琳一眼就看出端倪，知道維多里奧有事情瞞著她，於是把臉貼上去問：「你是不是有事情沒告訴我？」

維多里奧將下午姐弟倆動手的事情和盤托出，凱薩琳聽得興致勃勃、像個期待床邊故事的小女孩一樣，完全忘記自己是個應該出面調停的母親。

等維多李奧說完、凱薩琳立刻就問：「不過佩斯凡德這孩子怎麼會套索呢？你有教過他嗎？」

維多里奧看著天花板思考：「這妳把我問倒了，這孩子平時就很低調，很少有像今天一樣大動拳腳的時候。」

一旁的艾雯欲語還休，她在他人面前精明幹練、唯獨在維多里奧面前老是拿不定主意。

凱薩琳對她有些不耐煩：「妳有話就說啊。」

艾雯連忙回答：「屬下曾經看到佩斯凡德大人和驃騎兵的人一起喝酒。」

維多里奧摸著下巴、對凱薩琳說：「這就不奇怪了、這就不奇怪了。」

凱薩琳又問：「『窒息箭』呢？如果我沒記錯的話、燃燒箭已經禁止在民用市場流通了，那道行政命令是我三年前頒布的。」

維多里奧深鎖眉頭苦思、苦笑著說：「看樣子我們的兒子自己鑽研出走私的管道了。」

凱薩琳吃掉維多里奧盤中最後一塊鱈魚排、跟著苦笑：「真不愧是我兒子，好的、壞的都一起遺傳了。」

遙想當年革命初期的艱苦時期，所有物資的取得幾乎都是靠偷拐搶騙，有時候連得到一塊小小的麵包都得冒上失去性命的風險；起義之時革命團伙各個懸賞金高的嚇人，在大環境風向改變之前都是人人喊殺的過街老鼠，只有受到黑玫瑰王朝壓榨的百姓願意盡棉薄之力支持他們，直到革命軍取得幾場關鍵戰役的勝利，領導人之一的梅耶·紅盾高超的交際手腕成功促使投機份子們見風轉舵、革命軍的走私營運才能成功建立起來，武器、補給和魔法知識得以源源不斷輸入革命軍，負責這項工作的人正是擅長在陰影下行動的維多里奧。

凱薩琳小時候就常在鄰居的果園裡偷摘水果、對投機取巧的手段略知一二，在維多里奧豐富經驗的幫助下、她管轄的北方領地幾乎成為走私貿易商的禁地，佩斯凡德能在這種環境裡買到違禁品正說明他具備不俗的小聰明和規劃運營能力。

凱薩琳問：「艾雯、妳有看到我兒子跟圖書館館長或商會會長一起鬼混嗎？」

艾雯回答：「這個屬下倒是沒有看過。」

凱薩琳揮手下令：「那就繼續去找吧，沒有主角的宴會像什麼話。」

維多里奧攔住正要離開的艾雯：「讓我去吧、我大概知道孩子們在哪裡。」

1-5

就在維多里奧動身的同時、佩斯凡德正托著一盤豐盛的餐點進入卡列妮娜的房間，和葉卡琳娜整潔、明亮、一絲不苟的房間不同，卡列妮娜的臥室充滿大大小小的怪物布偶和骷髏吊飾、儘管多卻不凌亂，她房間內幾乎沒有任何光源，只有吊燈上幾盞幽幽的鬼火燈在飄搖。

「滾！」卡列妮娜見上鎖的房門被佩斯凡德輕易打開、毫無留情地丟抱枕逐客。

「怎麼？作惡夢啦？」佩斯凡德盯著卡列妮娜昏暗中墨綠色雙眸失笑：「誰叫妳宴會還沒開始就醉得不省人事，我給妳送晚餐來啦。」

卡列妮娜不領情、口氣冷淡地回絕：「我不餓、滾。」

佩斯凡德彷彿沒聽見、隨便找了一張椅子坐著，邊吃邊說：「要我說啊、妳的潛力不錯，就是脾氣太倔強、老是喜歡賭氣，賭著、賭著就把原來的自己都賭沒了。」

「我叫你滾！」卡列妮娜再次爆發出深淵迴響。

只見佩斯凡德不動聲色，邊嚼著犛牛肉邊說：「妳試試看嘛、試著讓我滾。」

卡列妮娜很清楚自己不省人事前發生的事情並不是惡夢，哼了一聲後把自己封閉在棉被裡、拒絕和佩斯凡德溝通。

每件事都有原理，卡列妮娜暴躁的性格、倔強的個性和封閉的自我都源自於從小被定型的人格——這一點佩斯凡德很清楚，他小時候也有過類似的遭遇、因此他一直試圖幫助卡列妮娜，只是她早已用強大到常人難以靠近的力量武裝自己，佩斯凡德必須先有扒掉這層防禦的能力才能進入她的內心。

據多方不完全可靠的片面消息、凱薩琳當初與卡列妮娜的生父——華格納．阿斯莫德．貝爾芬格開花結果的方式並非透過生殖交媾，而是透過融合兩人基因後在華格納的第三顆心臟裡孕育雛形，等到胚胎成熟、第三顆心臟的所有血管萎縮且外膜鈣化後才會取出體外，只有被視為惡魔正統後裔才能得到如此養育方式、同時也證明凱薩琳是華格納的真愛元配。

卡列妮娜的出生本身就帶有傳奇色彩，其一是她的母親凱薩琳是少數沒被性慾強烈的阿斯莫德血脈玷污童貞卻能育有子嗣的女性，其二是她雖然是人魔混血卻比純種惡魔擁有更加豐厚魔力的體質，儘管如此世人仍將她看作天生不潔之人、稱她是因凱薩琳受邪靈感染而誕生的罪孽——「凱薩琳之惡」。

和姐姐葉卡琳娜完全相反的出生造就她注定要在極度不友善的環境下長大，若非還有繼父維多里奧和母親凱薩琳的指導和包容、卡列妮娜將會如世人所願地長成一個怪物。

佩斯凡德不確定自己有沒有長成一個怪物、不過他很清楚自己並不像卡列妮娜那樣盲目跟隨別人的目光。

「妳還記得安潔拉．沙利葉．班奈特嗎？很喜歡私底下罵我小雜種的那位。」

佩斯凡德的話突然拐了一個大彎引起卡列妮娜的注意、不懂他的葫蘆裡究竟賣著什麼藥。

佩斯凡德沒有繼續說話，突如其來的沉默讓卡列妮娜心癢難耐，掀開棉被一角、只看到佩斯凡德緩慢地啜著葡萄酒，她終於忍不住開口：「一個死了十年的老女人有什麼好說的？」

佩斯凡德挑了挑眉、用紅酒杯指著她回答：「她那天喝了不少酒而且還堅持親自駕車，死得一點都不意外。」

卡列妮娜冷聲說：「講重點。」

佩斯凡德接著吃起來，邊吃扁豆和巧克力蛋糕邊說：「她向來都喜歡把自己具有天使的血統掛在嘴邊，她卻一直都沒有展現身為天使應有的美德，總是口無遮攔、到處用嘴巴得罪人，最糟的是她只會把自己的高貴建立在貶低他人的身分上；妳有聽過她批評葉卡琳娜過嗎、她連說都不敢說。」

從卡列妮娜的表情看來、佩斯凡德非常確信她已經被說動——《惡魔心理學》中提到：「不論他們姓什麼、惡魔都是對天使過敏的生物，想跟他們搞好關係、批評天使就對了。」

「老姐、我想說的是——妳到底有沒有想過妳自己是誰？」佩斯凡德用餐巾邊擦嘴巴邊說：「我可沒有因為別人從小到大都叫我雜種而變成一個雜種。」

卡列妮娜再度把自己縮回被子裡，表面上看來她仍然在封閉自己、實際上佩斯凡德的啟示已經變成一顆種子深埋在她心中。

「嗝——」佩斯凡德突然打了一個震天響的飽嗝、把卡列妮娜嚇得從床上跌下來。

「你在搞什麼鬼啊！」卡列妮娜對著佩斯凡德破口大罵。

佩斯凡德掂量著吃乾抹淨的晚餐托盤說：「妳自己說不餓的。」

卡列妮娜對這個比自己還要惡魔的弟弟感到無奈、肚子又適時地叫了起來，她只能認命地坐上梳妝台準備打扮；微弱的燈火在鏡中映出自己，卡列妮娜從任何角度看自己都像個惡魔，直到佩斯凡德拉開房門、門外通明的燈火照入，她才看清楚自己真正的容貌。

「如果我不是惡魔，我會是什麼呢？」卡列妮娜拿起眼影刷又放下，凝視鏡中自我許久、深吸一口氣：「算了、還是別化妝了吧。」

佩斯凡德走出卡列妮娜的房間後立刻就遇到維多里奧，後者問：「你和妳姐姐在忙些什麼？宴會都開始了。」

佩斯凡德回答：「沒什麼、父親大人，只是一些扮家家酒的遊戲。」

維多里奧皺眉：「你姐姐從來不玩扮家家酒，你也從來不玩。」

佩斯凡德無奈聳肩：「好吧、我們只是在討論一些生命哲學裡有關生命的無常性議題而已，比如說：『安潔拉阿姨的死』。」

維多里奧對兒子的鬼靈精怪無可奈何、於是說：「我和你母親在那個意外發生之後認真討論過要不要在宴會上用軟性飲料取代酒。」

佩斯凡德咕噥：「她都死了就別再禍害人間了。」

「什麼？」

「沒什麼，我和卡列妮娜一致認為她死於意外。」

維多里奧看著兒子一本正經的表情感到好笑、同時心裡感到一陣擔憂，根據他一百多年來看人的經驗、能一本正經說著別人死法的人不外乎常和死亡打交道，在死人堆裡跌打滾爬的賞金獵人、成天解剖屍體的驗屍官、業務嫻熟的死靈師還有普遍缺乏慈悲心的惡魔……這些人最大的特徵就是喜歡拿生命來開玩笑、不論是別人的還是自己的。

維多里奧看著兒子的背影、轉個念頭安慰自己：「至少他的志向是從軍。」

「爸？」卡列妮娜呼喚著出神的維多里奧。

「是妳啊、凱蒂（卡列妮娜的暱稱），我記得妳從來不會錯過任何一場宴會，什麼事情花了妳這麼多時間？」維多里奧邊說邊打量著女兒的宴會裝扮，對於平時花枝招展、暴露豔媚的她穿著一件睡袍且脂粉不沾感到有些驚訝。

「人家在化妝嘛。」卡列妮娜笑吟吟地前往宴會場。

「這麼快就被她弟弟給帶壞了。」維多里奧無奈地笑著自言自語：「睜眼說瞎話也不知道那孩子是跟誰學的。」

第二章　歲月靜好

2-1

唐國長安城郊外港口，一匹馬、兩個人，風和日麗、微風徐徐，平凡的天氣、不平凡的日子。

「璉妹、這趟路要委屈妳了。」拉著韁繩的女人一身獵戶勁裝，風姿綽約、玲瓏有緻，菸嗓沉穩、英姿颯爽，她對身後的少女說：「要不是今年河運查得嚴，從城內搭乘小舟順風順水、省得你跟著姐姐車馬勞頓。」

「不要緊的、張姐，妳最疼我了，要不是有妳幫忙、我這趟心願恐怕難了。」女獵戶張姐身後的璉妹不是別人、正是長成清秀佳人的李璉，她身上穿著同款獵戶裝而不是華服美裘，她左顧右盼、四處張望，對周遭熱鬧的榮景充滿好奇：「這裡跟內城市集賣的東西不大一樣呢、特別有意思。」

「可不是嘛，要不是時間緊迫、真想停下來好好逛一逛。」張姐比李璉大上幾歲，兩人在一場軍事會議上偶遇，透過李璉那位能征善戰的三弟李世民介紹認識，本來階級不相當的兩人理應不會有太多交集，沒想到一席話下來相談甚歡、兩人便開始深交。

張姐年少時在一名黑玫瑰王朝重臣家中擔任女僕，因為無依無靠而受盡折磨，聰明伶俐的她從磨難中學會人情冷暖和機靈狡詐，八面玲瓏加上相貌出眾、不想得到青睞也難，張姐很快就晉升為通房女僕、負責主人的貼身事務，藉由主人的位高權重和昏庸好色，張姐由僕轉妾、進逼正室。

張姐本想在混亂的時局中及時行樂、好日子過一天是一天，沒想到會在一場舞會上遇見命中注定的男人，她從男人的莊重威儀的外表和遠見深沉的談吐認定他就是真命天子，一見鍾情的兩人當夜旋即相約私奔、至此開始傳奇——這種浪漫的瘋狂行為正符合李璉充滿夢想的胃口。

「她跟佩斯凡德很像呢。」李璉第一次見面給張姐如此評價。

港口的搬運工繁忙來去、攤販兜售吆喝從未止息，來自海、空兩路的商機撐起這座港口的繁榮，長安城中新鮮的貨色也大多來自此處；碼頭停泊的船隻噸位淺到私人的運輸小艇、深到商會集團的樓船，空中浮港停靠的運輸機小到單顆動力水晶傳動的蜂鳥運貨機、大到十二顆半徑四十二吋精工水晶傳動的「興登堡號」巨型運輸飛艇，形形色色的載具看得李連眼花撩亂。

「看、璉妹，『興登堡號』旁的就是『齊柏林伯爵號』，魔導學院派來接送新生的運輸飛艇，在革命戰爭中她的表現可亮眼了。」張姐指著齊柏林伯爵號戰術運輸飛艇說：「我們就快成功了。」

「是啊。」李璉臉上笑容淺淡、內心雀躍無比；當她接到佩斯凡德要加入魔法爆破中隊的消息後立刻決定跟著加入，她深知只有加入軍隊才能最大限度遠離家族的控制，魔法爆破中隊這種駐地遠在西部自治區、且時常出境外任務的單位正好符合李璉現下最迫切的需求。

就在張姐打算快馬加鞭時前方傳來一陣騷動、迅速聚集的人牆令她不得不勒馬停步。

「見鬼了！」張姐雙腿一蹬、站上馬背，視線越過人牆才看清騷動的根源，原來是三個凶神惡煞的不良少女正在教訓一個偷錢囊的小男孩。

小男孩看上去不過七、八歲，懷裡死死地揣著錢囊，任憑腳踹和巴掌招呼在身上也不肯放，轉眼間就鼻青臉腫、狼狽至極，彷彿把錢囊看得比自己的命還重要。

張姐滿腔熱血湧上胸口，她最看不慣恃強凌弱、說：「璉妹、等我。」

李璉輕聲提醒：「張姐、時間緊迫。」

張姐一聽就從馬鞍皮袋裡抽出一柄雪白拂塵、決定速戰速決，她怒氣沖沖地衝向人牆、在接近時將凝聚腳底的風魔力瞬間施放出來，整個人一躍而起、躍過三個人厚度的人牆，以迅雷不及掩耳的速度攔住三個不良少女針對小男孩的攻勢。

不良少女們見到張姐的身手皆大感震驚，只不過仗著人數優勢仍不願停手，沒想到還沒來得及眨眼就被同時放倒、栽了一個大跟頭。

「臭婆子！」其中一個不良少女不服軟、大罵一聲後掏出藏在腰帶裡的短刀準備反擊，沒想到她連刀都還沒拔出來、只聽見清脆的鏗鏘一聲，手裡的短刀連鞘帶刀斷成兩截。

再看張姐杏眼圓睜、面露凶光，手中弱不經風的拂塵在注滿魔力之後變成一根堅硬如鐵的尖錐，她只是抬手一掃就颳起一陣勁風，等到風停沙落的時候尖錐錐頭染上一抹鮮豔的血紅。

「紅……紅拂！妳是紅拂女！」臉頰上腥味十足的熱血讓不良少女顫抖結巴，意識到實力懸殊後嚇得帶著兩個同伴落荒而逃，臨走時不忘留下狠話給小男孩：「小鬼、以後別給你姑奶奶遇到，不然有你好受！」

「紅拂穿身過，滴血不沾手。」

人聲鼎沸、群眾熱議，熟悉的打油詩迅速將張姐形象重新建立起來——一個李璉從來都只有「聽說過」的形象。

恐懼驅散人群，蔓延到小男孩身上時將他的雙腳死死釘在地上，一方面是雙腿無力發軟、另一方面則是軟化的拂塵像靈蛇般緊緊纏住他的腳踝。

「沒做虧心事，你怕什麼？」張姐收起拂塵、散去眼中的殺意，像個鄰家大姐一樣雙手抱膝、蹲在小男孩面前，指著他懷裡的錢囊問：「你的還是偷來的？」

「偷……偷來的。」

「為什麼要偷錢呢？」

「家裡沒錢……沒錢給娘買藥治病。」

張姐看著小男孩楚楚可憐的眼神無奈地嘆氣，從懷中取出半截人參交給小男孩說：「你把錢拿去還給人家，拿著這個去長安城市集找『孫氏製藥』的孫思邈老先生、說天策府的張出塵有求於他，他老人家會醫好你娘的病。」

「謝謝、謝謝姐姐，姐姐大恩大德、小球無以回報！」

目送小男孩離去、張姐心中充滿滿足感，她很清楚遭人欺凌、求助無門的絕望感，在她還是個沒有尊嚴的下等女僕時就深深體會這種感覺，這種感覺支撐著她最後的慈悲心腸。

「真了不起、張姐，沒想到妳這麼厲害！」一旁觀戰的李璉還意猶未盡，要不是時間緊迫、她也想體驗行俠仗義的感覺。

「小事一樁、不值一提。」張姐上馬、回過頭對李璉說：「璉妹、姐姐希望妳以後也能當個正直的人，無論環境如何惡劣都要行事問心無愧。」

李璉回答：「嗯、我會的。」

張姐接著語重心長地交代：「姐姐和妳靖哥哥都會在妳背後支持妳，所以遇事千萬不要膽怯，要記得妳永遠都不是孤身一人。」

「妹妹一定記得。」

李璉雙手環抱張姐的腰、輕輕貼在張姐的背上感受著溫暖，這種家人般的溫暖如同久旱逢甘霖、滋養著她乾枯已久的心靈，諷刺的是造成乾枯的原因正是她高坐在王位上的父親和忙著勾心鬥角的兄弟，母親重男輕女、整天在三個兒子之間周旋，真正待她如家人反而是毫無血緣關係的張姐和張姐的丈夫李靖。

「等等！」

李璉報到的時間還在倒數、張姐卻停下馬蹄，兩人心有靈犀、想法一致，她們同時感應到兩個刻意隱避、熟悉且強大的魔力波動。

李璉擔憂地問：「張姐、難道被發現了？」

張姐搖搖頭、回答：「不、有妳靖哥哥在就不是大問題。」

讓李璉憂心忡忡的並不是李靖，相對的是另一個魔力來源——自家三弟李世民；李世民是王室新生代中魔法天分最高的人，他啟蒙的時間比李璉更早、學習的速度比李璉更快，早在十八歲時就提前入學，一年後以魔導學院創校以來最優秀的成績畢業，隨後便歸國帶兵四處征討魔物，僅用兩年的時間就榮獲代表唐國軍事最高榮譽的「天策勳章」，他麾下的「天策部隊」則成為唐國不可或缺的精銳戰力。

李世民之所以讓李璉擔心，不只是因為實力高深、更多的是他立場變化莫測，更準確的來說他只站在自己那一邊，前一刻可能還支持她、下一個瞬間就能反悔；如雄獅般威猛、如狐狸般狡詐，李世民集眾多君主資質於一身，父王李淵和太子李建成都對此感到不安，帝王之家血淡於水、若李世民強硬干涉李璉從軍的計畫、她是一點辦法都沒有。

就算有張姐的保證、李璉仍舊忐忑，心中的大石始終懸著，直到抵達空中浮港的纜車入口、沒有見到李世民和李靖的身影才稍稍放下。

李璉看著纜車入口排隊的人群、安慰自己：「百姓沒有下跪、世民應該不在附近。」

張姐看出李璉的心思便為她解憂：「放心好了、璉妹，天策府上下都支持妳；不瞞妳說、妳的健康檢查證明就是世民要我去『竄改』的。」

李璉跟著下馬、不解地問：「我的健康檢查證明？」

張姐意味深長地笑著回答：「原來是有先天殘疾的『免役體位』，我將它改回加入特戰單位需要的『甲等體位』、也就是妳最初健康檢查的結果。」

如果沒有張姐的修改、李璉就會被烙上「先天殘疾」的記號——就算她的身體非常健康，更讓她惱火的是不用想也知道是自家父王欽命的「好事」，如此一來她就可以順理成章地成為政治婚姻的犧牲品；沒有兄弟那樣舉國歡慶的入學儀式也無所謂，她寧可在戰場上被炸到屍骨無存也不願意老死在某個陌生男人的後花園裡。

「世民到底在哪裡呢？」李璉在通往空中浮港的纜車上依舊不停地思索；她和張姐的道別沒有太多不捨或狗血，因為她們都不喜歡矯揉造作，反倒是身旁一個年紀與她相彷的青年仍然對著纜車入口送別的人群不停揮手，雖然不曉得在纜車入口送他的人是誰，無論如何都讓李璉羨慕至極。

2-2

暖冬城的陽光溫和穩定、不時會有細小雪花，儘管氣候單調但是有助於穩定農業經濟的發展，更何況北方領地範圍內的冰面遼闊，太強烈的陽光會對百姓的視力和心理造成巨大的傷害。

穩定的氣候、穩定的生活、穩定的發展，一切的穩定讓凱薩琳感到意興闌珊，每天朝會和公文的內容都相差無幾，國安和治安有維多里奧負責照看、基本上沒有太大的問題。

現在穩定度日的步調和過去提心吊膽的革命生活天差地遠，除了年底的開拓節和魔導學院的期末鑑測能激起波瀾、單調乏味的生活幾乎要磨平凱薩琳的鋒芒，她甚至懷念起當年枕著應急背包睡在骯髒難聞的下水道、背包下還壓著一把匕首的日子。

所幸凱薩琳不只是一國之主還是三個孩子的母親，她還有兒女可以操勞煩心；大女兒葉卡琳娜為愛下嫁、形同自願放棄第一順位繼承權，母女天各一方、凱薩琳想為她做些什麼也是心有餘而力不足；二女兒卡列妮娜和她的生父華格納的性格截然不同，華格納有著與生俱來的風流成性和強烈的自主意識，相較之下卡列妮娜看似放蕩、實則保守，表面任性蠻橫卻總是人云亦云，她還沒學會當一個真正的領袖、因此凱薩琳並不看好她，無論能力或擔當、卡列妮娜都不是成為國家領導人的料。

「里歐、你有沒有覺得凱蒂哪裡不一樣了？」凱薩琳翻著充滿回憶的日記本，趁著睡前的空閒時間再拿出來翻一翻、提醒自己不要忘記革命的初衷。

「我覺得她變了但是我看不出來。」維多里奧正加熱右手、捋乾濕漉的長髮；長髮和尖耳是精靈族生理成熟的象徵，像維多里奧夢幻的柳葉型尖耳和乘載著沉重歲月的月色長髮、正好切合人類和精靈少女的審美觀，加上定格在臉上的沉穩和俊俏，無論是凱薩琳、艾雯或其他種族的少女都曾對他一見傾心。

「是唇膏、里歐，你可以在秋天的落葉堆裡找出枯葉蟲卻看不出女兒的唇膏從番茄紅換成蘋果紅了？」凱薩琳抬起頭來盯著維多里奧，嘴上責備、眼神卻聚焦在他浴巾下挺翹結實的臀部，心中暗自可惜佩斯凡德的肉體幾乎沒有遺傳到生父的任何優勢、否則他將會是新一代的少女殺手。

「番茄紅？蘋果紅？」儘管比喻恰當、維多里奧仍舊想不通只有女人才懂的邏輯；他回過頭去看凱薩琳、發現她像個做錯事的小女孩一樣把頭埋在日記本裡，露出一雙黑曜石般的眼眸盯著自己看，再把視線往下移就是原先被日記本遮住的胸口、如今只剩一片白蕾絲薄紗若隱若現地遮著，他立刻就明白凱薩琳語帶雙闕。

凱薩琳習慣穿著貼身皮甲睡覺，這是她從革命軍帶出來的習慣，當年是出於環境所迫、現在則變成心病，脫去貼身的皮甲會讓她徹夜難眠、只要有一點風吹草動就會驚醒；然而每當她躺在床上卻換上皮甲以外的衣裝時就是在暗示著維多里奧——新結的果實已經成熟、是時候摘下來享用了。

凱薩琳以人類的年紀來計算正值虎狼之年，正是人類女性最活躍的年紀，加上她異於常人的神性體質讓她精力充沛，就算經歷一整天的繁忙公務也無損對魚水之歡的興致。

維多里奧將未乾的長髮隨意束成馬尾，轉身對著凱薩琳步步逼近，隨著他們的距離越來越近、空氣中瀰漫的氣味就越發濃郁，精靈族求愛時散發的香氣都獨具個人魅力，龍涎香、麝香與檸檬蒸餾後的香味毫無保留地被凱薩琳吸入鼻腔，就是最上乘的美酒都無法令她如此陶醉。

一切如魚得水般自然而然。

精靈不會像人類那樣在床上花樣百出但是特別重視靈與肉的結合，雙方的魔力波動必須像肉體一樣契合才算完美，兩人都得到滿足才算真正的性與愛。

凱薩琳淺褐色臉頰上浮現櫻花色紅暈、包裹住蘋果肌上的雀斑，波瀾不斷的胸口像翻騰的岩漿海浪，黑曜石雙眸與維多里奧迷離的眼神緊緊交纏，體內的熱流不斷蓄積、如同活火山一樣隨時蓄勢待發，岩漿般熱血在體內沸騰、眼裡充滿火山岩裂，她彈性十足的嘴唇和身上的維多里奧熱吻起來，透過肉體的結合、兩人滾燙的魔力水乳交融，抵達沸騰點時凱薩琳的身體在天使和惡魔的模樣之間不斷變換，放縱最真實的自我直到噴發宣洩、變回人類。

從維多里奧的表情看來、他和凱薩琳同樣感到由內自外的舒暢。

用最原始、最快速的方式排解一天累積下來的壓力，凱薩琳的大腦清淨澄澈、抱著還在喘息的維多里奧說：「我想孩子了。」

維多里奧在她耳邊輕語：「孩子離家還不到一天呢，難得孩子們都不在家，我們應該要好好放鬆一下。」

「我是認真的。」凱薩琳口是心非、右手仍深入兩人的大腿之間。

突如其來的刺激讓維多里奧虎軀一震，他的右手深入兩人胸膛的夾縫之間、耳語離題：「妳的樣子好美。」

凱薩琳蜂身一抖、和維多里奧同時意識到雙方的意猶未盡，一波未平、一波又起的慾望讓他們再度「撐起」彼此。

繞樑餘香和溼溽的床被讓凱薩琳回憶起年輕時來不及享受的一切，在險惡的環境和複雜的人心讓她錯過許多年輕的美好，儘管現在一個個彌補、新的遺憾終究又會一個個冒出來，然而短暫的滿足還是值得把握，好比一根完事後共抽的雪茄，為一段美麗的詩章做結尾、為另一個序章做美麗的鋪墊。

天鵝絨被只拉到腰際，凱薩琳的上半身遍布身經百戰的疤痕、右胸承載著艾西尼部落的圖騰刺青，她至今的經歷讓她的身體註定不會有小女人的吹彈可破、相反的是刀槍難入的女子漢韌性。

「你還記得佩羅在餐桌上跟我們說的那些『親身經歷』嗎？」

「印象深刻、他甚至自己摸索出幾條我們都不知道的密道。」

在凱薩琳的印象中佩斯凡德從七歲開始就沒有天天回家吃晚餐，起初夫妻倆還會在大半夜把整個北方領域掀開來找，後來兩人發現沒有任何一道鎖和禁錮結界可以關佩斯凡德禁閉、加上每次他都能在承諾的時間裡回家，因此就沒再限制他。

掛在凱薩琳心頭上的始終是小兒子佩斯凡德，當凱薩琳發現佩斯凡德的本事超越自己想像的時候才體認到對兒子的認知極度缺乏；好比任何派出去照看佩斯凡德的心腹都在過兩條街後就跟丟、再比如對佩斯凡德如何弄到違禁品一無所知……凱薩琳忽然醒悟自己和兒子相處的時間過少，她被日復一日的國事纏身、只能以放任和溺愛作為補償，無意間犯下她的父母也犯過的錯誤。

凱薩琳深吸一口雪茄，讓口腔充斥著精靈森林特產薄荷菸草的清涼、吐掉後說：「我感覺佩羅的故事有破綻。」

「怎麼說？」維多里奧接過雪茄，妻子嘴唇的餘溫還在。

「你是太久沒打仗、腦子生鏽了嗎？」凱薩琳用手肘頂維多里奧的胸膛，搶過剩餘的半支雪茄說：「他的故事都太完美了、完美到像皆大歡喜的舞台喜劇一樣，他才二十出頭、活動範圍都在國境內而已，不是在官場混了大半輩子的老油條。」

「說不定他是個天生的演員。」維多里奧伸手去拿凱薩琳手上的雪茄卻撲了個空，只看到妻子滿臉惱怒地瞪著他，他只好把視線移到她的胸部。

「嘿、我的眼睛在這裡，看著我！」凱薩琳用食指和中指指著自己的雙眼，態度卻瞬間反轉、滿嘴無奈地請求：「算我求你了好不好、認真一點。」

「好吧、我本來以為革命結束後能好好放鬆一下。」維多里奧將凱薩琳遞來的最後一口雪茄吸掉，在煙霧繚繞中說：「妳覺得那孩子沒有他這個年紀該有的模樣？」

「沒錯、我總覺得他太早熟了，要說沒有人在背後指點他、我是真的不信。」儘管是作為母親的失職、凱薩琳決定先放下愧疚感，唯有如此才能避免感情用事。

「以妳的脾氣肯定是要查個清楚。」

「沒錯、還是你懂我。」

「妳打算從哪裡開始？」

「從驃騎兵開始吧，既然佩羅能取得『燃燒箭』、想必和驃騎兵脫不了干係，警備隊和邊防軍早就不用那種老骨董了，再說艾雯也提過他跟驃騎兵接觸過。」凱薩琳的話才剛說完、維多里奧就下床倒葡萄酒，做好徹夜深聊的打算。

醇酒器搖醒葡萄酒沉睡的美味，維多里奧小心翼翼的將葡萄酒倒入杯中、邊說：「我倒覺得那孩子比較像天生的政治家，他昨天下午對付凱蒂的手段我都看在眼裡，不過就像妳說的、他還很年輕，就算有天分也不該做到面面俱到，倒是讓我想起一個人。」

夫妻多年、多少心有靈犀，凱薩琳臉色驟變、用力搖頭否定：「不可能。」

「我想也是。」維多里奧笑容苦澀，如果真是如他所想、現在關於佩斯凡德的臆測將會被全盤推翻，他會被迫脫離父親的角度去重新審視佩斯凡德。

兩支酒杯輕碰、凱薩琳用濃烈酒精避免自己繼續胡思亂想，她偶爾會懷念自己還是一個純種人類的時候，儘管磨難重重但是需要思考的事情都很單純——如何活下去；她側過臉瞥了一眼床邊櫃上的黑白寫實畫，畫中眾人依然活靈活現只是大多都已不在人世，革命成功後她給整個國家帶來許多革新、自己身邊的人事物卻所剩無幾，當她離神和女王的身分越來越近時相對地離妻子和母親也越來越遠。

「去吧、凱特，家我會看著。」

「嗯、謝謝。」

維多里奧枕著雙臂、亮白的結實胸膛四敞大開，長年在陰影下行動讓他的皮膚比凱薩琳白上許多；凱薩琳喜歡靠在他的胸膛上想事情，聽著愛人的心跳能讓她思考時感覺踏實一些。

一分鐘的沉默過去，凱薩琳才開口：「你還記不記得七年前的高峰會、剛好碰到國慶嘉年華的那一屆？」

維多里奧飲盡葡萄酒後回答：「很熱鬧的那一屆，我還記得有個天使女孩代表首都人民為妳戴上百合花環——是班奈特侯爵的女兒、叫安潔莉卡，不過妳怎麼會突然想說高峰會的事情呢？」

凱薩琳盯著杯底的葡萄酒、邊回憶邊說：「那一屆高峰會有很多人都帶著自己的孩子去參加，幾乎所有的孩子、包括卡秋莎（葉卡琳娜的暱稱）和凱蒂都去了嘉年華遊行，只有佩斯凡德沒去。」

維多里奧的記憶一下子就被勾起、感嘆：「我想起來了，他在一旁聽我們這群老傢伙開會，會議室裡還有另一個孩子、好像是李淵的兒子。」

「沒錯。」凱薩琳瞇起眼睛、眼神迷離，說：「佩羅跟那個叫『李世民』的男孩一直咬耳朵，他以前跟我說他們在討論女孩子、我就沒當一回事，直到不久前我看到佩羅藏起來的筆記本、內容讓我非常驚訝。」

「『哪朵玫瑰能令她春心蕩漾？哪家姑娘能讓他心馳神往？』」

突如其來的一段詩句從維多里奧的嘴裡竄出、讓凱薩琳愣住，過了幾秒才反應過來——維多里奧正經不過一杯酒的時間就又開始耍風流性子，於是好氣又好笑地一巴掌打在他肩膀上。

凱薩琳笑罵：「要不是嫁給你這麼多年，差點就要為你陶醉了。」

維多里奧將凱薩琳攬入懷中、豪邁大笑，他已經很多年沒有這樣笑過，接著說：「親愛的、活上幾百年讓我學會一件事情——沒有必要事事正經，因為日子還是得過、特別是還有好幾百年要接著過的時候，凡事嚴肅對過日子沒有好處。」

或許這就是凱薩琳選擇和維多里奧訂下終身的原因，撇開壽命長短相符的因素、他幽默從容的人生觀對兩人未來幾百年的日子大有助益。

凱薩琳抹去嚴肅的面容、嫣然一笑說：「佩羅的筆記本紀錄的東西就是會議上的一言一行，他分析我們和其他領主的互動來猜測各國的政治關係，結果你猜怎麼樣？他聞過一場會議的空氣就能架構出全國的政治情勢；不得不說、里歐，你的猜測也可能是對的，佩羅說不定天生就是搞政治的料。」

「怎麼說呢、親愛的。」維多里奧挑逗似地在她的小腹上來回畫圓、同時傾聲入耳：「妳覺得他頑皮的天性是遺傳妳還是遺傳我？」

「死鬼！」凱薩琳被刺激地老臉一紅，一不做、二不休，翻過身騎到維多里奧腰上、嗔罵：「要把風流帳都算清楚、是吧？今晚就來算個清楚！」

罩床的薄紗隨著微風輕搖，薄紗上的人影隨著燭光起舞；人會隨著時間變老、心卻可以隨著智慧而年輕。

愛到濃情像甕底老酒，越陳越香、越老越烈。

2-3

齊柏林伯爵號與興登堡號並列就像《乞丐與王子》，儘管帝國空軍並不喜歡這種比喻但是它仍深植民心；齊柏林伯爵號作為「黑玫瑰王朝的最後希望」在革命戰爭中表現出色，前任艦長斐迪南．齊柏林少將曾被革命軍列為頭號目標，得益於飛艇表面先進的反偵察塗料和劃時代的「十二水晶傳動系統」，齊柏林少將總是能載著大批子弟兵躲過偵察網絡、突襲革命軍的重要據點，幾乎所有的革命軍都曾感受過齊柏林伯爵號的陰影籠罩帶來的恐懼。

齊柏林少將雖然是革命軍的敵人卻沒有被百姓厭惡、相反地備受尊敬，他嚴厲地禁止子弟兵騷擾和傷害平民、不會濫殺革命軍，每當一場戰爭結束他都會妥善清理戰區、安置難民和戰俘，溫文儒雅的形象和高尚的情操讓他在充滿腐敗和禽獸的黑玫瑰王朝形成一股難得的清流，然而近乎完美的他卻有一個致命的缺點——迂腐的忠誠，這個缺點讓他在中反間計之後選擇無視革命軍拋來的橄欖枝、慷慨就義，徒留身後無數惋惜。

失去齊柏林少將、自斷臂膀的黑玫瑰王朝等於一腳踢開上吊用的凳子，氣數殆盡只是早晚的事情。斯人已逝、生者如斯，齊柏林伯爵號至今依舊搭載著無數後起之秀前往鑄造錘鍊他們的地方。

帶著忐忑的心情進入吊艙寢室、李璉想起她第一次闖進沃姆溫特家的迷宮花園並且迷失在其中的徬徨，仰望滿天星空、在百花齊放的迷宮內，她深刻體會到自身渺小的無力感，如今她在寢室內茫茫人海中盼望著能遇到熟人、同樣也是這種感覺。

當年是佩斯凡德引領她走出迷宮、現在他有可能在另一艘魔導學院派出的接駁船上，活了二十幾年的李璉第一次體驗到孤獨感，只是她已經上船，破釜沉舟、無法回頭。

順著入學通知的編號找到自己的床位，李璉在進入吊艙下層的大寢室路上盡可能地不讓人認出自己，她一直對上船前感應到李世民的魔力波動耿耿於懷，這趟航程中難保不會有個大內高手把自己打暈帶下飛艇，轉念一想卻又是張姐信心滿滿的保證，讓躺在專屬床位上的她心情五味雜陳。

「幸好有拜託張姐『祕密特訓』，不然光是這張床就有得我好受。」李璉暗自慶幸自己不是孑然一身就上船；環視周圍與她年紀相仿的同輩，有些人光鮮亮麗卻從上船那一刻起就沒停過抱怨、有些人篳路襤褸卻一路下來怡然自得，這些人在未來的四個月都將與她一同生活，就像張姐所說：「學院集結來自四面八方的人，透過訓練讓陌生的人們最終以弟兄姐妹相稱，同生死、共進退。」

「喂、上鋪的！妳叫什麼名字啊？」

李璉被下鋪的人一叫回神、腦袋用力地撞在天花板上，即便天花板是木頭材質、她的頭頂還是磕出一個腫包；這聲叫喚起初令她感覺被人冒犯、畢竟從小到大都是被人畢恭畢敬地伺候著，直到看到下鋪那位梳著紳士油頭、雙眼上方有著左右對稱的美人尖、嘴唇下的鬍鬚如尖牙的男人，他深邃的眼神裡透漏著狂放不羈的自信、一下子就讓李璉被冒犯的念頭煙消雲散。

「李……李晴……洛陽人……我的名字。」英俊的男人李璉見過不少、英俊到讓她語文倫次的男人還是第一次見著，內心的小鹿跟著狂野地上竄下跳。

「我叫萊登．貝爾芬格．安普敦，我來自自治區的安普敦、是一個惡魔。」萊登自我介紹的最後一句話讓李璉亂竄的小鹿一頭撞在牆上，她從小到大都被教育「惡魔擅長用幻術迷惑人心，永遠不要相信惡魔讓你看到的東西」。

冷靜下來後的李璉終於能專注打量萊登，他的裝扮並非名流之輩，茶褐色網格襯衫下隱約透露著傷疤，外罩的西裝馬甲和牛仔靴都有隱約的凸起，根據過去張姐所教她的知識判斷、西裝馬甲的內側口袋和牛仔靴裡都藏有指虎刀或蝴蝶刀一類的冷兵器，看上去就像混跡街頭的惡棍紳士。

「李晴？」萊登一把將皮革行李袋甩在床上，同樣打量著上鋪的李璉：「不是妳真正的名字吧。」

「耶？」李璉對面前這位一眼就戳穿自己謊言的男人又驚又愧，腆著臉問：「你為什麼會知道？」

「因為我遇過太多比妳更會說謊的王八蛋，被騙久了或多或少有點心得。」萊登失笑說：「我會試探陌生人，結果我一試妳就不打自招了。」

「什麼嘛！虧你還長得那麼帥。」李璉心中暗罵、臉上熟練地陪笑，這個動作幾乎已經成為她的本能。

「我聽說妳的本名叫『李璉』，我的天啊、妳們東方人的名字怎麼都這麼難念。」

萊登的表情生動、接著說：「妳是唐國國王的女兒，在古典魔法領域有天分，噢、對了，妳還有個舉世聞名的弟弟、對吧？」

萊登的話讓李璉再也笑不出來，這個初次見面的男人不只會試探她、對她的底細知曉無遺，就算外表再賞心悅目也只會給她無限的猜疑和畏懼。

「別怕、甜心，妳又不是什麼無名小卒、很好打聽的。」萊登坐上床，從行李袋裡搜出巧克力、邊嚼邊仰望著上舖的李璉，細細品味著她驚懼又疑惑的神情——如同所有惡魔共同的嗜好。

「不要叫我『甜心』！」李璉突如其來的惱怒讓萊登心頭一顫。

「好吧、至少我知道妳的底線在哪裡了。」萊登雙手一攤，自討沒趣的他只好把注意力轉移到巧克力上。

自從上船以後李璉就一直兢兢業業地隱瞞自己的身分、總是怕被人認出來，沒想到第一個和她打交道的人就立刻戳穿她的偽裝，不只如此、他從一開始就破壞脆弱的信任橋梁，害得兩人初次見面就在糟糕的氣氛中收場。

「某方面來說、他跟佩斯凡德很像呢。」李璉生起悶氣、吃起隨身攜帶的炸貓耳朵，隨即念頭一轉：「雖然很討厭被騙但是我也沒有一開始就對他說實話。」

寢室內的喧囂正在持續而且還有越演越烈的趨勢、直到被傳聲水晶發出的廣播打斷，為了不漏聽任何消息、寢室立刻落針可聞。

「全體入學生注意！飛艇將在一分鐘後起飛，寢室即將封閉並進行加壓作業，全體入學生請待在寢室內，起飛後未經許可請勿打開任何門窗，請耐心等候下一步指示。」

樹多必有枯枝、人多必有白癡，不知道哪個白癡在飛艇起飛後擅自將寢室對外的窗戶打開，寢室內包含李璉在內的所有人都因為氣壓驟減導致呼吸困難，一些體質虛弱的人已經昏昏沉沉、有呼吸道疾病的則直接失去意識。

李璡靠著將體內魔力轉化為氧氣、建立體內呼吸循環才稍微緩解症狀，心中又急又怒：「到底是哪個天才想把整船人都殺了！」

寢室內的人們不是緊抓著床腳就是疲於抓住已經失神的同伴，沒有人有餘力去關上吸力逐漸增強的窗口——關上它才是治本的方法、否則所有人被吸出窗外都是遲早的事情。

李璡嘗試用風魔法將外洩的空氣回吸來關上窗戶，一吸之下就發現自己是在用湯匙舀山洪、徒勞無功。

正當眾人精疲力盡之際、兩條人影從窗戶外輕鬆竄入，其中一人順手就帶上窗戶、不費吹灰之力就解救眾人，來者不是別人、正是身著天策府標配玄甲的李世民和他全副武裝的貼身護衛李靖，兩人同時摘下象徵帝國空軍飛行員資格的護目鏡、很快就搜索到李璡的身影。

「我早就跟路納德艦長說過這艘破飛艇要大改造了。」李世民若無其事地穿過目瞪口呆的人群、單膝蹲在狼狽的李璡面前，從容地說：「好久不見了、老姐，要不是遠征需要我就把『蚩尤號』開過來給妳長長臉，保證比這破齊柏林還要氣派。」

「世民……你不是去遠征了嗎？」李璡不知道該哭該笑、她連該不該驚訝都還沒決定好。

李世民啞然失笑：「這就不用妳操心了、我自有安排。」

李璡接住李世民伸過來的手、借他的力撐起身體、拍了拍身上的灰塵，不等她開口、李世民就指著她身上的獵戶裝說：「嫂子的眼光真不錯，『參記』的緊身衣一向兼具功能和品味，就是太大件、凸顯不了妳的身材。」

李璡聽他還在插科打諢、懸著一整天的心終於放了下來：「話說你怎麼會在這裡？」

「我聽說凱薩琳的兒子上船了，想來一睹『與眾不同』的佩斯凡德的風采，對了、他人呢？」李世民雙手叉腰、左顧右盼。

一直默不作聲的李靖開口、聲如古剎宏鐘：「將軍、佩斯凡德不在這裡。」

「能感應到嗎？」李世民一問完就立刻發現自己的盲點、連忙改口：「差點都忘了——他天生沒有魔力，所以還是用老方法吧，老姐、靠妳了。」

「我？」李璉指著自己，雙頰微熱、不明所以：「為什麼是我？」

李世民打量起她身上的獵戶裝、調侃道：「不然妳穿著跟打獵似的來幹嗎？」

「我……」李璉剛要發話就被打斷，一名書呆子打扮的女孩手持筆記本和鵝毛筆、跪著上前插話：「兩位大人好，我是『梅菲斯特娛樂傳播集團』旗下新聞社的實習記者溫蒂，請問我能向兩位大人採訪一些問題嗎？」

未等兩人答應，看似入境隨俗、實則搞笑滑稽的溫蒂就發問：「李璉殿下、請問妳跟北方領域的三王子——佩斯凡德殿下是什麼關係呢？真的和傳聞中一樣是有在交往嗎？除了通信之外還有其他的交流……」

李世民原先樂見看李璉出糗、沒想到溫蒂一開口就沒完沒了，於是搶過她手中的筆記本和鵝毛筆、簽上自己的大名和三分鐘份量的「高等凍舌咒」後扔回去給她，笑罵：「妳剛剛至少給了我十個理由斷送妳的前程，現在採訪結束！我建議妳先別急著學當記者、先學學怎麼交朋友。」

所學魔法僅限於編撰技能的溫蒂絲毫沒有能力抵擋「高等凍舌咒」，她只能眼睜睜看著咒文從筆記本上竄出、沿著她的身體鑽進她嘴裡、在她的舌頭結上一層霜，一開口就有霜屑滾入喉嚨、刺痛難忍。

「走、老姐，我們去找佩斯凡德，鐵定就在這艘破飛艇上。」

「你怎麼肯定他在？」

「這艘飛艇的艦長路納德中校是我飛行訓練的教官，我跟他喝過幾次咖啡，佩斯凡德是他這次運輸名單上的人。」

李世民紳士地為李璉開門，正當三人要離開時，萊登突然一把拉住正要關上的門板，急促地說：「你們要找的那個雜種也許在動力控制室。」

「你說誰是『雜種』？嘴巴最好給我放乾淨一點。」長年接受東方傳統教育裡的李璉一聽萊登對佩斯凡德的誹謗就怒意驟升、掌心火熱滾燙。

「冷靜點、二姐，『雜種』對惡魔來說不是一個貶義詞。」經過惡魔文化洗禮的李世民連忙制止即將發難的李璉，轉而對萊登充滿好奇：「你是怎麼定位到佩斯凡德？噢、對了，先生怎麼稱呼呢？本王李世民——天策玄甲軍指揮官。」

「叫我萊登就行了。」萊登握住李世民伸過來問好的右手、立刻就感覺到他體內蘊涵著如北冥幽海般深不可測的魔力，接著說：「我聽說凱薩琳的血統有四分之一跟貝爾芬格家有關，認真說起來我跟佩斯凡德是遠到不能再遠的遠親，自家人的味道向來都很好辨認。」

李世民原先厭煩這種開口就攀親帶故的人、直到他從萊登的手掌感覺到不尋常的地方，按理來說只要受過魔法啟蒙教育的人在皮膚上都會有一層微弱的魔力波動，萊登的皮膚上卻沒有、皮膚之下則隱藏著變化無常的魔力脈動，時而狂亂、時而平和、時而靜蟄、時而暴起，尋常生物體內若是產生這種頻率的魔力脈動輕則全身癱瘓、重則腦死，像萊登這樣還能活蹦亂跳的案例前所未聞。

「嘿——我喜歡這這傢伙。」李世民決定放下個人偏見、和萊登先打好關係，搭著他的肩膀說：「走！現在我們有獵人、有獵狗，找起來就輕鬆多了。」

李世民比想像中還要沒權貴架子、言行舉止間帶著江湖弟兄的氣勢，正好對上萊登的胃口。

萊登隔牆指著記者溫蒂、眉開眼笑：「老兄、你們東方人都喜歡跪著說話嗎？」

李世民聳肩嘆息：「行禮如儀吧、時代在變了。」

李世民和萊登建立友誼橋梁的速度快到不可思議，李璡有些反應不過來、懵懂地問李靖：「靖哥、世民一直都是這樣嗎？」

李靖笑而不語，「帝王之家血淡於水」這句心裡話沒說出來，他知道這也怪不得李璡，和她同住王宮內的兄弟一天都不一定能見到幾次面、更甭提長年在軍中吃住的李世民，再說她這個年紀的女孩子心裡總會住著一個男人、這個男人決不會是自家人。

2-4

「別讓自己太寂寞、親愛的。」

「你也是、里歐。」

凱薩琳已經換上外出套裝，在臥室陽台吻別維多里奧、趁著破曉前騎上極地狼騰空奔去，在西沉的圓月前就像傳說中「寂寞的魔女」，傳言當「寂寞的魔女」出現時任何人都不能直視月亮、否則會被魔女割去耳朵，魔女會對著割下的耳朵傾訴寂寞、進而使耳朵的主人產生幻聽，讓人神智混亂乃至發狂。

和「逐日者露娜」一樣、「寂寞的魔女」不過是用來掩人耳目的伎倆，為的是掩飾凱薩琳和維多里奧每一次的「微服出巡」。

維多里奧還沉浸在凱薩琳的背影，艾雯已經無聲無息地來到他身後、環抱住他彈性十足的拔挺腰桿，腰桿上沒有多餘的脂肪也沒有過多的肌肉、強而有力卻不蠻橫；艾雯用臉頰感受維多里奧溫暖如春的背部、這份溫暖在嚴寒的過去給予她堅強的動力。

維多里奧攔住艾雯逐漸向下挪動的雙手、柔聲說：「別急。」

「你讓人家等好久了。」艾雯已經聞到自己體內散發出來的慾望，玫瑰、茉莉、依蘭與檀香揉合成性感迷人的味道，不出一會兒就佔據整個臥室；她在人前向來表現沉穩、這表示她一直以來都在壓抑自己的感情。

「窗外的已經走遠、門外的還沒。」維多里奧回頭對著深鎖的房門微笑、差點就將仰望的艾雯迷得神魂顛倒。

「門外？」艾雯一經提醒就立刻感應到門外微弱的魔力波動，這股魔力波動她再熟悉不過，是好奇心強烈、對規矩還不嫻熟的新人——狐人女僕胡麗；艾雯像被踩到尾巴的大貓怒氣沖沖地走到門外、闔上門就一臉陰沉地對著胡麗質問：「今天妳沒有值夜、為什麼還不睡覺？」

心思細膩的胡麗很快就意識到自己闖禍、立刻就施展入宮以來學會的第一項技能——隨時準備好道歉：「非常對不起、總管，我只是、只是……」

「還有『只是』！給、我、回、去、睡、覺！」艾雯一反常態、耐心全無。

胡麗驚嚇過度的眼淚幾乎要奪眶而出，低著頭、緊閉雙眼，雙手奉上一顆晶瑩小巧的珍珠，她一個字都不敢說、生怕火上加油，等艾雯取走、立刻就往女僕宿舍的方向逃跑，當狐狸全力逃竄時、獵豹都不一定追得上。

當艾雯反應過來手中的珍珠就是自己丟失多日的髮夾鑲飾時、這才意識到自己的失態；她的學識經歷廣如藍天但是一旦感情用事就容易產生亂流，或許這是全天下女人的通病也可能只是她性格上的缺陷。

「她還只是個孩子、別對她太嚴苛。」維多里奧的音色聽在艾雯耳裡如春風拂面。

「人家知道了嘛。」艾雯整個人由裡到外盡數軟化、從大貓變成小貓，被維多里奧攬著腰肢、抱上大床。

「那個叫胡麗的女傭是不是來自蓬萊島？」

艾雯點點頭、渾身發燙。

「她是個活潑的孩子，妳該跟她學一學。」

艾雯咬住下嘴唇、眼神迷離。

床鋪上還有殘留凱薩琳的汗味和維多里奧的體香、結合成讓艾雯矛盾不已的味道，既不能完全討厭又不能完全喜歡；她此刻逐漸被維多里奧星耀熠熠的眼眸奪去理智，不知不覺間放鬆全身的肌肉、好讓自己能與他完美結合如滿室春香。

蜜蜂在粉嫩的花蕊上盤旋、麻雀跳躍於藕白的軀幹間，輕盈的歡聲繞樑、春意盎然盛發，流水蜿蜒於夾縫、蜻蜓點水起舞；精靈與精靈之間的任何事情都富有詩意且美好，凱薩琳的岩漿容不下溫存、艾雯的溫泉可以。

「『小狐狸、小狐狸，讓我揉揉妳的柔軟肚皮。』」

「『大蝴蝶、大蝴蝶，大膽嚐嚐我的香甜花蜜。』」

床上兩人耳鬢廝磨、如同年輕的精靈愛侶互訴愛意，儘管甜蜜的時間短暫但是艾雯堅信能跟維多里奧直到最後的人一定是自己，神總是會離開、留下凡人在人間奮鬥——歷史的規律向來如此。

「我該去看看新來的孩子們睡得如何，失禮了、維多里奧大人。」

甜過頭會膩、膩過頭會苦，艾雯從來不留戀維多里奧的溫柔，免得她一不小心被愛意沖昏頭——至少現在還不是時候。

維多里奧只送到門邊，因為出了臥室的門艾雯就要恢復平常外人看到的身分、恪守沃姆溫特家總管的本分；維多里奧同樣有著本分需要遵守，他必須抓緊朝會開始前短暫的時間補眠，免得等凱薩琳回來時發現一堆爛攤子。

旭日斜昇、暖冬城已經準備好迎接早晨，此時的凱薩琳已經騎著極地狼越過暖冬城的城牆上方、落足雪地，他們已經處在暖冬城的邊境感應網範圍內，使用魔法會引起邊防軍和精靈驃騎兵的警戒、造成不必要的麻煩。

「可汗、夥伴，還跑得動嗎？」凱薩琳揉著極地狼可汗的脖子，後者先以低吼作為回應、隨後就以行動證明自己的能耐。

凱薩琳飛揚的馬尾如搖曳的火鶴花，迎著奔馳而來的風飛揚一個多小時才落下；可汗低聲喘氣、四腳微顫，鼻息陣陣也不曉得是在抱怨凱薩琳變重還是歲月不饒狼。

精靈驃騎兵駐地就在道路盡頭的西伯利亞村、緊鄰北域春天結冰的永凍湖，村莊四周被針葉林包圍，農田莊稼散落在建築物四周、受到屋頂滴落的雪水灌溉，此時人們大多正要離開夢鄉，只有村口打瞌睡的邊防軍衛哨、精神抖擻的清道夫和宿醉在街頭的浪子有機會享受日出一瞬的晨光；樹枝上扁嘴白尾雀正在啄食霜松果，牠們必須趕在短尾松鼠從樹洞裡醒來前趕緊吃完早餐、否則就會應驗北域古老的俗諺：「晚起的雀鳥餓肚子」。

凱薩琳喜歡這種歲月靜好的感覺，這代表著她對這片領地的用心經營有所回報，不像一枚銀幣買三升大麥的交易那麼直接乾脆、但這就是身為領導者必須具備的遠見和耐心。

「去、可汗，早餐我請客。」

可汗應聲之後叼著凱薩琳給的金幣往村莊跑去，牠靈敏的鼻子已經嗅到剛出爐的烤羊腿、轉眼就跑得無影無蹤。

「真是的、那張狼嘴倒是一點都沒有變。」

凱薩琳戴上披肩的兜帽、將自己偽裝成平民百姓，她走進林間小路、抄近路前往精靈驃騎兵的營區，這條小路本來不在凱薩琳的地圖上、是由佩斯凡德小時候追松鼠時意外發現，他過了許多年後才在餐桌上分享這個驚喜，天曉得他是怎麼忍住小孩子的炫耀慾望。

凱薩琳躲在草叢裡窺看營區門口、心想：「輪到彼得跟新來的小夥子值勤，小夥子長得真不錯。」

彼得是精靈驃騎兵的資深軍官、比維多里奧晚兩年加入，長年一副嚴肅的表情掛在臉上、與其為人一絲不苟的性格有關，這份嚴肅加上目睹國破家亡的人生經歷讓他看起來更像純種人類而不是精靈，在維多里奧的記憶裡彼得年輕的時候風趣且不拘小節。

凱薩琳假裝成迷路的農村婦女一樣向營區門口走去，在離營區門口約一百公尺處被叫住。

「站住、女士！」新人舉起魔導長槍、對凱薩琳大聲喝斥：「這裡是軍事管制區、閒雜人等不得接近，表明妳的身分否則速速離開！」

凱薩琳默不作聲、停下腳步，根據《衛哨勤務守則》規定她只要再往前一步、她的大腿就會吃上一發空心冰球彈，若再往前就會被冰錐彈當場射殺。

在哨長室發現狀況的彼得提著魔導長槍出來查看：「下士、發生什麼事情？」

新人回答：「長官、發現可疑人士在營區周遭徘徊，請示該如何處置？」

凱薩琳打從內心發笑：「傻小子、傻的很討人喜歡。」

彼得按照《愛民手冊》的規定對著凱薩琳高喊：「女士、請說明妳的來意，這裡是軍事管制區，如果沒有緊急需求、請勿逗留。」

凱薩琳沒有回應、拉下兜帽展現真面目，按照以往的經驗、老鳥和新人的分水嶺將不證自明。

彼得見到凱薩琳大吃一驚：「女王陛下！屬下沒有接到您要前來視察的通知、還請恕罪。」

新人仍態度強硬：「名字、去哪裡、做什麼？」
凱薩琳故作高官姿態、用輕蔑的口吻問：「你不知道我是誰？」
彼得連忙壓下新人的槍頭、對著新人破口大罵：「你瘋了嗎、阿列克謝，她確實是女王陛下。」
阿列克謝不僅沒有遵從彼得的指示、反而將魔導長槍充能至飽和狀態，這意味著他將使用冰錐彈對凱薩琳造成扎扎實實的傷害；他在盲目服從上級和弒君以維護法律之間選擇後者——女王犯下死罪也得就地正法，這名年輕的軍人展現出巨大的勇氣讓凱薩琳大為讚賞。
阿列克謝義正嚴詞：「長官、任何人都可以假扮成女王，只有真正的女王知道口令，她到現在都還沒說出來相當可疑。」
彼得無法反駁、陷入兩難；阿列克謝確實說到重點，眼前的凱薩琳若是間諜偽裝、全營弟兄姐妹的性命都將岌岌可危，只是眼前的凱薩琳不論是外表或魔力波動都跟正牌相差無幾，如何在克盡職責和維護顏面之間取捨將是一大難題。
冰錐彈從槍頭鑲嵌的複合屬性水晶射出，阿列克謝已經做出他的決定。
「小紅帽、去森林、找奶奶。」
凱薩琳的聲音來自兩人身後、手裡握著射向她的冰錐彈，當著兩人的面徒手一握、將它蒸發成水氣，用正確的口令和壓倒性的實力差距證明自己是貨真價實的女王。阿列克謝震懾於凱薩琳君臨天下的魄力卻沒有表現出來，彼得則為自己的前途擔憂、雙腿不自覺地發軟。
凱薩琳伸手覆在阿列克謝的肩膀上，暖熱如母親胸懷的魔力透過肩甲、內襯、內衣後確實傳達到他的肩膀，凱薩琳說：「做得很好、下士，你的女王為你感到驕傲。」
彼得和阿列克謝同時單膝下跪、行軍人之禮節，異口同聲高呼：「參見陛下！」

凱薩琳回應：「都平身吧。」

「謝陛下。」

彼得接著說：「下官立刻就去通報女王陛下前來視察」

凱薩琳詢問彼得：「弗拉迪米爾中校在營區嗎？」

彼得回答：「回陛下、中校正處於休假狀態。」

凱薩琳向兩位軍人致意：「我知道了，不必驚擾弟兄姐妹，兩位辛苦了。」

掐指一算、明天是發薪水的日子，弗拉迪米爾中校和他一幫老部屬會聚在西伯利亞村棕熊街11號的「老喬伊酒吧」、載歌載舞緬懷逝去的家園和同胞。

精靈族的傳統信仰相信自己只是在人間的過客，每位精靈都必須經過人間的洗禮才能重回自然之母的懷抱、回到萬物的故鄉——生命之樹「馬特瑞斯」，精靈們透過歌舞儀式來與馬特瑞斯的先祖們交流，與祭祀、教育、婚喪喜慶、社交等活動有著密不可分的關係。

精靈們的歌聲悠揚深遠如同他們古老的歷史、輕快又不失重量感，輕快在於節奏和音調、重量在於歌詞，珠圓玉潤、餘音繞樑，一群精靈同時引吭高歌時連最冷血的人都會為之動容。

老喬伊酒吧裡最醒目的莫過於吧檯後牆上兩塊掛毯之間的畫——《引領自由的騎士》，畫中農婦裝扮的凱薩琳手持銀槍與紅盾、赤腳踩上敵人的屍體，在黑玫瑰王朝首都「法蘭克福」的大門前引領身後的革命軍邁向自由之路；天空中的天使與惡魔聯手對抗象徵不公不義的惡龍、隱喻革命軍為伸張公理打破既定的隔閡，就算是天使與惡魔這兩個歷史悠久的死敵種族也願意為革命放下成見、並肩爭取充滿希望的未來。

《引領自由的騎士》是著名浪漫派寫實畫師——德拉克羅瓦．別西卜．瓦勒德馬恩在聯合帝國建國後受到紅盾家族委託繪製，用以彰顯革命精神與革命軍經歷的種種磨難，據說德拉克羅瓦在繪製時因為飲酒過量導致他誤以為自己已經畫上凱薩琳的坐騎，最終「騎士」必須徒步奔走、頗具浪漫派精神。

小提琴、風琴、長笛和口琴的合奏增添黑啤酒的風味，凱薩琳和所有陌生人一樣為精靈的歌舞打節拍伴奏，配合他們腳步的輕盈律動，她會想起自己還很平凡的時候，那時候只要吃飽就不會有太多的煩惱。

「希望妳身上的金幣有帶夠，小妞，因為老子不接受賒帳也不接受肉償，妳還沒有砧板上的豬肉性感。」

一碗冒著熱辣濃香羅宋湯被甩到凱薩琳面前，不可避免地灑出一些湯水，酒吧老闆「臭嘴老喬」的脾氣跟他招牌的羅宋湯一樣嗆辣，天曉得他什麼時候會把自己氣到中風。

桌上第十三次續杯的黑啤酒就是凱薩琳最好的反擊，只要她願意，把臭嘴老喬的整間店吃垮都不是問題，可惜她已經沒有針對臭嘴老喬的必要，因為她的目標已經上鉤——在精靈驃騎兵部隊裡被稱為「魔鬼教頭」、敵人口中的「血腥舞者」、花癡少女眼中的「多情紳士」、凱薩琳尋找的「弗拉迪米爾中校」。

弗拉迪米爾開場就是標準的搭訕：「能喝的女孩子不少、能喝又好看的女孩子倒是不多。」

凱薩琳露出一雙霸氣十足的眼神回應紳士的調戲：「你知道我是誰就不會意外了。」

弗拉迪米爾被震住，「女王陛下」四字剛要脫口就被凱薩琳攔住。

「不要張揚，中校，我只有一些問題要問你，一些私事。」凱薩琳打手勢為弗拉迪米爾點一杯「槲寄生」伏特加，這是北方領域的女孩子接受男孩子搭訕的暗示，用來避免自己的身分曝光。

「請問有何吩咐，女王陛下？妳的騎士永遠待命。」

「不用這麼嚴肅，我只是來問問關於我兒子的事情。」

「佩斯凡德殿下？」

「沒錯，驃騎兵跟他有接觸過嗎？」

弗拉迪米爾面有難色、和他往常的性格有所不同，他的身分多變但從來不會影響到身分之間的轉換，現在的他明顯就無法決定該以何種身分來回答凱薩琳的問題，因為他不能確定她是用哪種身分來問這個問題。

凱薩琳看出他的難處、讓他安心：「有話直說、百無禁忌。」

「事情是這樣的、陛下，大約是在兩年前、梅之冬季的第二十八天，佩斯凡德殿下在營區外圍昏迷不醒、被巡邏的弟兄們發現，當時正好是屬下輪值主官，立刻就讓醫官進行檢診並派人通報，殿下醒來之後自稱被蜜果熊襲擊、逃跑時被絆倒摔暈，加上醫官檢診後回報殿下並無大礙，因此下官沒有繼續追問、只是派人護送殿下回城。」

弗拉迪米爾不是個擅長說謊的人、說起謊來特別蹩腳，從他喝伏特加時眼神飄忽不定就知道、接下來可以讓他酒後吐真言，於是凱薩琳又為他點一杯伏特加——這個動作在北方領域代表女孩子願意深交。

凱薩琳問：「送我兒子回去之後、營區有什麼異樣嗎？」

弗拉迪米爾明顯還沒被「槲寄生」打倒、只是凱薩琳的問題就像一腳踹在他的褲襠上才讓他的臉色尷尬難堪：「當時就快到『高級裝備檢查』的日子，下官命部下逐件清點汰除品庫房才發現一支燃燒箭的燃料被漏空，因為燃燒箭是預備汰除品、時間又緊迫，所以下官就下令用動物油脂和雞尾酒混合蒙混過關，事後逐一盤查才大致推測出燃燒箭丟失的原因，下官已經嚴厲懲處失職人員，只是……只是……」

「只是你沒有上報？」凱薩琳離真相只有一杯「槲寄生」伏特加的距離、立刻就為弗拉迪米爾加碼，這個行為在周遭已經引起一些關注和口哨聲，在北方領域的習俗裡只要男孩子能承受第三杯「槲寄生」的考驗、女孩子就必須跟答應男孩子的約會。

弗拉迪米爾開始無法專注，眼前事物時而清楚、時而模糊，他只能盡力不讓自己在女王面前失態：「因為季末考績將近、下官怕影響考績……」

凱薩琳制止他繼續發言，回答：「我懂、現在只剩一個問題。」

「陛下請講。」弗拉迪米爾被凱薩琳認真的表情牽制、沒發現自己手裡的酒杯裝著加了「槲寄生」的黑啤酒。

「幫佩斯凡德去入汰除品庫房的人是誰？」

「芙恩妮特拉·札思潘上尉，下官到現在還是不能理解她到底為什麼要這麼做。」

「她向來都中規中矩……慢著、難道這就是說她所謂的『光榮退伍』？」

「是的、陛下。」

芙恩妮特拉和艾雯一樣是精靈族碩果僅存的學者之一、在醫學領域方面造詣頗深，超凡的醫術和親切可人的待人處事讓她成為革命軍軟實力的代表人物，不同於唐國的「藥王」孫思邈野心勃勃、醫藥事業越做越大，芙恩妮特拉一直在精靈驃騎兵裡默默奉獻、提攜後輩，遵紀守法的她在部隊裡豎立標竿、因此所有人都對她兩年前毫無預警的退伍錯愕不已。

為了維護芙恩妮特拉的顏面、連凱薩琳都被蒙在鼓裡，現在真相大白讓她有些惱怒、終於明白芙恩妮特拉一直躲著她的原因，與此同時也給她一個明確的目標——接下來就要搞懂佩斯凡德和她之間有什麼祕密交易。

突然間「砰」的一聲響讓老喬伊酒吧落針可聞，所有人都瞪大眼睛、難以置信「千杯不醉」的弗拉迪米爾被一個陌生的女人灌倒。

「真可惜、『魚與熊掌之間他選擇了伏特加』，看來女神芙蕾雅還在宿醉。」凱薩琳的詼諧把整間酒吧逗笑，在金幣、酒精和歡笑聯手掩護下沒有人注意到她究竟什麼時候離開。

2-5

齊柏林伯爵號吊艙上層的走廊氣氛詭異，同為一家人的李氏姐弟毫無交流，剛認識不到十分鐘的萊登卻能和李世民滔滔不絕；李璉不曉得該怎麼打破這陣尷尬、只能讓自己的沉默繼續下去，心中感到一絲莫名的愧疚。

通婚結盟是東方民族團結的重要手段，相較西方民族有利則聚、利盡則散的功利主義，東方民族更傾向犧牲個人來保全團體的利益；李璉深惡痛絕這種流傳已久的陋俗，她認為每個人都應該要有追求更好生活的權力、特別是一個優秀的人才不應該因為性別而註定一生無所作為，因此她特別崇拜凱薩琳這麼一個勇敢為自己爭取一切的女人。

領頭的兩人腳步停在艦長室門口，萊登指著艦長室的門說：「就是這裡啦，說實話、在惡魔裡佩斯凡德算很香的那種，香的像是隨時準備好要迷倒女人一樣。」

李世民吐槽：「惡魔不全都是硫磺味嗎？」

萊登反諷：「那是因為你不是硫磺水長大的，你天天聞那種味道就能聞出區別來。」

「將軍。」李靖突如其來的呼喚叫住眼前三人、提醒李世民：「你準備的禮物還沒給公主殿下。」

「噢、對，差點就忘了。」李世民對李璉調皮一笑，從懷裡取出一捲帛書、揭開繫繩之後整捲展開；潦草的帛書上水墨揮灑毫無章法、像是小孩子的無心塗鴉，直到李世民將匯聚魔力的雙手在墨水上劃動重組，精湛的手法令李璉不由自主地發出讚嘆，涉及密碼學的高階封印法術是她至今還無法觸及的領域，李世民能如此嫻熟掌握讓李璉既羨慕又自卑。

「玉燭制袍夜，金刀呵手裁；鎖寄千里客，鎖心終不開。」帛書上的墨水最終重組成一隻活靈活現的黑貓，隨著李世民念動咒語、雙手揚起，水墨黑貓懸浮至半空中、從平面變成立體。

萊登吹出一聲口哨表示讚揚、稱讚簡潔有力：「了不起。」

黑貓先是四處觀望、看到李璉時歡欣雀躍，一個飛撲跳向李璉、在飛躍過程中解除「獸化」，抱住她時已經變回類貓人的模樣，用臉頰蹭李璉時語帶喜悅：「小姐、奴婢好想妳啊！」

「畫詩、真的是妳！真的是妳！」李璉的歡喜如他鄉遇故知；畫詩這位從小和她一起長大的貼身女僕感情勝過親姐妹，李璉昨晚偷渡離家前兩人還上演一段「十八相送」，原以為再見面要等到多年以後、沒想到重逢之時如此之快——這也意味著她們將一起入學、共同生活。

「護照、身分證明、入學通知還有妳的行李。」李世民將帛書內剩餘的東西取出、一一扔給畫詩，對主僕倆說：「晚點再謝我沒關係。」

「將軍。」正當李世民要敲艦長室的門時、向來寡言的李靖突然變得像老媽子一樣愛管事。

「知道啦、知道啦。」李世民心不甘情不願地從腰包裡取出一條銅鏡項鍊交給李璉：「我們家祖傳的太極護心鏡、母后要我交給妳；不過老實說這玩意兒給我還比較有用。」

李璉心弦一抖、立刻就明白這條項鍊的用意——「護心」字面涵義為「保護心肝」、深層涵義則是「莫忘初心」，她的母親竇雀屏就算在千里之外也要時時刻刻提醒她「不要忘記身為李家女兒的責任」，一想到這一層面的自私就讓李璉感到一陣噁心、無奈之際也只能暫時收下；她心中仍有死結、於是問：「世民、有個問題我一定要有答案，不用考慮我的感受、你儘管說就是了，就這樣悶在心裡比什麼都難過。」

李世民心思敏銳、猜到她的問題：「妳毀壞跟柴家的婚約對我們家有什麼影響？」

李璉的神色凝重：「沒錯。」

「好吧、我就長話短說。」李世民一派輕鬆：「柴家掌握一半本國的陸軍資源，父王希望能透過柴家聯姻來鞏固建成老哥在陸軍的地位，妳也知道他是『從天而降的副司令』，父王的老部屬們不是人人都服他，只有建成老哥在軍隊裡站穩腳跟才能坐穩第一順位繼承人的寶座，現在這個計畫已經成泡影了，妳說父王氣不氣。」

李璉聽完一跺腳、氣憤難掩：「既然如此直接找個柴家的女兒娶一娶不就得了？」

李世民雙手一攤：「這就很難長話短說了，總之妳先走好眼前這一步再說吧、老姐。」

李璉倍感沮喪，李世民的分析她早就了然於胸，再次問起不過是想知道李世民願意幫助她的原因，如今看李世民的態度十有八九是為了拉攏她對抗爭權奪位的兄弟；三兄弟裡他功績和本事最高，朝野之中希望他繼承王位的呼聲不在少數，功高震主、樹大招風，他因此成為兄弟眼裡的頭號公敵。

話再說回來自己悔婚的最大受益人也是李世民，往自私的層面想他幫助自己也是應該的。

就在李氏姐弟談論時萊登已經敲響艦長室的門板，隨後便有一聲「請進」從門板透出，李世民只得先停住當下的話題、免得萊登搶在他之前先進去，這種看似無關緊要的事情在軍中可是大忌，萊登連入學生都還不是就搶在將軍面前進門、他往後若想從軍恐怕會被處處針對。

李世民率先打招呼：「教官、好久不見了。」

牛皮太師椅上的路納德見到他立刻起身敬禮：「上將好！」

李世民跟著敬禮：「太見外了、教官，我還是你的訓員。」

路納德打破撲克臉、爽朗道謝：「實在是萬分感激、上將，沒有你的協助、老夫的麻煩就大了。」

李世民用力握住路納德的手：「別客氣、禮尚往來而已。」

話音剛落眾人就見到一把獵刀筆直射中門邊飛鏢靶的紅心，獵刀沒入靶中的聲音聲短促沉悶、由此可知投擲者腕力與技巧非比尋常，順著獵刀飛行軌跡追本溯源，獵刀的主人正是牛皮椅後、大地圖前的佩斯凡德。

「幫個忙好嗎、大公主？」佩斯凡德用雪茄指著獵刀。

「佩斯凡德！」李璉又驚又喜、思緒有些短路：「是他……刀……」

李璉定睛一看獵刀便難以克制地加速心跳，跟隨革命英雄凱薩琳南征北討多年的傳奇佩刀「賭徒」近在咫尺，李璉小時最喜歡趁父母不在時拿著仿製品假裝自己是女中豪傑，現在如假包換的真品就在眼前、她興奮難耐又如履薄冰，生怕一不小心就刮傷這件藝術品，然而當她一出力才發現自己單靠雙臂的力量根本拔不出來，原來獵刀已經穿透靶心、刺穿合金牆板，她得一腳蹬牆、用上全身的力量才拔出來。

「唉！」

李璉內心大叫糟糕，她因為用力過猛、失去重心而向後摔倒，手忙腳亂中不小心讓「賭徒」脫手而出，眼見雪亮的刀尖就要劃傷自己、她幾乎忘記只要展開防護罩法術就能避免受傷，千鈞一髮之際一隻手掌像惡狼撲兔一樣緊咬刀柄，救下李璉的性命的同時卻放任李璉摔在地上。

「謝謝。」佩斯凡德用標準的貴族口音道謝，聽在李璉耳朵裡更像是在戲弄她、令尾椎發痛的她感到很不是滋味。

「哼！」李璉拒絕佩斯凡德伸過來的手、咬著牙自己撐起身子，她也終於能好好打量一下佩斯凡德，相較成熟俊美的萊登和英姿風發的李世民，佩斯凡德的外觀除了一貫的暗色調衣著之外沒有特別吸引眼球的地方，他的外貌幾乎無法辨識出父母遺傳的特徵，根據維多里奧的說法是佩斯凡德的外表屬於隔代遺傳，他更像是身為高階精靈祭司的祖母維多利亞．晨露和外祖父胡汀．韓特的外觀拼湊而成。

路納德摸著麵粉白的山羊鬍說：「老夫那個時代可不會這樣對待淑女。」

李世民指著李璉吐槽：「她也不是你那個時代的淑女。」

李璉眼見自己兩面受敵，回頭想拉畫詩來助陣卻發現她不知何時開始跟萊登打情罵俏，殿後的李靖僅僅只是露出「大人看著小孩子嬉鬧」的微笑。

「我再不堅強一點、遲早要被他們玩死。」李璉滿腹無奈，自己是自願踏上賊船、再委屈都得走完；她知道這艘賊船表面看似和樂、檯面下則暗流洶湧，憑現在的自己還看不出端倪、看不出在場每個男人肚裡的壞水。

路納德為了避免氣氛尷尬而打圓場：「別客氣、各位，找個舒服的位子坐。」

在場只有佩斯凡德選了艦長室的牆角靠著、在所有人都坐著的情況下格外顯眼，李璉不禁為他擔心起來、因為張姐一路走來都在耳提面命「不要在軍中與眾不同」，然而這正是佩斯凡德的魅力所在，如同近水樓台的湖中月、近在眼前卻又撈不著，讓人無時無刻都對他傾注好奇心。

相較之下萊登的魅力就簡潔明瞭，外表如同美食家眼裡的佳餚、只要胃口符合就會立刻淪陷，現在與他比肩而坐且被他逗弄的畫詩就是這種人；看著她春意盎然的模樣、李璉逼著自己重新審視將畫詩當成閨蜜而不是女僕的決定。

「各位如不嫌棄、還請嚐嚐老夫的珍藏。」路納德將雙手周遭的水氣凝結成冰、雕塑成杯，讓上好的蘭姆酒在冰杯中翻騰，連李靖這種天塌下來都不為所動的人都為那歲月淬鍊過的暗琥珀色澤和酒香動容。

「葡萄美酒夜光杯，欲飲琵琶馬上催。」李世民在鼻腔吸飽濃稠的甘甜味、瓊漿未飲就不自覺地吟詩作對。

「醉臥沙場君莫笑，古來征戰幾人回。」佩斯凡德舉杯接詩，儘管東方語口音有些不標準、他隨口就能接上詩句的學識還是令李璉激賞，詩有知墨如同琴得知音，李世民亦報以欣賞的目光、舉杯而敬。

古典魔法從最初的魔力凝聚、轉換屬性到複數屬性結合就已經是個人極限，若要讓法術威力更上一層樓就必須依賴團體合作完成魔法陣，魔法陣成功的關鍵就在詩句歌謠般的咒文、法陣內成員能否順暢接上咒文會影響到法陣的威力和範圍，正是因為培育專精古典魔法的魔導士成本過高且收效難以控管，只需要為水晶充能魔力就能得到同樣收益的魔導工藝才會取而代之成為主流。

「可惜佩斯凡德一點魔力都榨不出來、否則他會是難得的人才。」李世民的算盤打得飛快：「就算不網羅他也能靠著老姐來穿針引線，未來會是重要的盟友。」

「自從七年前的高峰會之後就沒再看過你了。」

「當初說好再聯絡、結果我們兩個都沒遵守承諾。」

「還記得我們當時候說的事情嗎？」

「我怎麼可能會忘記。」

佩斯凡德和李世民相談甚歡，在一旁的李璉聽得很不是滋味、特別是佩斯凡德還提起「七年前的高峰會」，當時她掙扎了許久才放下矜持、邀請他一起去嘉年華遊行，沒想到被他直接了當地拒絕，七年的時間本該夠她淡忘，結果佩斯凡德哪壺不開提哪壺、一開口就戳她的痛處。

李璉暗示性地瞪向畫詩，後者一看主人發怒、只能依依不捨地推開萊登，宛如深閨窗台上的黃花閨女送別正要翻牆逃跑的情郎。

畫詩這一走讓萊登覺得手裡的萊姆酒索然無味，禮節也不顧、插嘴問李世民：「話說王子殿下、你上這艘飛艇恐怕不單單只是要找佩斯凡德那麼簡單吧？」

突如其來的失禮讓李世民停頓片刻、隨後立刻就微笑釋出豁達的善意：「觀察真仔細，老實說這次我來是還為了看看我老姐；前陣子我一直在外地、這次出遠門又不知道什麼時候能回來，所以一有機會就來看看家人。」

李世民的誠懇幾乎要騙過李璉、他說話時的神態簡直跟縱橫政壇數十年的老油條沒兩樣，要不是李璉從小耳濡目染、對人際學略知一二，她差點就要拋棄成見、對這個弟弟推心置腹。

「我看不止吧。」佩斯凡德走到李璉身後、彷彿要做她的靠山。

「我記得你說過要測試新裝備。」路納德在一旁幫腔、像掀了李世民底牌一樣令他嘴角一抽，李璉記得那些官場老油條被揭老底時也是這種表情。

李世民抿了一口酒後說：「別那麼不通人情、教官，家人第一、不是嗎？」說完便解除背後的「水墨封印」、黑白水墨順著手臂竄到掌心，懸浮至掌心上、變形成一把近兩百五十公分長的寬身重劍，劍身寬厚如砧板、劍柄粗如臂膀，看上去就像巨人使用的武器。

「測試型號的『仙劍』戰鬥飛行器，使用『爆炎推進器』、內建防護罩充能水晶，只要飛行員的訓練夠扎實就能夠應付咬尾纏鬥。」李世民邊展示邊講解：「飛艇最大的缺點就是又笨又重，以前戰鬥飛行器用『颶風推進器』的時候還能用飛艇上的『電弧炮』攔截，現在自治區的戰鬥飛行器都已經開始用『共伴推進器』，速度和靈活性都有飛躍性的提升，過去我們還在笑他們不重視飛艇、現在還只靠飛艇作戰就要換我們挨揍了。」

萊登發出突兀的挑釁式冷笑、在短暫的時間裡吸引所有人的注意，一直不作聲的李靖臉色陰沉、好像隨時都會給萊登一拳。

李世民不予理會、接著說：「不過有『仙劍』和我的精銳部隊就能保證飛艇的絕對安全，現在只剩下確認它長程飛行的能耐、蚩尤號就能帶來絕對的空中優勢。」

萊登消長的氣焰瞬間被撲滅，路納德這位沙場老將也同時變臉——被譽為「永不落地」的蚩尤號得到空中戰術隊伍保駕護航，「無敵」二字將會是它給人的第一印象，光是想像就能勾勒出不亞於當年興登堡號龐然巨獸的陰影；稍微有點軍事常識的人都知道失去來自空中的支援、地面部隊會處於何等劣勢，這正是唐國和自治區近年來展開空軍軍備競賽的原因。

對軍事一無所知的李璉滿臉茫然，她對三個男人的話題基本上沒有概念、身邊的畫詩又心繫萊登，佩斯凡德便給她找點話題：「我打聽到安潔莉卡跟我們同一梯入學，妳還記得嗎？本來住在洛陽城、後來搬到首都法蘭克福、班奈特家有天使沙利葉血統的女孩。」

「真的嗎！」李璉略感驚喜，一來是佩斯凡德竟然主動跟自己搭話、二來是又能見到一位許久不見的兒時玩伴，開心得就像有糖吃的小孩子、一掃先前的陰霾。

「當然是真的、只是……」佩斯凡德欲言又止。

「怎麼了嗎？」李璉疑惑他和安潔莉卡之間有什麼瓜葛。

「到現在都還有謠言說她母親安潔拉是我害死的。」佩斯凡德嘴上訴苦、臉上卻不在乎。

李璉急切地為他澄清：「凱薩琳女王不是已經證實那是子虛烏有了嗎？」。

「『被仇恨蒙蔽的眼睛啊、你不會在乎事實與否；被憤怒奪去理智的大腦啊、你只會思考如何復仇。』」佩斯凡德突然由說轉唱讓李璉愣了一下、不由自主地唱出他所引用歌劇台詞的下一段：「『蒙受冤屈、無傷而痛，千夫所指、無疾而終；為善的受貧窮更短命，造惡的享富貴又延壽；蒼天啊！你怕硬欺軟卻原來也這般順水推舟。』」

兩人會心一笑、知道對方也看過同一本禁書──《豔陽下的一場雪》，說的是一名善良美麗的貧窮女孩遭到貴族強娶、與情郎相約私奔失敗，最終情郎在女孩面前被虐待至死、女孩則被以使用黑魔法的名義施以火刑，天上眾神聽到女孩臨死前的血淚控訴，在烈陽高照的夏日下起一場急促的暴雪將女孩掩埋、以示清白。

《豔陽下的一場雪》這部舞台劇本最荒唐的是遭到查禁的原因——鼓勵婚外情、傷風敗俗，更有趣的是這部劇被禁之後知名度不減反增，李璉藏在床板夾縫裡的手抄本便是託張姐從洛陽城購入，當時洛陽城的紙張已經比黃金還貴。

李世民捕捉到佩斯凡德和李璉相視而笑的瞬間、知道兩人已經有初步進展，自己花費大把力氣讓李璉得償所願也就沒有白費功夫，他已經可以放心去走下一步棋。

第三章　震撼教育

3-1

凱薩琳吹口哨召喚可汗並加速離開村莊，可汗一路向東邊的邊境線奔去、目標是永凍湖對岸的荒蕪鎮，直接穿越湖面是最短的路程。

「希望你剛才有吃飽、夥伴，接下來有段很長的路要走。」凱薩琳啃著鞍袋裡的肉乾、思緒跟著急嘯的寒風奔騰。

芙恩妮特拉服役期間就連放假都住在軍營裡、幾乎沒人見過她回家，凱薩琳只能按照她在檔案上登記的住址碰碰運氣。

耐人尋味的是芙恩妮特拉和凱薩琳一樣正值壯年，既不回家、在外也沒有出軌的行為，若要說全心投入工作也難免令人質疑，因此她一直是梅菲斯特新聞社記者緊盯的對象。

凱薩琳和芙恩妮特拉共事多年，在凱薩琳的印象中她是一位近乎完美的女性，天生麗質、宅心仁厚、溫良恭儉又急公好義，她的行事風格不像英雄那樣轟轟烈烈、愛恨分明，反倒是淡泊名利、默默奉獻成一位無名聖人，若要說芙恩妮特拉有任何白玉微瑕、那就是她天生患有不孕症，很多人都猜測這是她和丈夫奧爾德・米達倫感情破裂的原因——激情已過、愛情失去重心，這段婚姻只能被不斷衝突的價值觀撕裂、最終名存實亡。

可汗一路上都在發出抱怨似的低鳴，牠實在不喜歡在永凍湖上奔跑的感覺，結冰的湖面又濕又滑還得隨時留意薄冰，全然沒有廣茅草原上腳踏實地奔跑的樂趣。

永凍湖在「屏障網絡系統」建立起來前是生機勃勃的「母親之湖」，相對溫暖的湖水孕育出豐富的生態圈和人類群落，打從上古時代以來就是北方領域的核心地帶、直到凱薩琳建立屏障網絡系統和農業系統，北方領域的氣候被強行改變、富饒的區域轉移至暖冬城區域，這個舉動讓永凍湖經歷過一次生態浩劫，北方領域的寒氣被導入永凍湖導致許多原生物種就此滅絕。

屏障網絡系統是凱薩琳兩權相害取其輕的結果，餵飽她日益增多的子民比維護生態重要，身為領導者免不了要在解決短期問題和長遠隱憂之間取捨、必要之惡在所難免。

隨著湖心不斷靠近、永凍湖上漫起濃霧，霧氣遮天蔽日、四面八方人影橫生，凱薩琳心裡有數——自己恐怕是碰上來自唐國領地邊境的「霧匪」。

唐國因為國情的差異很少執行死刑，相較北方領域律法嚴明、死罪難逃，唐國相信人性本善、嚴查輕辦，犯死罪者大多流放邊疆或充軍，只有罪行罄竹難書且經過領主李淵三次複查無冤枉後的死刑犯才會伏法。

嚴查輕辦的司法風氣為李淵贏得「仁君」的美名卻苦了邊境守軍和百姓，死刑犯本身就窮兇極惡，邊境守備相對薄弱的情況下等同於為他們創造恣意妄為的犯罪天堂，這些死刑犯劃地聚眾、在邊境過著土皇帝般的生活，遇上官兵圍剿就逃竄過境、風頭一過又回頭作亂，成為兩國治安的重大隱憂。

「霧匪」即是從唐國偷渡過境、在永凍湖上依靠濃霧掩護游擊搶劫的匪徒；凱薩琳雖然多次出兵圍剿、但是在資訊情報不充足的情況下很難對他們造成致命打擊，野火燒不盡、春風吹又生。

可汗露出獠牙並向四方八方湧來的霧匪發出警告的吼聲，凱薩琳用手撫摸牠頸部和背部的毛皮、安撫牠的情緒，輕聲向牠說：「放心、夥伴，有我在。」

得到凱薩琳保證的可汗立刻收起警戒、趴在地上闔眼休息。

帶頭的霧匪有一副凶神惡煞的面孔，腦袋上的髮量和顎下鬍鬚量成反比，一身無畏寒風、鐵條橫打的肌肉和手裡兩把的魔導鋸刀殺氣十足，胯下的釘蹄戰馬赫赫威武，最可怕的是他沒有嘴唇、兩排鯊齒般尖牙寒光逼人，他正是霧匪裡最嗜血殘暴、勢力最大的「雕肉師」。

曾有藝高膽大的米迦勒報社記者偽裝潛入雕肉師團夥的聚落、冒死帶出到一系列驚世駭俗的畫面——雕肉師將試圖逃跑的奴隸夫妻綁在木樁上、將兩人頭部以下的身軀割到只剩骨架和內臟，木樁上的奴隸夫妻仍然能發出淒厲的哀號，最令人髮指的是雕肉師讓奴隸夫妻的兩個孩子全程觀看，他還將割下來的肉餵給他們的孩子生吃，若他們不吃、雕肉師就繼續割下去，奴隸夫妻從白天被割到晚上、直到午夜才斷氣，雕肉師的團夥則將這一切當作宴會表演、毫無人性可言。

現在正好是個絕佳的大好機會，滅掉雕肉師的勢力可以有效遏止霧匪犯境。

「稀客、稀客，沒想到大名鼎鼎的凱薩琳女王會大駕光臨，有失遠迎、還望恕罪。」雕肉師口氣溫和有禮、和止小兒啼的外表大相逕庭。

「這是什麼話？」凱薩琳嗤之以鼻：「這裡本來就是我的領土，嚴格來說你們才是客人。」

「我操你大爺的！」雕肉師身旁一名少年長相斯文秀氣卻滿口粗話、和雕肉師形成鮮明的對比：「別以為頭上戴個王冠就想當老大，妳那種王冠老子家裡有幾百頂，這裡只看誰的棒子大；老子先操妳再來操妳祖宗十八代。」

凱薩琳不動聲色、不怒反誇：「很有志氣、就是太衝動了。」

包圍凱薩琳的霧匪中有人叫囂：「女王陛下、俺聽說妳的性慾很強，俺們就這幾號人夠不夠餵飽妳啊！」

此話一出整片大霧裡都充斥著霧匪們荒唐的大笑聲，凱薩琳自己都覺得好笑、笑得是這群人的愚昧無知，她向雕肉師問：「你們『這幾號人』有多少人？」

雕肉師冷淡回應：「比妳的軍隊還多。」

凱薩琳的心裡對於敵人的數量已經有個大概的數字，霧匪之所以難纏就是團隊機動性高和殘暴，因此團隊組成會偏向少量武藝高強的惡霸而不是大批烏合之眾；想清楚這一層面後凱薩琳決定不再跟他們要猴戲、先禮後兵：「所有人都給我聽著！我、凱薩琳、北方領域的最高執法者向你們宣告——立刻棄械投降、宣誓歸順效忠於我，棄惡從善、遵紀守法，為北方領域貢獻個人的努力如同每一位國民，我以女王的身分向你們保證、你們能享有法律賦予你們的一切權利。」

凱薩琳的招降宣言才剛說完就又引來哄堂大笑，所有霧匪都用看神經病的眼神在看她。

雕肉師本來長的就很難看、大笑起來更難看，他的聲音像荒腔走板的大提琴：「腦子不好的女人都很好吃，特別是那顆不好使的腦子最好吃。」

少年舉著斧頭附和：「沒錯、操妳媽的！邊幹邊吃！」

霧匪們沸騰鼓譟，只等雕肉師一下令就一擁而上、拿下凱薩琳。

「死性不改。」凱薩琳闔眼嘆息，嘆息聲頗有逼不得已大開殺戒的無奈；剎那間除了她腳邊的冰面還完好無損，其餘都被融成湖水將所有霧匪的身軀吞噬、只留下一顆腦袋還露在水面上，湖水又在彈指之間結凍、困住一眾霧匪頸部以下的身軀。

冰面上的人頭放眼望去約有一百五十顆，四周霧氣裡依舊人影幢幢；霧匪裡有人惶恐大喊：「老大、老大！我們被包圍了！」

又有霧匪哀嗚：「是凱薩琳的軍隊、是驃騎兵！」

凱薩琳環視一周、冷哼一聲，一字一句如同踏上斷頭台的階梯：「凱薩琳就是一支軍隊——這是常識。」

眼下情勢瞬間逆轉、霧匪們從穩操勝券的獵人變成甕中之鱉，心情從驕傲狂喜到絕望失心的時間只有一個眨眼的間隔，目中無人的少年已經嚇得肝膽俱裂、面如死灰，在場的俎上魚肉裡只有雕肉師仍舊保持冷靜，暗中使用魔力加溫自己、試圖用體溫融化封住他的湖冰。

凱薩琳優雅地蹲在雕肉師面前、指著他身邊的少年問：「他是你兒子嗎？」

雕肉師感覺脫困的希望越來越渺茫，無論他如何努力升高體溫都趕不上寒氣侵蝕身體的速度，他的身體在凱薩琳問話期間已經失去知覺、連說話的力氣都被剝奪，只能用點頭回應凱薩琳。

「很好。」凱薩琳對著雕肉師輕輕吹出一口氣、像吹散蒲公英種子一樣將他的腦袋吹成一團飛灰，頸部斷口被燒熔成一團焦炭死肉、一滴血都沒有流出來；少年眼看橫行霸道多年的父親被輕易殺死、一時之間還無法從驚駭中恢復神智，反射性看向周圍的同夥、只見他們已經會活生生凍死，皮膚呈現暗灰色、腦袋上已經覆蓋一層薄霜，一百五十多名霧匪不到三十秒就死到只剩他一人。

屠殺殆盡不是凱薩琳的本意、留一個活口回去散播恐懼才能達到最大的嚇阻效果；雕肉師和他的精銳死後勢必會讓霧匪的派系勢力大洗牌，有他兒子回去加油添醋、一盤散沙的霧匪們短時間內將不會有再度犯境的意圖。

失去依靠的霧匪眷屬和雕肉師的聚落很快就會被其他的派系勢力席捲，他們最好的下場是當場被殺、最糟的則是淪落為奴，雕肉師惡貫滿盈、承擔報應的卻是他的家人。

即便於心不忍但是身為國家元首絕不能有婦人之仁，凱薩琳凝聚兩支冰針在半空中、迅雷不及掩耳地插入少年眼眶上半部，少年原想發出尖叫又安靜下來，細微的傷口迅速被治癒、整個過程同樣滴血不見，少年的表情從極度驚恐變成呆滯失神、對凱薩琳唯命是從。

「你叫什麼名字？」

「回陛下、小人名叫桑沖。」

「很好，桑沖、聽我說——回到你的聚落、將這裡發生的事情說出去，見人就說、越詳細越好，我要所有人都知道雕肉師死了。」

「遵命、陛下。」

凱薩琳將桑沖從冰裡拽出來、提著他的衣領走到正要入夢的可汗邊上，對著他奚落一番：「起床了、老傢伙，別整天只知道吃和睡，我都還沒老到一無是處、你也還沒到可以懶惰的年紀。」

可汗發出鼻息反諷、瞥了凱薩琳一眼，心不甘情不願地撐起身子，抖了兩下暖身、為接下來的奔跑做準備。

凱薩琳將桑沖放在可汗的鞍上、用鞍袋裡的兩根麻繩綁定，將解開繩結的一端繫在可汗胸前的背帶上，方便可汗用嘴一拉就能解開，凱薩琳吩咐牠：「把他送過邊境、被邊防軍發現也沒關係，我要他幫我做一些政治宣傳；事情辦好後你回西伯利亞村等我，隨便吃喝、帳算我的。」

可汗點頭應聲後載著桑沖向邊境跑去，凱薩琳收回創造霧裡冰雕士兵的魔力後獨自一人前往荒蕪鎮，一路上她又想起那些自己一手製造的孤兒寡母；她自己就是一位母親、有個年紀和桑沖相仿的兒子，試想佩斯凡德離家遠行、回來時卻看到國破家亡的景象他會做何感想，這份惻隱之心讓她的思緒陷入短暫的混亂、她就是改不了這個庸人自擾的壞毛病。

「終於到了。」

凱薩琳上岸、草舍木屋散落的荒蕪鎮就在眼前，相較西伯利亞村生氣勃勃、占地遼闊但人口稀疏的荒蕪鎮看起來鎮如其名，放眼望去的所有活物都一副營養不良的模樣，建築物搖搖欲墜、破舊到像剛經歷蝗蟲過境，土地龜裂荒蕪、水井乾枯積砂，路邊不知是人是獸的殘骸無人收埋、連食腐動物也意興闌珊；死氣沉沉是荒蕪鎮的禍根卻也是護身符，這個鳥不生蛋的地方之所以沒有被霧匪們霸佔就是因為無法養活大批人口、算是不幸中的大幸。

再將眼光放遠就是只剩殘垣斷壁的邊境哨站，哨站過去就是北風隘口、霧匪聚落的聚集地就在關隘後的北風谷盆地，要不是那裡是唐國國土、殺進去會破壞《聯合帝國跨境管理法》，凱薩琳很可能會隻身闖入將霧匪趕盡殺絕。

以往都只在大臣上奏的報告裡聽聞荒蕪鎮的慘狀、現在親眼目睹後凱薩琳對剛才的大開殺戒稍微釋懷，畢竟殘忍的殺法是殺人、優雅的殺法也是殺人，總得要有些正當理由才能緩解心理上的壓力。

荒蕪鎮向來稀客，來者多不善、善者多不來，凱薩琳的出現吸引無數窗縫間探頭探腦的小眼睛，只有半隻腳踏進棺材裡的老人才敢坐在屋外的搖椅上迎接她。

城鎮外圍的木柵圍牆只剩入口枯槁慘白的門框和一個臭不可當的爛醉門衛，門框上插著一根半折破洞的斷旗、破洞處正好是印有徽記的正中央，這面斷旗就是荒蕪鎮這塊雞肋之地的縮影。

門衛也不管瓶子裡裝的是不是酒、仰頭就喝，吃了一嘴沙子之後對著凱薩琳胡言亂語：「凱薩琳……凡爾登橋的屠夫……萬歲……」喊完倒頭就睡、醉生夢死。

凱薩琳一眼就認出門衛是「尼特」、感覺好氣又好笑；「尼特」並非他的真名、在帝國通用語意思為

「沒用的人」，人們習慣這樣叫他、他也沒有反駁，時間一久尼特的真名就逐漸不為人知。

王侯將相寧有種、革命改變很多人，昨日燕雀、今日鴻鵠，尼特大概是唯一一個沒有受益於革命卻又對革命成功有巨大影響的人，革命前他是個失職的門衛、革命之後他還是個失職的門衛，諷刺的是在革命軍面臨滅頂之災時、尼特的失職成為起死回生的關鍵，從此之後黑玫瑰王朝失去絕對優勢，誰都不會想到第一個張倒下的骨牌是一個地位卑微的門衛。

凱薩琳在心裡笑出聲來：「你能活成這副德行也不容易。」

對尼特來說當個廢物也許不是件壞事，革命是一將功成萬骨枯的生意，凱薩琳這樣的英雄也是靠著許多有志之士的犧牲來成就，他有幸能不被捲入大時代的風暴就足以羨煞許多人。

「亂語街九巷4號之3，就是這裡了。」

凱薩琳推開斑駁的門扉，屋內昏暗不明、只有從屋頂隙縫透進來的陽光能照明，瓶瓶罐罐散落一地、雜物堆積如山，仔細一看才發現瓶罐內盡是些動物的殘骸、斷肢和內臟，雜物大多是稻草人偶、蠟燭、針線、鈴鐺等詛咒的施法媒介，屋子角落有個骨瘦如柴的老女人，過於寬大的黑色長袍讓她看起來像裹屍布裡還沒腐爛完全的屍體，要不是她在凱薩琳進門時抬起頭來、凱薩琳會以為她就是如假包換的乾屍。

「女士、妳好，我……」

「凱薩琳、不算命就沒有妳想要的東西，算命或者離開。」老女人的說話聲就像不斷被撕開的紙張，話語如同古老的勸世預言。

凱薩琳聽出其中「花錢消災」的含意，知道老女人不是一般的占卜師，於是將魔力注入腳下腐爛斷裂的木板使其恢復生機、樹枝順著凱薩琳的想法纏繞生長成長背椅，她坐在女人對面並取出一枚金幣交到她面前的木桌上、接著提出要求：「我想問一個男孩的命運。」

「佩斯凡德．沃姆溫特、妳唯一的兒子。」老女人未卜先知凱薩琳的心思、開口說出佩斯凡德的命運：「他將散播恐懼陰影、為了錘煉英雄；他將導致生靈塗炭、為了清算因果；他將殺死母親、為了掙脫束縛；他將承受遍體麟傷、為了一個女人。」

一陣毛骨悚然席捲凱薩琳，「人外有人」這句話在她的人生經歷中不斷應驗、一想至此她便不寒而慄，如果老女人所說真的就是佩斯凡德、如果占卜結果一一應驗，那將是多麼令人絕望的命運。

「請問……」

「天道有常、報應不爽；母債子還、子心不罔；強解繩結繫更緊、不解心結自鬆去。」

「請妳說清楚一點、女士。」

「不用特別奉承我、凱薩琳，妳只是一時興起才問、我也是一時興起才回答；門邊櫥櫃由下數上來第三層的音樂盒，自己的答案自己找。」

凱薩琳收回額外遞出的一枚金幣，老女人蠻不在意的反應令她感到失望，不過如果老女人因為一枚金幣就洩漏天機、凱薩琳反而會看不起她。

老女人闔上眼睛、神遊物外，看起來就像安息的屍體。

怪事年年有、今年特別多。

就在凱薩琳打開櫥櫃時手掌大的音樂盒的蓋子被從裡面打開，音樂正在轉動的轉盤上籠罩著一層空間結界，轉盤上散佈精美小巧的房舍、穀倉、牧場、溫室和農地；草皮上最顯眼的是一棵蓊鬱青翠的榕樹、榕樹枝幹吊著一副鞦韆，一幢樹屋在樹冠枝葉間露頭、仔細看還能發現樹屋內被布置成情趣房間。

凱薩琳瞇起眼睛聚焦、赫然發現草皮上有個螞蟻大小的人正在追逐砂糖體形的小人，一聲清澈空靈的嗓音隨之傳來：「快回來、米菈！外面很危險！」

話剛說完就見到一名約莫兩歲多的可愛小女孩揮動小巧玲瓏的翅膀、連飛帶滾地跑出音樂盒的空間結界，活脫脫就像是一塊抹著熱奶油和焦糖的棉花糖，她甜美高昂的笑聲喚起凱薩琳的母性，忍不住想要抱一抱她、為她唱一首輕快的童謠、找塊可口的蜜糖給她吃。

緊隨其後的是一位秀色可餐、雲鬢花顏的精靈美女，她的秀髮如新鮮的奶油海浪、雙眸像剛出爐的焦糖布丁，肌膚緊實滑彈如現採棉花，簡直就是小女孩的纖瘦成熟版；精靈美女看準機會一把抱住小女孩、將她小心翼翼地抱在懷裡，儘管小女孩米菈活潑好動如滑溜的泥鰍也不敢太過用力、好似抱著珍貴的夜明珠一樣。

凱薩琳很懂這種感覺——佩斯凡德在小女孩這個年紀時她也是這樣每天如履薄冰地伺候著，寧可累垮自己也不願佩斯凡德受到一點苦楚。

「到底是誰擅自打開結界入口……」精靈美女邊嘮叨邊轉身，一扭頭就和凱薩琳對上正眼，兩人目光相接時同時愣住數秒後、精靈美女難以置信地問：「凱薩琳？」

凱薩琳將千頭萬緒先理出一句開場問候：「好久不見了、芙恩妮特拉。」

3-2

入學第一個蟬鳴四起的夜晚、李璉和大多數人一樣都輾轉難眠，百人大寢裡許多女孩在昏暗的燈火中啜泣、在翻身就會撞到隔壁床的小床鋪上與世隔絕；儘管李璉早就做好心理準備，經過一整天震撼教育的洗禮、眼淚還是難以控制地潰堤，全身上下的跌打瘀傷由痛變酸、由酸變癢，她只能咬緊嘴唇、不讓自己哭出聲音。

一切都要從準備下飛艇那一刻開始說起，大多數入學生聽到即將降落的廣播後都興奮不已、貼到窗邊想一窺帝國首都「法蘭克福城」的風采。

法蘭克福城建立在一棵萬人合抱的蛇龍形神木上，神木深根大地、穿雲入空，遠看盤旋而起的樹幹遍布鱗片狀排列的屋舍，教堂、體育場、空中浮港、銀行大樓、美術館、露天浴池和前朝古蹟等地標性建築物穿插其中，上層樹冠裡能看見高聳巍峨、美輪美奐的藝術建築群的冰山一角，其中就有魔導學院標誌性的校長室——一棵位於神木之巔的梧桐樹，最醒目的莫過於魔導學院大門口十二尊開國英烈雕像，每一尊雕像均手持紅盾、舉槍搭成拱門。

首都的壯闊美景對於佩斯凡德和李璉已經沒有多大的吸引力，他們不像平民百姓擠沙丁魚一樣把臉貼在窗戶上、各自整理隨身物品。

「妳弟弟又讓我刮目相看了，七年前他跟我提過『單人戰鬥飛行器』的概念、還真的讓他給做出來了。」

「是喔。」

提到「七年前」就讓李璉意興闌珊，特別是李世民像要惡整她一樣帶給她花癡似的畫詩，兩人從小到大培養出來的感情在帥哥萊登面前形同虛設，現在的畫詩已經不能用墜入愛河來形容、簡直就是被愛情的海嘯捲走。

佩斯凡德總是能找到李璉感興趣的話題：「來、試試看『雪釀脆梅』，我們家廚師長的私房點心，這道甜點必須要天時地利能做出來。」

李璉望著佩斯凡德手中鐵盒裡的脆梅、唾沫在嘴裡泉湧；陽光色脆梅鑲在整盒雪裡凸顯出鑽戒般璀璨耀眼，清淡的雪莉酒香帶動青梅的清香酸甜味，色香味俱全、令人食指大動，特別是李璉這種臣服於甜食的人。

無須多餘的言語、雪釀脆梅帶給李璉的幸福感全寫在表情，她的幸福很簡單、鵝蛋臉上微鼓的雙頰並非無跡可尋，和畫詩纖細緊實的身材相比、李璉明顯豐腴柔軟，穠纖修短、各有千秋。

佩斯凡德將整個鐵盒遞給李璉：「喜歡吃就給妳吧。」

李璉接過鐵盒、歡喜又羞赧地問：「真的嗎？這麼好吃的東西都給我、你不就沒得吃了？」

佩斯凡德不以為意：「反正我也不喜歡吃甜的。」

李璉低著頭、抿著嘴、不停眨眼，思考速度快馬加鞭、終於在腦筋打死結前接上話：「謝謝、可是為什麼這道雪釀脆梅要天時地利才能做出來呢？」

佩斯凡德解釋：「我們家廚師長告訴我——雪釀脆梅好吃的關鍵在於帕洛米諾酒莊霜之冬和梅之冬換季那幾天裝瓶的菲諾雪莉酒，加上梅之冬第十七天熟成的霰球梅，時間和地點不對都會有影響；接著還得用這種特製的鐵盒盛滿乾淨的雪保存、才能完整保留醃漬後的風味。」

李璉驚奇於醃漬這些小小的梅子難度不亞於米粒雕字、豆腐雕花，更令她匪夷所思的是手裡的鐵盒理應因為她手掌的體溫而升溫、鐵盒卻依舊如剛過手一樣冰冰涼涼，盒裡的雪塊也沒有融化的跡象，就算她用火屬性魔法加溫、鐵盒跟雪塊仍舊不受影響。

「我知道妳想問什麼。」佩斯凡德對表情詫異的李璉微笑、解釋：「那種鐵盒的材質叫做『恆溫鐵』、是上古時代留下來的東西，只有北方領域極北端的無人區有出產，它的溫度永遠保持在零下十三度，無法用任何手段加溫而且只有用攝氏一千四百度以上的高溫才能切割它，我國境內有辦法加工的人不超過三個，其中一個就是我媽。」

佩斯凡德接著補充：「夏天的時候倒是不錯的消暑工具。」

李璉忙問：「女王陛下也沒辦法讓它升溫嗎？」

佩斯凡德點點頭：「她無聊的時候試過了，恆溫鐵不是被切開就是無動於衷。」

李璉蓋上鐵盒的蓋子以後、仔細端詳一陣後說：「真是奇怪呢。」

佩斯凡德邊檢查行李邊說：「我聽說恆溫鐵不是這個世界的東西，不過誰知道呢、上古時代什麼事情發生的機會都很大。」

此時飛艇傳來震動、廣播傳來準備下船的通知，所有入學生都帶著自己的行李魚貫離開大寢室，所有人的內心或多或少帶著不安，因為他們已經知道飛艇靠港之後有一群全副武裝的教官一字排開在等著他們，有些人將不安藏在內心、有些人則毫不保留地顯現出來、有些人甚至開始在掉眼淚——空中浮港港口上的軍人可沒有好臉色。

不知何時靠過來的畫詩拉住李璉的衣角、抖著聲線說：「小姐、外面那些人看起來好可怕，他們真的是魔導學院的人嗎？」

李璉揪著她的貓耳朵、輕聲罵她：「妳這見色忘主的小東西終於想起我了、是嗎？」

畫詩不敢直視李璉：「對不起嘛、奴婢不敢了。」

佩斯凡德看著主僕二人的互動、感覺有些想笑，問剛跟上腳步、春風滿面的萊登：「你是怎麼跟她對上眼的？」

萊登得意地回答：「憑我個人出色的男性魅力。」

佩斯凡德諷刺：「還有特別厚的臉皮。」

萊登反問：「你呢？你跟公主小妞的進展如何？」

佩斯凡德剛要回話就聽到港口傳來一聲粗獷豪邁的女聲大吼：「你們這些死老百姓快給我滾下來！動作

快！」

在場所有入學生心照不宣、都知道自己的好日子恐怕是要到頭了；《聯合帝國刑法總綱》明文規定所有加盟國訂立的刑事法律都必須要包含「十項罪名」，這十項罪名對應十種殘酷的刑罰、每一種都能讓最兇惡的罪犯聞風喪膽，此外在健康的國民口中流傳著無一倖免的「第十一種酷刑」、便是魔導學院入學後為期四個月的「體魄鍛鍊課程」。

魔導學院曾發表多篇學術研究論文支持凱薩琳倡導「魔力源自於肉體而非靈魂」的理論、並以此發展出一套系統化的訓練課程，「體魄鍛鍊課程」正是所有魔法課程的基礎，歷屆學生的訓練成果則證實「體魄鍛鍊課程」的成效，通過課程的學生在往後無論選擇任何科系的「專長訓練」和「進階專長培訓」都能如魚得水，前提是得先熬過四個月的殘酷磨練。

李璉早有耳聞「體魄鍛鍊課程」——這道門檻強制將所有人拉回同一條起跑線，無論王公貴族或是黔首百姓都一視同仁，在這四個月裡沒有人有特權、任何獎勵或懲罰都得屬於整個團隊，同吃一鍋飯、同嚐一份苦，每個人的心都會因為同甘共苦而連結在一起，這便是為何所有人都不願意再體驗一回入學的滋味卻又回味無窮的原因。

「魔導學院篩選有資格圓夢的人。」正是因為相信這句廣為流傳的勵志金句、李璉才會千方百計地想要入學，這也是她改變命運的唯一手段。

佩斯凡德吩咐身旁三人：「待會下去之後大多數人做什麼就跟著做什麼，別跟團體不一樣、免得活受罪。」

李璉應聲後走下登船梯，她早就聽張姐說過：「新官上任三把火，新人入伍下馬威」，新的領導者上任都會找幾個不識相的來開刀、以此彰顯自己的權威。

「全體入學生注意！每位教官面前十人排成一班、迅速整隊完畢！」

豪邁粗獷的女聲再次傳來、來源是發號施令的帶頭教官，她的第一印象極度令人印象深刻，不僅僅只是宏亮的聲線，全身披覆銀白魔導戰甲、左半邊身軀都覆蓋木質紋路，腦後垂著著一條由黑髮和柳葉交織而成的麻花辮，給人的第一印象不怒自威。

佩斯凡德輕聲對李璉說：「卡洛琳．沃漢默爾士官長。」

李璉急促又小聲地回問：「為凱薩琳擋下巨龍孔丘攻擊的人？」

佩斯凡德細語回答：「也因此失去半邊身體。」

佩斯凡德盡可能不與卡洛琳四目相接、免得這位和自己母親大有淵源的女人找自己麻煩。

讓卡洛琳天下皆知的事蹟不在於為凱薩琳擋下巨龍毀天滅地的吐息，在於她作為黑玫瑰王朝第一批女性士官——「白薔薇」女官班的代表人物、首先在大陰謀家伊卡芮波發動「大整肅」後帶著一個魔導炮兵營的同袍倒戈支持革命軍，她的行為間接導致黑玫瑰王朝軍隊雪崩式叛變；米迦勒報社大肆批判她是「崩壞王朝的禍水」，梅菲斯特新聞社則將她渲染成「向傳統父權挑戰的新時代女性」。

卡洛琳的音量幾乎蓋過整點報時的教堂宏鐘：「體檢怎麼過的！都是殘疾人嗎？動作快一點！」

大多數入學生在被卡洛琳戰鼓般的催促後都不敢再怠慢，只有少數幾人仍悠悠哉哉、逛大街似地閒庭信步，從外表和著裝來判斷、不是心高氣傲的天使就是目中無人的紈褲子弟；佩斯凡德和萊登已經等著看好戲，李璉和畫詩則為這些人捏一把冷汗，四人從卡洛琳的表情和眼神就能知道她即將要對這些人發難。

「入學生注意！我是卡洛琳．沃漢默爾士官長，同時也是你們『體魄鍛鍊課程』的指導教官，從現在開始你們就歸我管，不管你們在外面是什麼身分、在這裡就只有一種——學徒，沒有人是例外，所以只要你們照我的指示去做、別跟大部隊做不一樣的事情，我保證你們可以平安度過這四個月。」

卡洛琳的自我介紹鏗鏘有力，身後幾個看起來比較有喜感的教官卻已經放下嚴肅的態度、用誇張的表情幫腔附和。

「現在全體學徒給我趴在地上、開始動作！」

入學生們均愣了一下，天生社會地位較低的亞人們從小就習慣接收命令，因此本能式地按照卡洛琳的命令去做；社會地位稍微高一點的純種人類和混血不明顯的半人類還會質疑、直到發現大多數人都已經趴下才跟著做；剩下還站著的就是社會頂層階級的天使和權貴，他們生來就是在命令別人、從來沒有被別人命令過，對卡洛琳一致地投以睥睨不屑的眼神。

李璉慶幸自己有聽張姐的意見穿上長褲、不用像畫詩一樣用尾巴遮遮掩掩，抬頭看還站著的入學生裡就有天人混血的安潔莉卡．沙利葉．班奈特，她身上俗稱「希頓裝」的純白無袖連身長袍讓她醒目顯著，李璉的衣櫃裡也有一套同款服飾、只是她並不喜歡在人群裡突兀的感覺，更何況任何白色的東西都容易髒。

站在安潔莉卡身旁的人比她更加搶眼，額頭兩眉之間生俱來的光環胎記和裸背上的羽翼烙痕驗明天使血統，藍白相間的祈禱巾由頭披落至腰間，希頓裝穿在他身上展現出力與美、安潔莉卡和他站在一起就像死板板的衣架。

「佩斯凡德、他不就是？」

「掃羅．烏列爾、烏列爾家族的第一順位繼承人、聖火炬安全顧問公司的總經理，怪不得安潔莉卡像他袍子上的蝨子一樣死纏著他。」

掃羅集血統、財富、權勢和聲望於一身，在帝國境內恐怕沒幾個人能奈何他，因此逐漸向他逼近的卡洛琳要如何給他下馬威成為全場焦點。

「掃羅．烏列爾。」卡洛琳比掃羅矮一顆腦袋卻氣勢滔天，原以為她會給掃羅一個震撼教育、沒想到她只是平和地向掃羅問：「你是不是看不起我？」
掃羅目光如炬：「是。」
卡洛琳又問：「憑什麼？」
掃羅平和地回答：「憑妳沒有資格。」
卡洛琳嘴角抽動、不再多話，一勾拳打在掃羅的左膝上、反手一手刀切在他的頸動脈竇；掃羅被突如其來的攻勢打趴在地、下巴磕在石板磚上，一陣暈眩和無力感傳遍全身，他的失算便在卡洛琳面對他的態度，以往在公司裡和部屬對練時都有固定的程序和套招，現在遇到一個對他不屑一顧的戰場老兵才會被打得毫無還手餘地。
卡洛琳瞪著銅鈴大的眼睛、對著所有入學生咆嘯訓斥：「這就是第一堂課——服從命令！」
遭到震撼的人不只有針對掃羅，「服從命令」這個概念深深烙印在大多數入學生的腦海裡，當卡洛琳瞪安潔莉卡一眼時安潔莉卡高貴的自信心已經被徹底粉碎、顫抖著趴在地上，其餘那些穿金戴銀的權貴子弟們也都紛紛跟進，殺一儆百、屢試不爽。
卡洛琳俯視狼狽不堪的掃羅、義正嚴詞：「你的出生在我眼裡不算什麼，因為你爸是我從屍堆裡拖出來的，沒有我、你連出生的機會都沒有；要我尊重你、你得先學會尊重我。」
佩斯凡德心裡暗笑，可能是他體內的惡魔血統在作祟、看到天使受難時異常興奮，同時慶幸李璉有照自己的話去做，否則以她耿直的性格、免不了挨一頓揍。
「佩斯凡德．胡迪尼．沃姆溫特。」
「有！」
佩斯凡德沒注意到卡洛琳何時來到身旁，一聽到她點到自己、只能像警戒中的狐獴一樣跳起來立正站好，盡量讓自己舉手答有的姿勢維持《帝國三軍基本教練準則》的標準。
卡洛琳打量佩斯凡德的動作後問他：「你是不是看不起我？」
佩斯凡德用比卡洛琳更大的音量回答：「報告、不是！」
卡洛琳繞著佩斯凡德轉圈、像在審訊犯人一樣：「可是你的眼神像是看不起我。」
佩斯凡德知道卡洛琳存心要整治他、讓所有人都知道凱薩琳的兒子也沒有例外，於是劍走偏鋒：「請問士官長的體能測驗成績如何？」
卡洛琳對佩斯凡德不亢不卑的應對感到意外，決定打蛇隨桿上、看看佩斯凡德有什麼本事：「伏地挺身、仰臥起坐和開合跳各一百五十下，每項都在三分鐘內完成，有沒有問題？」
佩斯凡德大聲回答：「學徒沒有！」
「昂德！」
「有。」
「你來給他計時、計數，盯好這小子，只要有一下做不標準就重算。」
「是、學姐。」
卡洛琳吩咐好年輕的豹人教官後就擺下伏地挺身的姿勢，向對面的佩斯凡德挑釁似地舉起左手、說：「別說士官長欺負你。」
「謝謝士官長。」佩斯凡德學著卡洛琳將左手背負在腰後。
在外人看來佩斯凡德似乎不自量力，萊登知道無論如何佩斯凡德都佔了大便宜，若他能做到卡洛琳的要求，他不只能在同一屆人裡高人一等、還能贏得卡洛琳的認同，更何況他輕裝上陣和年近半百、全副武裝的人比體能本來就是一個明智的決定。

昂德啟動攜帶式水鐘錶：「三分鐘伏地挺身開始！」

伏地挺身是聯合帝國軍隊的體能測驗項目之一，「體魄鍛鍊課程」的標準是三分鐘五十下、選擇軍事科的「專長訓練課程」會被要求八十下，再往上升的「進階專長課程」則需要完成一百下，畢業後若選擇特戰單位則會再加二十下，然而無論如何都沒有卡洛琳的一百五十下嚴苛。

李璉開始擔心佩斯凡德，即便她自己受過「祕密特訓」、雙手齊用也才能勉強完成八十下的要求，接近兩倍的次數和單手限制無疑是難上加難，她實在不希望佩斯凡德如此逞強。

佩斯凡德用行動證明李璉多慮，直到完成一百下單手伏地挺身也和卡洛琳一樣臉不紅、氣不喘，大多數入學生都肅然起敬、大氣都不敢喘，有些人在默默為佩斯凡德加油、希望他能代表入學生挽回所剩不多的顏面。

昂德看過迷你計時儀後宣布：「學徒完成一百五十下伏地挺身、正好三分鐘整。」

卡洛琳長吐一口氣後說：「好樣的。」

李璉的眼睛沒有放過卡洛琳吐氣的動作、立刻就明白這位士官長也不得不向歲月低頭——她用魔力建立體內呼吸循環、將吸進肺裡的空氣進行充分再利用，因此她只需要吸一口氣就能抵上不用魔法時的三口氣，嚴格意義上來說她屬於作弊、因為在正式體能測驗時禁止使用魔法，看清楚卡洛琳的底細之後李璉就更佩服佩斯凡德，他無法使用魔法、全憑精實的體魄完成挑戰。

「仰臥起坐和開合跳就免了、我沒有那麼多時間。」卡洛琳起身後拍拍手掌上的灰塵、指著佩斯凡德的鼻子說：「你證明自己有能耐站著，我就讓你用走的去宿舍。」

入學生們還沒反應過來卡洛琳的意思就聽她再下命令：「其他人都給我用爬的去！」

佩斯凡德行標準的敬禮並答謝：「謝謝士官長。」

命令一下即宣告「第十一種酷刑」正式開始，趴在地上的人無一不忌妒佩斯凡德卻又無可奈何，他的特權並非憑空出現而是他憑本事去爭取，讓人大跌眼鏡的是他竟然放棄特權、選擇和所有人一樣用爬行的方式前往宿舍，這一舉動無疑為他贏得大多數人的好感。

「青出於藍啊、凱薩琳。」卡洛琳帶隊的同時在心中許下評價：「妳兒子的政治天分比妳高多了。」

3-3

芙恩妮特拉出現地很突然、對她來說凱薩琳也是，兩人見面的第一件事情就是見證一個謊言不攻自破，關於她女兒米菈的故事想必非常精彩。

樸素的民房、簡單的擺設、實用的器具，簡潔美觀襯托出精靈們崇尚自然的天性，不花俏又能將材料發揮到極致的美感就是精靈工藝的精隨。

客廳最顯眼的擺設莫過於壁爐上的銀槍和紅盾，槍盾上方懸掛著一幅《引領自由的騎士》，爐火燒著一鍋散發清香的花草茶；米菈對起舞的火花興趣濃厚、總想著掙脫父親奧爾德的懷抱去觸摸，頗有初生之犢不怕燒烤的傻勁。

「我賭一枚金幣、她是你們的孩子。」凱薩琳目不轉睛地盯著米菈這個小可愛、曖昧地問芙恩妮特拉：「對吧、上尉？」

「別挖苦我、凱特，我已經退伍了。」芙恩妮特拉邊沏茶邊苦笑、西施捧心的美態盡顯無遺。

「我知道、弗拉迪米爾中校已經告訴我了。」凱薩琳接過木杯、聞香品茗：「還是老味道啊。」

「畢竟我們也都老了。」芙恩妮特拉凝視米菈、眼裡充滿希望和堅強：「如果妳是來興師問罪、我願意接受任何懲罰，我只求不要殃及孩子。」

凱薩琳看向奧爾德、發現慈祥的丈夫和父親用乞求憐憫的目光回應，他的槍盾伸手可得卻不選擇抗爭，當年在萬敵叢中浴血衝鋒的鐵血硬漢娶妻生子後增添不少柔情，同樣為人父母的凱薩琳能理解當年和自己並列「革命軍兩大箭頭」的奧爾德。

「我不是來追究責任、芬妮（芙恩妮特拉的暱稱），看在孩子的份上。」凱薩琳釋出善意的同時聞到從廚房裡散發的蛋糕香氣，看向廚房的火爐、心不在焉：「我來找妳是為了問我兒子的事情。」

「我會把所有的事情告訴妳、凱特。」芙恩妮特拉向廚房走去、回眸短暫且魅力十足：「在那之前我的蛋糕已經烤好了，妳願意跟我們一起為小寶貝慶生嗎？」

奧爾德接話解釋：「今天是米菈兩歲生日，我和芬妮原先就計畫好為她好好慶祝一番，要是事先知道妳會來、我們會準備更豐盛一點」

「竟然碰巧選了個好日子，那我就不客氣囉。」凱薩琳眉開眼笑、想趁機抱一抱可愛的米菈，米菈的反應卻令她感到失望，她越是靠近米菈就越表現出害怕的模樣，她只好作罷回座。

奧爾德一邊安慰著女兒、一邊尷尬地道歉：「抱歉、她比較怕生，再長大一點應該就不會了。」

凱薩琳拉起領口聞了聞、自言自語：「難道我還是沾到血了嗎，我已經盡量不讓血流出來了。」

她的一句無心之語讓奧爾德和剛端上蛋糕的芙恩妮特拉緊繃神經；黑玫瑰王朝是百尺大蟲、死而不僵，從聯合帝國建國至今仍有不少政要遇襲的新聞傳出，黑玫瑰王朝餘黨和極端組織「哥布林復興陣線」時常發動刺殺行動和恐怖攻擊，地點往往選在人多熱鬧的地方、如此才能大肆散播恐懼和威脅，奧爾德和芙恩妮特拉之所選擇荒蕪鎮作棲身之所就是為了避開這些無妄之災。

奧爾德謹慎詢問：「凱薩琳、妳在鎮外遇到襲擊嗎？有看清楚殺手嗎？」

凱薩琳一臉無所謂：「只是幾個霧匪而已，我已經整治好他們，他們以後應該不會敢在境內放肆了。」

芙恩妮特拉從憂轉喜，在蛋糕上插上點燃的蠟燭、向凱薩琳說：「我代替荒蕪鎮的百姓向妳道謝，這下子麻煩又少了一點。」

凱薩琳皺眉：「麻煩？」

在凱薩琳的印象中荒蕪鎮荒蕪到連麻煩都很少，要不是那幫大臣有意隱瞞、再不然就是邊境守備隊根本沒有上報；邊境地帶就像衣櫃和牆壁之間的死角、難清理又容易生灰塵，她有的只是鞭長莫及的無奈。

奧爾德說：「鎮上最近幾個月都有孩子失蹤，我和芬妮懷疑是霧匪做的好事，我本來打算出去調查……」

芙恩妮特拉打斷他：「親愛的、我們先唱生日快樂歌吧。」

「當然沒問題。」

米菈牙牙學唱的模樣逗趣可愛，她的純真活潑感染父母和凱薩琳，這種純粹自然的鼓舞是大人難以辨到的事情，人在長大之後就會不可避免地混入社會的雜質、接觸到的任何事物和行為都無法保持純粹的目的和初衷。

凱薩琳望著米菈湖中滿月般的水靈大眼、笑著說：「不知道她會許什麼願望。」

「我想會是世界和平之類的吧。」奧爾德的言論引來兩個女人的嘲笑。

芙恩妮特拉掩嘴竊笑：「太不切實際了，還不如許願得到一隻獨角獸。」

凱薩琳開懷大笑：「是啊、還不如許願找個跟她父親一樣好的男人。」

米菈從來沒有在意過大人的想法、她這個年紀根本沒有在意的必要，她的眼裡只有閃閃耀動的蠟燭火花、不斷嘗試要去觸摸，就算一次又一次被阻止也不放棄，好奇心之強烈讓凱薩琳想起卡列妮娜小時候也是如此、只是想不明白為何卡列妮娜長大後會完全變成另一個模樣；佩斯凡德則正好相反，小時候對周遭的事物皆冷眼看待、長大後才逐漸加溫熱誠。

米菈終於在三人細心引導下學會吹蠟燭，蛋糕切開後飄出滿屋子飽滿的小麥香、還沒學會用刀叉的她吃得滿手都是奶油。

「看得我都想再生一個。」凱薩琳目光柔軟如慈母，蛋糕的美味完全被米菈搶走鋒頭。

芙恩妮特拉開玩笑：「妳這種不下蛋的體質還能孵出一個就該知足了。」

奧爾德幫腔：「妳又不是沒養過孩子，小孩子半夜最不喜歡睡覺、最喜歡又哭又鬧。」

「可不是嘛。」凱薩琳心領神會、佩斯凡德嬰兒時期的精神破壞力堪比滿月下的狼人，夜夜讓她和維多里奧不得安寧，

蛋糕、花草茶、一家人的歡笑，每一樣都讓凱薩琳感到羨慕，她現在君臨一方、蛋糕和花草茶要多少有多少，一家人的團聚卻不可多得、歡笑更是奢求，她默默許下心願：「如果卡秋莎願意回家就親手做個蛋糕給她吧。」

芙恩妮特拉凝聚一小團水球、用一道細長流水為米菈擦乾淨嘴邊奶油，向奧爾德要求：「親愛的、能不能麻煩你帶小寶貝出去玩呢？」

「當然沒問題。」奧爾德有默契地給兩個女人獨處的空間。

父女倆離去後才正式進入正題，有太多謎團需要解答，擁有答案的人就在凱薩琳面前。

芙恩妮特拉喝下一口花草茶清喉嚨：「我們就按照時間先後順序來講吧。」

「沒問題。」凱薩琳將所有雜念掃向角落、洗耳恭聽。

「革命結束後我和奧爾德就約定要遠離一切，找一處世外桃源好好一起生活，當時我們的未來構想就是

妳現在看到的模樣、幾乎都已經實現了。」

「倒是很符合你們的作風，不過事情恐怕沒有這麼順利吧？」

「沒錯、我們幾乎在兩個月內就完成大部分的拼圖，只有最關鍵的那一塊遲遲拼不上。」

凱薩琳怎麼也想不到佩斯凡德怎麼跟米菈的出生牽扯上關係，她教給他帝王之術、禮儀、戰鬥和怎麼去享受生活，教他男女情愛之事也毫無禁忌、因為她認為這有助於潤滑愛情，只是她不記得自己有教過他婦科醫學的知識，要幫芙恩妮特拉這位醫學專家治療不孕症、怎麼想都是天方夜譚。

芙恩妮特拉閉上眼睛回憶：「我想要孩子、最好是一對男女，我的想法是——既然我和奧爾德決定把自己困在這個小地方過一輩子就要有會改變、會成長的東西來維持我們生活的熱情，比起花開花謝、春去冬來，我們的孩子是最好的目標。」

「可不是嘛。」凱薩琳能理解她的想法，佩斯凡德確實在自己枯燥乏味又繁重的治國生涯裡增添不少色彩，在每天內容相差無幾的公文堆裡、期待佩斯凡德回家說故事也是一種作為母親的樂趣。

芙恩妮特拉攤開真相：「問題是奧爾德在床下對我熱情如火，上了床後卻沒有任何反應。」

凱薩琳不敢相信自己的耳朵：「可是妳不是？」

「『有不孕症。』」芙恩妮特拉的表情像喝到苦澀又走味的咖啡：「我人間蒸發兩個月、突然又出現，總是要有個合情合理的藉口，況且妳也知道——天使的自尊心都很重。」

對外宣稱夫妻失和、負氣離家，對熟悉的人透漏不孕症的假象，層層相扣的謊言只為了照顧丈夫的顏面、更是為了愛情做出犧牲，芙恩妮特拉就是這麼一個睿智體貼的女人，若不是凱薩琳親自確認，恐怕也是跟大多數人一樣霧裡看花、只見花影不見花。

「當時候我和奧爾德都很沮喪，我們兩個都很健康、身體沒有缺陷，任何藥方和偏方都試過，我甚至強迫自己吃下催情藥方、做出我到現在都還覺得很羞恥的事情。」芙恩妮特拉話語間五味雜陳：「我知道他也在努力嘗試但是隨著失敗越來越多、我們都很煩躁，後來我們開始責怪對方、無時無刻都可以，芝麻蒜皮的小事都能讓我們吵架，在這件事情上被打擊自尊心的人不只有奧爾德。」

「這也難怪了，後來呢？」凱薩琳忽然有個奇怪的念頭——奧爾德性功能障礙、芙恩妮特拉長年獨守空閨，佩斯凡德又正好處在精力十足的年紀，如此多的巧合集合在一起、讓窗外正在盪鞦韆的米菈越看越像佩斯凡德的模樣……

「不可能、不可能！」凱薩琳猛搖頭。

「什麼不可能？」芙恩妮特拉將臉湊過去想聽清楚。

「沒事、沒什麼事！」凱薩琳不自覺地將身體重心向後傾、舉起雙手示意芙恩妮特拉不要再向前，隨後仰頭喝盡花草茶、免得自己醜態盡現。

「妳還是一樣奇怪呢。」芙恩妮特拉巧笑、接著說：「之後的事情就像外界傳言的那樣，我拼命工作來轉移注意力，正好也能留點空間給奧爾德，直到兩年前某一天佩斯凡德找上他、順藤摸瓜找到我；佩斯凡德向我保證能治好奧爾德的病、只要我幫他取得燃燒箭的樣品和設計圖。」

凱薩琳眼皮一跳、心想：「弗拉迪米爾那個老狐狸，竟然沒有把全部的實情告訴我。」

芙恩妮特拉深情凝視帶著笑靨在草地上奔跑的米菈、由衷地說：「我從來都沒有後悔選擇幫妳兒子。」

凱薩琳藉由追根究柢來避免自己再度胡思亂想：「話說回來、究竟是什麼東西困擾著奧爾德？」

「是心理障礙。」芙恩妮特拉再度把視線挪向窗外，想到堅毅果敢又溫柔的丈夫過去受過的苦難就萬分不捨：「他的生母——加百列家的索菲亞教導奧爾德必須保持肉體純潔、以此維持靈魂的純粹，無時無刻都在對他灌輸女性的肉體汙穢不堪的思想，她讓奧爾德在小時候就看盡女性荒淫醜陋的一面，藉此讓他對母親以外女性的徹底反感，就算日後他經歷世俗化也能保持靈魂的純粹性、成為一名真正的天使。」

物極不反、勢必扭曲，在道德枷鎖和思想洗腦的雙重壓抑下、奧爾德確實只能將過剩的精力發洩在戰鬥上，將他培育成人格高尚的善戰天使同時也阻絕他情慾的產生，在這種前提下能與芙恩妮特拉相愛已經是奇蹟、更進一步的親密行為幾乎沒有可能發生；世間悲情莫過於二——有性而無愛、有愛而無性。

凱薩琳為芙恩妮特拉倒茶，催促著故事的進度：「佩斯凡德用什麼辦法解決、別賣關子了。」

芙恩妮特拉指著樹屋說：「一開始那裡是佩斯凡德治療奧爾德的地方。」

凱薩琳「啊」了一聲、腦袋打結。

「他不希望我參與治療的過程，我只能在樹下等一整個下午，不過我還是有試著去偷聽。」芙恩妮特拉喝上一口花草茶、深呼吸後語重心長地說：「我唯一聽清楚的一句話就是：『想要得到答案就來找我，我在你的童年等你』。」

凱薩琳茅塞頓開、倒抽一口涼氣，全身起雞皮疙瘩：「佩斯凡德修改奧爾德的記憶！」

「沒錯、奧爾德後來告訴我，佩斯凡德用催眠的手法進入他的潛意識、幫他找到他刻意淡忘的童年，靠著分析他的經歷來診斷病因；在他回憶的過程中佩斯凡德就像光明神一樣、無處不在而且可以創造和毀滅記憶片段裡的所有人事物。」

芙恩妮特拉的描述讓凱薩琳不寒而慄，「催眠」和「記憶修改」屬於禁忌的黑魔法領域、恰好也是凱薩琳畢生的死敵——伊卡芮波．絲諾可的拿手好戲。

伊卡芮波作為黑玫瑰王朝的魔法顧問長兼國策顧問、在黑魔法領域無人能出其右，革命成功之前凱薩琳遇上的所有挫折都與她有關，她甚至用極度羞辱的方式殺死過凱薩琳一次，這件事成為公開的祕密、凡是有理智和人性的生物都絕口不提。

「凱特、凱特，妳還好嗎？」

「我沒事、我很好，繼續說下去吧。」

芙恩妮特拉用魔力將凱薩琳打翻的茶扔進水槽、重新為她換上一杯新茶：「妳確定嗎？妳看起來……很痛苦。」

凱薩琳扶額乾笑、笑容像乾枯大地上的裂痕：「真的沒事，只是覺得那個女人失蹤那麼多年還是陰魂不散；我當初就不應該仁慈心軟、一把火燒掉整座皇宮，不至於留下一堆糊塗帳。」

「凱薩琳、妳如果這麼做就不配當凱薩琳了。」

「我只是在自言自語而已、別放在心上；所以剛剛我們說到哪裡了？」

兩人用稍縱即逝的幾秒整理好情緒，芙恩妮特拉拿著茶壺走到火爐邊、盛滿花草茶，背對著凱薩琳說：「這也許聽起來很奇怪但是確實有效，佩斯凡德把我化妝成索菲亞的樣子並且要我戴上面紗，他要求我——不管奧爾德從樹上下來以後、對我做任何事情都不可以反抗，他也要求奧爾德不可以揭開我的面紗；雖然第一次的過程很粗暴、很野蠻，不過是一個很好的開始。」

這大概是凱薩琳聽過最詭異的療法，她的嘴唇開始乾燥、忍不住開始舔嘴唇；如果把道德倫理先放一邊不談，索菲亞對兒子強烈的佔有欲和奧爾德後天成形的戀母情結形成的死循環、只有讓二者互相衝突才能破解，當奧爾德不再畏懼索菲亞的威權才能在心裡騰出一席給其他女人。

「『奧爾德把靈魂留在聖界、肉體來到凡間，無靈之體無欲則剛；他找回靈魂之後勢必變得脆弱、所以妳必須堅強』——妳兒子臨走前留給我的這句話。」芙恩妮特拉依然背對著凱薩琳，聲音越來越小、束成絲線：「他走之後我們準備很久，把樹屋打造成現在的樣子、在上面整整待了七天才下來，我們的小寶貝就這樣誕生了。」

凱薩琳低頭冥思、早已神遊物外，完全沒有注意到芙恩妮特拉回眸時嬌羞的模樣。

「凱特、妳看起來氣色很差。」芙恩妮特拉走到凱薩琳身後，雙手輕輕拍在凱薩琳肩膀、嘗試讓她回神。

「是啊、我已經一天一夜沒睡覺了，我快累壞了。」凱薩琳伸出右手握著芙恩妮特拉的左手、言不由衷。

芙恩妮特拉湊到凱薩琳的臉頰邊說：「我給妳做一次全身精油按摩吧、算是給妳賠罪。」

凱薩琳大喜：「真的？」

芙恩妮特拉欣然：「真的。」

芙恩妮特拉獨門的精油按摩能鬆弛心靈上的緊繃，正好是凱薩琳現在迫切需要的東西，她必須先放空一陣子休養身心才能全心投入重新認識兒子的旅程——一個母親發現自己對孩子一無所知、過去的一切認知都被顛覆的時候，這才是讓凱薩琳身心俱疲的主因。

「到樹屋去、我把精油都放在那裡。」

「當然是在樹屋，感覺都來了還要從樹上爬下來豈不是很掃興。」

兩人手拉著手、笑盈盈地走向屋外，在門扉被拉開、陽光竄入的瞬間凱薩琳回頭看了一眼《引領自由的騎士》，畫上的自己有一瞬間變得痛苦不堪、面容扭曲變形，隨著陰影被陽光驅散、畫裡的自己又恢復正常。

音樂盒的結界空間由奧爾德和芙恩妮特拉共同架構，時間也能隨夫妻倆的意願而改變，凱薩琳來的時候是黑夜、帶米菈出去玩時變成白晝，與北方領域的「屏障網絡系統」有異曲同工之妙。

和煦陽光下的奧爾德正在幫助米菈熟練飛行的技巧，他厚實的雙手撐住米菈的圓潤豐腴的腰、讓米菈可以毫無顧忌地嘗試揮動翅膀，親子溫馨的畫面幾乎把兩個女人的心都融化，她們決定悄悄地上到樹屋去、不破壞眼前美好的景象。

凱薩琳伸出手拉一把芙恩妮特拉、順手攬住她的腰，說：「謝謝妳、芬妮，妳總是能幫我排憂解難。」

「不用客氣、這是應該的。」芙恩妮特拉靠在凱薩琳的左胸、小鳥依人：「以前我們不也是常常互相幫助嗎？」

樹屋之內春光旖旎又辛香濃烈，花樣百出的道具讓凱薩琳大開眼界、勾引她浮想聯翩。

芙恩妮特拉幫她寬衣解帶、指著一張素白床鋪說：「床單有一陣子沒用了，不過我能保證是乾淨的。」

凱薩琳選擇一個舒服的姿勢趴在床上、側臉說：「照顧孩子可不是件容易的事情呢。」

芙恩妮特拉從床頭櫃取出一個裝滿精油瓶的木盒，用魔力轉化成水流將茉莉花、天竺葵和花梨木精油調和成一顆精油球，讓油球順著凱薩琳的背脊滾落、沿途化成水霧擴散至全身肌膚，她兩手輕揉凱薩琳的肩頭、在她耳邊輕語：「照顧國家也不容易啊。」

3-4

手忙腳亂的入學第一天終於接近尾聲，繁瑣的分班、領取個人裝備、認識學院、整理行李、填寫個人資料、學院禮儀講解……光是這些必要的瑣事就快把大多數入學生累個半死，在晚餐開飯前一個小時才露臉的中隊長王選還帶著所有人跑一趟三千公尺、把大多數入學生的食慾扔在路邊。

「快累死人家了啦，幹嘛要在吃飯前跑步啊，璉璉、妳都不會累嗎？」安潔莉卡在食堂圓桌上盡可能壓低音量，忍著腰腹、大腿的痠痛和嘔吐感向李璉大吐苦水，她從出生到現在還沒跑超過一百公尺，今天能跑三倍的路程已經是她人生的一大突破。

「妳才跑三百公尺就不行了、有力氣說話還不如多吃點飯。」坐在兩人對面的女性士官始終用一塊絳紅色絲帶矇著雙眼，視力全無、聽力超群，這位名為石竹的分隊長從分班後就盯著安潔莉卡找麻煩，因為安潔莉卡是她的隊上唯一沒有跑完三千公尺的學徒，中隊長王選已經要求多多「關照」。

石竹指責的口氣溫和：「安潔莉卡、我記得妳的志願是『藝術科音樂系』，既然選藝術科這條路、少說也要能跑完八百公尺，如果還有夢想就好好鍛鍊自己。」

安潔莉卡撇過頭去、嗤之以鼻，她的行為讓李璉捏一把冷汗，在摸透石竹的個性前就如此放肆恐怕是最不明智的選擇；同為貴族的自己就收斂不少，從自己懂事以來就要給父母早晚跪拜請安，低頭隱忍對李璉來說早已是家常便飯，學習學院禮儀的適應力自然不在話下。

石竹面前的碗筷裡始終只有肉類和湯，既不吃穀物也不吃蔬菜水果，全班學徒都在心裡埋怨卻沒人敢說出口，一來是見識過卡洛琳的鐵血作風後石竹的溫和作風顯得格外親切、二來是石竹除了搶肉之外沒有特別刁難的行為，如此好的教官且相處且珍惜。

「本來想到『營火時間』再告訴你們，既然你們之間有人不受教、我就先給你們來點教訓。」石竹拆下矇眼的絲帶、露出一對鑲著小型蜂窩的雙眼，無數砂粒大小的蜜蜂從蜂窩內竄出、在她的鼻尖上方聚集成一個漆黑橫向的「8」，不斷蠕動的蜂群和孔洞密集的蜂窩眼睛喚起所有人噁心作嘔的本能反應；石竹文靜和氣地說：「一隻蜜蜂有五千隻眼睛，妳真的以為我看不見嗎？順便告訴你們——我的軍科專長是偵查跟情蒐。」

李璉感覺剛吃下肚的食物已經衝到嘴邊，眼角餘光瞄到其他桌的教官都在看著他們的笑話，唯獨卡洛琳和王選正左右夾攻佩斯凡德；她想起小時候參加接見外賓儀式上來自扶桑國的植物人表演團隊，其中一人身為朽木、爬滿白蟻，白蟻樹人的形象在李璉內心留下不小的心理陰影，現在看到石竹蜂湧如潮的畫面又讓陰影面積增加不少。

源自扶桑島和蓬萊島的植物人和獸人曾是戰爭的寵兒，先天身體構造的優勢使他們戰功顯赫，在革命戰爭初期時社會地位一度與王公貴族齊肩，自從通古斯轉基因研究所大爆炸、導致不少純種人類新生兒「亞人化畸形」後就一落千丈，不是從軍吃老本就是作人奴僕。

同班的純種人類少年對昆蟲頗感興趣：「分隊長、那是食肉蜂嗎？」

「看來你對昆蟲懂得不少，它們並不喜歡吃花蜜，對血和肉比較有興趣。」石竹收蜂回巢、重新綁上絲帶，叉起一顆紅燒肉丸子吃起來。

李璉用唾液清洗口腔和喉嚨裡的胃酸腥味，抬頭往左看是已經吐了一整碗的安潔莉卡、右邊則是忍著吐意強吞麵包的畫詩。

「妳還吃得下去啊？」李璉在畫詩大腿上寫字交流。

「能吃是福。」畫詩在李璉的手心簡單回應，這是她被女僕生活磨練出來的本事，作為包辦雜務的女僕免不了與灰塵穢物為伍、用餐時間又被嚴格控管，邊刷馬桶邊偷吃午餐沒吃完的麵包對畫詩來說是常有的事情。

晚餐之後終於迎來眾人奢望的洗浴時間，李璉在入學以前從來都沒想過洗澡是一件奢侈的事情，在家有包含畫詩在內的五名貼身女僕幫她洗浴仍嫌麻煩，現在她只想將一盆清水從頭淋到腳、洗掉全身的汗漬汙垢。

女性澡堂緊鄰男性澡堂、僅有一牆之隔，最需要擔心的卻不是被偷窺而是洗澡時間只有三分鐘，平時光是洗澡前的準備就不只三分鐘。

「看我幹嘛？有什麼東西是我有、妳沒有的嗎？」卡洛琳將一盆水從頭淋下、搓起肥皂泡沫，同樣是經歷一天的手忙腳亂、她明顯游刃有餘，不像還在綁頭髮的李璉正在天人交戰。

「報告、沒有。」李璉正在抉擇要不要用水魔法來快速清洗全身，她在跑三千公尺時就已經耗費大量體力以轉換魔力來調節身體機能，若再使用魔力、她恐怕會沒有任何體力走回宿舍，可是若不這麼做、她實在想不透該怎麼在三分鐘內洗完澡。

「報告士官長、李璉有問題——公主殿下需要有個人來讓她撿肥皂，這樣她才能向大家展示她性感的小屁股。」

引來哄堂大笑的人是和李璉同班的伯爾蘭蒂亞——外號「食人魚」，這位來自艾西尼部落聯盟的南方人性格就跟她的嗓門一樣豪放，全身爬滿部落圖騰刺青、手腳腰間的肌肉線條像石雕一樣飽滿有力，在崇尚力量的艾西尼部落聯盟裡伯爾蘭蒂亞孔武有力、英姿風發的形象是標準的權力象徵，正因為受到尚武的社會風氣影響、艾西尼部落聯盟不怎麼重視禮儀和社交。

李璉看著不知道從哪裡滑到她腳邊的肥皂大為惱火，伯爾蘭蒂亞對她已經不是單純的冒犯、是明顯過火的言語性騷擾，她對伯爾蘭蒂亞這個「南方蠻子」第一印象極度差勁，殊不知正是因為艾西尼文化重拳頭不重性別的社會風氣、伯爾蘭蒂亞才能像粗魯莽漢一樣口無遮攔地開黃腔，性別平等這把雙刃劍首次對李璉展示它的鋒利。

眼見卡洛琳無動於衷、似乎是打算放任眼前事態繼續發展下去，李璉索性對一切聲音充耳不聞，直到她的左臂被人狠狠掐住、想放聲尖叫時又被摀住嘴巴，一聲委屈憋在嘴裡、肺裡、肚裡、心裡，最後把她的眼淚硬生生逼出來。

「哭什麼？我們『白薔薇』以前還要跟男人一起洗澡睡覺，妳們現在這些洋娃娃就是命太好，想要我承認妳是個女人就把眼淚吞下去。」

讓整個澡堂鴉雀無聲的人是卡洛琳，說話時沒有先前的暴戾之氣、有的只是老兵講述傷疤來歷的淡然。

「士官長說的都是事實，我是她學妹、『白薔薇』第三期。」石竹攔住又氣又急的畫詩、語氣冷淡漠然：「以前我們『白薔薇』被叫作『交際花訓練班』，第一天長官來視察的時候就會像士官長那樣『認直屬』，沒有跟著士官長走的人很多都變成長官的情婦；我們報考『白薔薇』就是想自立自強、不想成為男人的附屬品，如果結局還是殊途同歸不是很諷刺嗎？」

「妳們還有兩分鐘、動作快。」卡洛琳鬆開對李璉的箝制、收拾好盥洗用具就離開澡堂，臨走前留下一句話：「洗完就到澡堂外按照班級學號排隊集合，最好不要有人給我遲到，頭髮也別洗了、反正明天就要剪掉。」

許多人還沒從震驚中緩和過來，聽到洗澡時間只剩兩分鐘、紛紛魂不守舍地洗刷身體。

安潔莉卡想要上前安慰李璉卻被畫詩搶先，畫詩不顧自己滿身肥皂泡沫，端著水盆和沐浴球就要先為李璉洗淨身體，這個行為幾乎已經成為她的本能。

李璉抓住畫詩的手腕、抓到畫詩手腕發疼，抹掉眼淚、顫抖著聲音和身軀：「我自己……會洗……」

石竹收拾好後轉身離去，表面不動聲色、實則內心暗喜；李璉的反應證明她已經不把自己當公主看待、同時也證明卡洛琳並沒有看錯人，當社會階級的差異被打破，所有人都必須要一起受難時、成為「一家人」就不會是太難的事情。

「營火時間」是入學生唯一能期待的事情，所有人不分班級、圍坐一座巨大的營火彼此交換食物和飲料，互相交流彼此的故事或自願走到營火堆前向眾人分享，比起一整天的勞苦、營火時間是最輕鬆愉快的時候。

這份輕鬆愉快對石竹班大打折扣，因為安潔莉卡讓所有人在澡堂外等了十分鐘之久、石竹班的所有學徒被處罰原地交互蹲跳一百下，剛洗淨的身體立刻又變成滿身臭汗，同班的所有人都沒給安潔莉卡好臉色。

李璉口含雪釀脆梅、抱著麻掉的雙腿，不斷反思自己做出的決定是否正確；遠離拘束冷漠但是照護周全的家、投入自由熱鬧卻處處受苦的魔導學院，到底是順從對舒適的渴望還是叛逆魯莽的衝動，內心的天秤不斷擺動、始終無法穩定下來。

「我想你們大多數人都已經知道，我也不跟你們遮遮掩掩，我們就坦誠相見吧。」卡洛琳在營火前啃著香茅烤雞腿、另一手拎著黑啤酒，說起自己的故事：「你們在學院外看到的聖特雷薩大教堂、裡面供俸的聖特雷薩就是我以前的同伴，你們每一屆的學長姐都會問所以我一定要先聲明、我跟他沒有更進一步關係——我跟他沒有交往、更沒有上床，其他的都可以問。」

佩斯凡德搶先發問：「士官長、我有問題。」

卡洛琳喝了一口啤酒後說：「你他媽全身上下都是問題、問吧。」

佩斯凡德在一片靜默中發問：「士官長、請問妳跟我媽睡過嗎？在北風隘口、進攻潼關的前哨戰勝利之後？」

不論是對是錯、下場如何，佩斯凡德都成功引起一片譁然和關注；其他教官和中隊長王選對他毫不掩飾的冒犯感到意外，他從入學以來都是中規中矩、突然間大步踩進地雷區的行為令人費解；包含李璉在內的其他學徒則對他大爆自己母親的花邊往事感到新奇刺激，特別是李璉、因為他提到的「潼關前哨戰」曾是長安李家近代最大的危機之一。

李璉小時候曾聽母親竇雀屏說過——過去李家還是黑玫瑰王朝的附庸國時在革命戰爭中一直保持中立態度，直到「大整肅」發生後李淵認清黑玫瑰王朝已經腐爛到根部且革命的潮流已經勢不可擋，向來保持消極中立態度的李淵果斷在出兵增援革命軍、棄暗投明，結果證實李淵的抉擇實屬明智、沒有讓家族的千年香火斷送在他的手裡。

故事說到最後竇雀屏還不忘補充：「不要忘記妳父王對妳、家族和國家的付出，他為妳安排的一切都是為妳好。」

一想到這句話、李璉內心的天秤終於穩定下來，想起自己還有漫漫長路要走、腿腳的痠痛就不算什麼。

「有——」卡洛琳用力撕咬雞腿、邊嚼邊說：「嘗過你媽野性的人都說讚。」

佩斯凡德的爆料加上卡洛琳這個當事人的證實、現場氣氛立刻就沸騰起來。

「小姐、小姐，凱薩琳女王真的是雙性戀嗎？」畫詩被周圍的氣氛感染、女人天生的八卦本能跟著活躍起來。

不等李璉解答、更具公信力的佩斯凡德搶先說：「我媽常說『人不能為了愛情拋棄激情』，所以她把愛情留給男人、激情留給女人。」

無心插柳柳成蔭、李璉的心情凌亂：「假如我喜歡上你、我會是愛情還是激情？」

內心戲還沒演完、李璉就聽到卡洛琳吃乾抹淨後指示佩斯凡德：「好了、小子，輪到你啦，給我滾上來。」

「是。」佩斯凡德帶著牛肉乾罐頭和皮革裝飾的金屬酒瓶走到營火前、盤腿席地而坐，說：「我想我也不用自我介紹了，直接切入正題吧，各位有什麼問題想問我嗎？」

李璉在一片寂靜中和眾人一樣凝視著佩斯凡德，她十分羨慕佩斯凡德在一百多人面前也不會怯場的特質，腹中有無數個問題想要發問卻不知道要從何開始，因為猶豫不決而讓人奪得先機：「請問凱薩琳陛下有多少個稱號呢？」

「問的好、上次我數到一百零八個的時候就睡著了。」佩斯凡德一口熱酒下肚、嗓門變大：「光明神啟發之人、奧爾良的守護者、革命的箭頭、善良的刀鋒、大義滅親的義人、凡爾登橋的英雄、直面恐懼的勇者、死亡裂谷的獵鷹、初代布狄卡、屠龍聖槍、狼王之爪、哥布林庫依薩姆、破碎靈魂的蒐集者、死神的債主、抵達馬特瑞斯的外鄉人、北方之母、暖冬城的女王、風流女士、古典藝術復興的基石……之類的，我們這裡一人分一個都有剩。」

眼見眾人目瞪口呆、佩斯凡德爽朗的笑著說：「我就跟她說選一個簡單好記的就行了，她堅持每一個稱號都有一段不能被忘記的過去、所以一個都不能少，負責唱名的內侍和司儀臉都綠了。」

笑聲如跳動的火花此起彼落、就算不懂哪裡好笑的人也會跟著笑兩聲，在一片歡樂的氣氛中突然有人冒出一句：「像是『騎木驢的凱薩琳』？」

讓氣氛僵化的人是掃羅，他的表情像是在期待佩斯凡德失控抓狂的戲碼上演；對於貴族而言名譽勝過一切，無論家族還是個人的名譽受損是天大的羞辱，不管對方身分為何、凡是損及名譽者都是死敵，歷史上便有不少貴族之間因為一句戲言而進行決鬥、至死方休的案例。

李璉發現卡洛琳雖然豎眉怒目卻屏息以待，眼裡更多的是期待佩斯凡德的該如何應對進退。

「騎木驢遊城」是凱薩琳最殘酷、最屈辱的人生汙點。

在潼關前哨戰獲勝、李淵加盟革命軍後，伊卡芮波體認到拿下半壁江山的革命軍已經成為黑玫瑰王朝的最大威脅，因此發出一連串的假情報、引誘迫切結束戰爭的革命軍刺殺末代皇帝，事情發展如伊卡芮波所料——凱薩琳親自執行刺殺任務、落入預先設下的陷阱。

公開處死凱薩琳只會讓她成為烈士，徹底羞辱她才能打擊革命軍的士氣和恐嚇搖擺不定的民心，伊卡芮波親口下令讓凱薩琳裸體騎木驢遊城、要讓每一位國民都看到革命英雄羞恥難堪的模樣；這段往事在佩斯凡德這一輩人大多只有聽說過、但是和卡洛琳年紀差不多的人都曾親眼目睹，因此當掃羅刻意揭開這段傷疤時卡洛琳、昂德、石竹等人都咬牙切齒。

「既然有人提到這件事、我就來個跟大家分享一些保命的知識。」佩斯凡德沒有暴怒、沒有憤慨、更沒有要和掃羅拼命，取而代之的是事不關己的冷笑：「『木驢』是什麼東西大家都知道吧，不知道的去問知道的人。」

畫詩逮住佩斯凡德喝酒的空隙問李璉：「小姐、木驢是什麼東西啊？聽起來好像是很可怕的東西。」

李璉面有難色、欲言又止，她知道答案卻不知道該如何啟齒，最後還是萊登幫她回答畫詩的問題：「木驢很像小孩子騎的木馬，差別在木驢上多了兩根棍棒，狠一點的會用鐵棍、加熱之後會讓犯人更痛苦，長棍用來固定犯人、短棍會插入犯人的下體，當木驢在移動的時候短棍就會來回伸縮，是一種可以同時摧毀犯人精神和肉體的刑具；現在自治區都不用這種沒效率的東西了，我們都直接切掉腦白質。」

光聽萊登的描述就夠讓李璉和畫詩起滿身雞皮疙瘩，佩斯凡德又適時地加油添醋：「當年凱薩琳死於子宮、膀胱和小腸破裂導致大面積感染、併發敗血症和多重器官衰竭，發高燒三天三夜才斷氣；芙恩妮特拉和孫思邈聯手搶救、沒有救不回來的道理，可是凱薩琳失去求生意志，她選擇放棄活下來的機會所以她回天乏術；我要告訴你們的是——任何情況下都不要放棄任何希望、活著就有機會，我媽當時連復仇的機會都捨棄了，很可惜、那是最有可能讓她活下去的動力。」

詭異的氛圍縈繞著營火堆，火光之下的佩斯凡德表情詭譎，看起來就像小時候存在於衣櫃和床底下卻總是找不著的怪物；他能把母親的苦難說得無關痛癢甚至說成一個警世勵志的故事，冷血、殘酷且沒有任何憐憫和同情心，這些特質只存在於暴君和唯利是圖的銀行家與實業家。

卡洛琳表現出來的情緒像即將來襲的暴風雨，給中隊長王選使了一個眼色之後就先行離開，現場最難堪的還屬於掃羅、誰都不肯給這位天使好臉色。

佩斯凡德不在乎眾人的反應、吃完牛肉乾後拍手吸引注意：「好啦、李璉，換妳上來吧！」營火前的位置已經空下、全場焦點轉移至手足無措的李璉。

3-5

凱薩琳赤裸著醒來、嘴角還留著芙恩妮特拉的味道，清晨陽光和煦宜人、溫暖著意猶未盡的旖旎。芙恩妮特拉推開樹屋小門、端著精緻豐盛的早餐近來，嫣然一笑：「太陽曬屁股囉、女王陛下。」

「辛苦妳了、芬妮。」凱薩琳接過早餐、與芙恩妮特拉輕輕接吻。

凱薩琳享用起早餐，芙恩妮特拉為她梳理披散的紅髮，情同姐妹又如同伴侶，透過窗戶能看到綠茵上的奧爾德正在餵米菈吃以康乃馨朝露烹煮的燕麥粥，幼苗茁壯成長的畫面總是能讓人充滿希望。

「還記得睡前我跟妳說的事情嗎？」凱薩琳心不在焉地邊吃邊說：「有時候我一直在想——我到底是不是一位合格的母親。」

「我記得、不過為什麼妳會這麼想呢？」芙恩妮特拉說著撩起凱薩琳的鬢角、免得她連著生菜沙拉一起吃進嘴裡；凱薩琳總是心不在焉，好像她的人生中除了煩惱和睡覺之外就沒有其他的事情好做。

「葉卡琳娜和卡列妮娜長大後都不盡理想，現在對佩斯凡德也是一知半解，我這個母親太失敗了。」

「妳看這塊盤子、不論妳胃口再大都只能裝這麼多食物，想要再吃就只能盛第二輪，太貪心的話只會讓食物掉到盤子外面；雖然母親的身分無法滿足女王的需求，可是孩子需要的是母親、不是女王。」

芙恩妮特拉的智慧總是簡單好懂又發人省思，凱薩琳反思過去對葉卡琳娜充滿高壓和控制，將葉卡琳娜硬擠進女王的模子裡、試圖將她等比例複製成自己，結果葉卡琳娜逮到機會就離家出走，再次得到她的消息時已經遠在自治區並嫁作人婦，丈夫是神龍見首不見尾的「牧狼人」蘭傑・柯爾特，奔走千里傳來喜訊的極地狼群成為遲來的聘禮。

頑冥不靈的卡列妮娜幾乎沒有任何教育她的機會，處處頂撞、驕縱任性，她比葉卡琳娜早熟定型、可能因此反感王儲的教育模式，只要和禮儀教育相關的事情一概牴觸不學，除此之外卡列妮娜似乎在各方面都深具潛力。

來到佩斯凡德、凱薩琳最心愛的小兒子，有了前車之鑑後凱薩琳害怕最後的希望也破滅，對他採取扶持提點的態度、不再逼他做任何事，希望他能潛移默化、克紹箕裘，最後他卻變成凱薩琳最熟悉的陌生人、更可怕的是他還和自己不共戴天的仇人有幾分相似。

凱薩琳強顏歡笑：「將來妳就會明白恨鐵不成鋼的感覺了。」

芙恩妮特拉的話看似毫無關聯：「鋼鐵會斷裂、水不會——這是我們祖先流傳下來的智慧。」

凱薩琳苦笑反駁：「可是水會斷流。」

精靈族古老的傳統在黑玫瑰王朝的軍隊入侵後就大多失傳，古老的技藝、古老的文化、古老的精神……包含維多里奧在內、年輕一輩的精靈都認為是這些古老的事物箝制族人的思想、思想陳舊導致體制腐敗，在山河殘斷之際還盲目相信毫無根據的「祖靈指示」而選擇死守家園，此舉使族人不是死在屠殺就是被抓進通古斯研究所進行活體實驗，若非維多里奧帶著一批思想開明的精靈出走家園、精靈族很可能就此火滅種絕。

芙恩妮特拉相信錯不在傳統、錯在解釋傳統的人，就像她親手打造的獵刀「和平」、飽含精靈族古老的智慧精粹——武器理當創造和平而非動亂；她將此刀贈與維多里奧之妻象徵改革派和守舊派的和解，只是她一直不理解為何凱薩琳會將「和平」說成「賭徒」。

「不想了、不想了，越想越煩。」凱薩琳口是心非：「外面那位老女士是誰呢？」

芙恩妮特拉為凱薩琳紮上麻花捲、娓娓道來：「妳是說胡言小姐嗎？她七天前去世了、在她一百歲生日的時候，對純種人類來說不知道是好事還是壞事；胡言小姐生前是我的鄰居、靠占卜算卦維生，有個養女叫胡麗、她是『通古斯的孤兒』，從小就被父母當作怪胎拋棄，胡言小姐預言她日後會成為王妃、堅持要收養她。」

凱薩琳眼皮一跳、心思迅捷，按照芙恩妮特拉的說法、老女人胡言必定是在生前對自己施展操屍術或者還魂術一類的黑魔法，表面占卜師、背後黑魔女，恐怕也不是什麼善類。

「以前我還在剽騎兵的時候會給她們生活一點幫助、胡麗會幫我觀察奧爾德，她是個很機靈的孩子呢。」芙恩妮特拉掩嘴而笑、接著說：「可惜胡麗的夢想就是當上王家女僕，胡言小姐終究還是算錯了。」

「那倒也不一定、妳忘記唐國的『紅拂女』了嗎？」凱薩琳將臉湊近芙恩妮特拉、讓她能幫自己清理嘴角的食物碎屑，說：「麻雀都有夢想、就看誰有本事當鳳凰。」

「說的也是，佩斯凡德來找她們之前胡麗還在西伯利亞村當保姆。」芙恩妮特拉將凱薩琳狼吞虎嚥後的嘴擦拭乾淨、微笑著說：「後來佩斯凡德和胡言小姐達成協議——只要胡言小姐遵守約定、他就會幫胡麗偽造出生證明，這樣胡麗就有機會參加王家傭僕的培訓，不曉得她有沒有成功圓夢。」

「妳這麼說倒是讓我想起來、好像還真的有個新來的狐人女僕。」凱薩琳故作驚訝、心裡暗忖：「要是佩羅喜歡、讓那個狐人女孩當嬪妃也不是不行，不過王后人選就不能馬虎決定。」

「看來『女王』這一行很傷腦筋呢，妳以前記憶力很好的。」芙恩妮特拉邊揶揄邊收拾餐具、隨後問：「要我再弄一份上來給妳、還是妳要下來跟我們一起吃呢？」

「妳倒是還記得我胃口很大。」凱薩琳笑罵推託：「都說女人生完孩子會變笨，接下來就要輪到妳了。」

「我倒是蠻期待變笨的，超過認知極限的知識是一種詛咒。」

「妳老是說一些奇怪的話。」

「不用在意我、凱薩琳；我聽到米菈的哭聲，一定又是奧爾德扮鬼臉把她嚇壞了，我先下去教訓他。」

「妳先去吧、我等一下就跟上。」

酒足飯飽、睡眠充足讓凱薩琳有足夠的精力去整理現在知道的所有線索，一個問題剛解決、另一個問題又冒出來，下一步要做的就是釐清佩斯凡德和伊卡芮波的關係，牽扯到這一層面的線索恐怕只剩王家圖書館的禁書區，伊卡芮波的遺物大多封存在那裡、佩斯凡德要找也只能往那裡去找。

「走私違禁品、偽造文書、擅闖禁區……真不愧是我的兒子，要是早點把他生下來、說不定也能在革命戰爭中闖出自己的事業。」

凱薩琳自娛自嘲後從樹屋上下來、發現奧爾德夫妻倆爭論不休，芙恩妮特拉邊責怪邊哄著懷裡哭鬧不止的米菈，奧爾德則堅持米菈莫名其妙就放聲大哭、絕對沒有刻意嚇她。

凱薩琳笑著回憶：「佩斯凡德小時候也很愛哭呢，常常一哭就沒完沒了，讓我來哄哄她吧。」

米菈完全不給凱薩琳面子，看到她一接近就止住哭啼、死命抱緊芙恩妮特拉，表情就像看見惡夢裡的怪物一樣。

奧爾德試圖打圓場：「米菈是個很敏感的孩子、一有風吹草動就會哭鬧，她對危險的事物特別警覺、長大說不定會是個好獵人。」

聽不擅長說話的丈夫無意間冒犯到凱薩琳、芙恩妮特拉忙緩頰：「孩子都怕生、請不要放在心上。」

凱薩琳給雙方台階下：「小孩子嘛、佩羅小時候也是這樣。」

正當三人準備坐下繼續享用早餐、整個音樂盒的結界空間發出劇烈的震動，天地瞬間反轉、日月星辰交錯混雜，這一震不只嚇到三個大人、小米菈受到驚嚇後再度嚎啕大哭。

等到混亂平靜下來時結界空間內已經是一片狼藉，天地之間只剩米菈的哭嚎；芙恩妮特拉以自身為中心架起最強力的防護罩、奧爾德抬手招來銀槍紅盾，凱薩琳蓄積魔力、蓄勢待發，只要有任何危險發生、他們就會用盡一切辦法解除危機。

半分鐘過去、任何事情都沒有發生，奧爾德和凱薩琳打手勢交流、如同過去深夜行軍時必須安靜行事，敵暗我明、步步為營，兩人成犄角之勢、互相掩護推進，巡視整個空間結界一周、確認沒有任何威脅後才解除武裝。

凱薩琳自告奮勇出去探查：「我出去看看。」

「等等、凱薩琳。」奧爾德將銀槍和紅盾交給她：「『把他們推下懸崖』。」

聽到革命軍的精神口號、凱薩琳一時感慨萬千，她這輩子的名聲與評價、不論好壞都是從這句話開始；她接過槍盾、眼神堅定不移，回應奧爾德：「『把他們推下懸崖』。」

凱薩琳向芙恩妮特拉點頭告別，隻身一人走出空間結界，一出結界就被荒蕪鎮的慘狀震懾——昨天的荒蕪鎮破爛歸破爛、還沒有到現在眼前幾乎全毀的模樣，在她的認知裡只有隕石、巨龍、破城炸藥包或者上百門魔導重炮狂轟濫炸才能造成眼前的景象。

多年征戰讓凱薩琳養成隨身攜帶通訊設備的習慣，她立刻就戴上耳掛式通訊儀、將雙生水晶震動的頻率調到與緊急應變中心產生共鳴後說出通訊密碼：「這裡是黑桃Q、編號COWL6Q，呼叫荷官、聽到請回答。」

「黑桃Q、這裡是荷官，編號GK6EJ0，根據西伯利亞村守備隊的回報——西伯利亞村的中央市集在上午九點十一分遭到偽裝成野味的屍體炸彈攻擊，初步研判是『哥布林復興陣線』發動的恐怖襲擊；服務生正在待命、請黑桃Q說明座標位置。」

「服務生」是禁衛軍政要保護小組的代號、負責國土內重要官員的安全事宜，在這種非常時刻第一要務就是找到女王並護送回安全區域。

「荷官、為什麼西伯利亞村的屍體炸彈會波及到荒蕪鎮？」

「灌鉛骰子在接獲守備隊回報後立刻前往西伯利亞村處置，他們回報來不及解除屍體炸彈，在獲得總經理授權後將屍體炸彈用傳送水晶裝置傳送至荒蕪鎮引爆。」

「灌鉛骰子」和「總經理」分別是精靈驃騎兵和緊急應變中心總指揮的代號，由可以從指揮部通訊官的描述彙整出目前整起事件的概況——西伯利亞村的守備隊於上午九點十一分、在市聲鼎沸的大市集發現屍體炸彈，通報精靈驃騎兵派遣魔法干預小隊前往拆彈後發現來不及完全疏散人群或解除炸彈，情急之下只好由維多里奧授權、使用傳送儀將屍體炸彈傳送到人煙稀疏的荒蕪鎮引爆，用最小的損失來確保大多數人的安全，如果凱薩琳女王被炸死也只是一個死亡人數的統計、這個決策無比正確。

為了穩定軍心、凱薩琳決定不將自己在荒蕪鎮的事實回報：「收到、命令灌鉛骰子派兩個連前往西伯利亞村協防，我要西伯利亞村附近的所有警備單位協助疏散民眾，務必要將傷亡減到最少。」

緊急應變中心通訊官發問：「黑桃Q、請問妳現在座標位置？」

凱薩琳字句清晰、語氣堅定：「現在開始由我指揮，你們執行命令、不要發問，通話完畢。」

通訊官回覆：「是、正在下達命令給各單位，通話完畢。」

引爆一顆炸彈後透過媒體發布威脅訊息已經是老套過時的恐攻手段，現在已經改良到聲東擊西，屍體炸彈只是誘餌、爆炸後趁亂突襲才是真正的恐怖攻擊，哥布林復興陣線短時間內必定會大舉來犯，以現在的時間點來說只有一個辦法能解除危機。

凱薩琳閉上雙眼、同時催發體內的天使與惡魔之力，利用無窮無盡的魔力把自己解構重組成光子，順著陽光以光速飛往西伯利亞村上空，她又將動能和熱能吸收進自己體內、在日光閃爍的同時重組成天使型態的肉體。

西伯利亞村就在腳下，凱薩琳從高處俯瞰全村、確認疏散民眾的行動井然有序後才遠眺八方，環視一周後果然發現暖冬城東方、西伯利亞村北方、邊境線之外的凍土無人區有三個龐然大物的身影，初步猜測是三名哥布林巨人、其身後必然跟著一支來勢洶洶的突擊隊。

「暖冬城城牆上的炮火可以拖延一點時間，最好可以引誘他們去攻城。」凱薩琳快速將每一步戰略在腦海裡模擬過一次、最後定下作戰方針，正要開口時卻聽到腳底下有人大喊：「看吶！是六翼天使、女王陛下來了！」

凱薩琳平時就會盡可能在大眾面前展現天使的形象、藉此激勵民眾的信心，只是行禮如習的習慣拖延撤離的步調，大敵當前、百姓仍顧著行禮下跪讓她大為頭痛。

「女王陛下萬歲！」

凱薩琳字正腔圓、朗聲宣布：「敵人正在靠近、各位不要停下腳步！不要驚慌、不要害怕！我的子民們切記——女王與你們同在！」

西伯利亞村歡呼聲如戰吼、不存在絲毫恐懼，所有人都相信凱薩琳會竭盡所能去保護他們，疏散行動因此急而不亂、有條不紊。

「凱薩琳在、正義就在」——這是凱薩琳多年以來深植人心的形象。

軍事公用頻道裡有人驚呼：「女王陛下、小心！」

凱薩琳抬起頭來、赫然發現一塊哥布林巨人拋擲的巨型石塊迎面而來，她從容地抬起右手將石塊燒融成一團岩漿，岩漿又被壓縮成一顆眼球大小的球體、被凱薩琳打彈珠似的彈射向位於隊伍中央的哥布林巨人。

哥布林巨人是哥布林近親交配後的產物，體型是純種人類的五倍大、蓬萊島巨人族的兩倍大，三隻哥布林巨人能輕易衝破厚實堅固的城牆，過去曾被黑玫瑰王朝大量繁殖作為攻城武器，他們的缺點就在於和力量分處於兩個極端的智商，唯一的作戰方式就是直線衝撞、絕不閃躲，因此很快就被長程魔導火炮取代。

越過邊境線的哥布林巨人果真徒手去接岩漿球，握住之後發出極度痛苦的哀吼，他的右手岩漿球貫穿後從骨髓向外燒融、穿透皮膚後給予哥布林突擊隊的先鋒騎兵沉重的打擊；暖冬城城牆上的「流星雨」長程魔導火炮同時對越過邊境線的敵人發起彈幕火力覆蓋，哥布林突擊隊一時之間難以雷池半步。

「黑桃Q呼叫荷官。」

「荷官收到。」

「命令灌鉛骰子派遣一個連從右翼截斷敵人後路，和暖冬城形成三方包圍圈；命令暖冬城守備隊暫時停火，開啟魔法防護罩引誘敵人去攻城、逐漸收攏包圍圈直到殲滅敵人為止。」

「是、請問西伯利亞村方面該派哪個單位進攻？」

「我。」

凱薩琳揮動三對亮金羽翼、向右手殘廢的哥布林巨人俯衝而去，電光石火間貫穿哥布林巨人的眉心，像隕石一樣撞向地面、引爆巨大的魔力波動，哥布林突擊隊瞬間被掀飛一大片、再無陣行可言。

哥布林戰士哀號此起彼落：「庫依薩姆、庫依薩姆！」

「現在才想起你們的部落共主是誰嗎？」凱薩琳冷笑：「太晚了。」

銀槍龍蛇亂舞、紅盾橫掃豎砸都不帶任何一點魔力，任何還有戰鬥慾望的哥布林戰士都會被刺穿心臟、無一例外，凱薩琳用絕對的血腥暴力證明自己是不可挑戰的部落共主；挑戰「庫依薩姆」只有取而代之或是慘死當場，哥布林悠久長遠的傳統並非用迷幻藥麻痺神經就可以完全遺忘，凱薩琳要用鮮血提醒這些恣意狂妄的恐怖份子太歲頭上動土的下場。

暖冬城火力壓制、凱薩琳萬夫莫敵、精靈驃騎兵追亡逐北，哥布林突擊隊很快就只剩下兩隻巨人還在負隅頑抗，困獸之鬥、以命相搏，凱薩琳擔心哥布林巨人狗急跳牆、決定親自結束戰事。

「黑桃Q呼叫荷官、下令各單位停火，前線的單位立刻撤離，接下來場面會很混亂、我不希望有人受傷，通話完畢。」

凱薩琳振翼起飛、目標其中一隻哥布林巨人的後腦，站定位後一槍扎進巨人的小腦，在一聲短而急促的慘叫之後、凱薩琳奪得哥布林巨人身體的控制權，僅剩的兩隻巨人被迫同類相殘，被凱薩琳控制的哥布林巨人在技巧方面佔上風，連閃過兩記鉤拳後利用對方揮拳的破綻繞到背後、用雙臂箝制住對方的頭頸，兩隻哥布林巨人之間戰鬥既不血腥也不暴力、因為接下來傳播恐懼已經無需使用鮮血。

哥布林巨人頸骨被扭斷的聲音如同驚蟄春雷、倒下時引發一陣短促的小型地震，凱薩琳駕馭的哥布林巨人和軍民們發出響遍全國的歡呼宣示全面獲勝；留下哥布林巨人對打掃戰場助益甚大，成堆的屍體被扔向邊境線之外的無人區、數量多到足以恫嚇仍有歹念的恐怖份子。

最後的哥布林巨人下場最為悽慘，他被凱薩琳活摘大腦、屍體插在邊境線的凍地上，無時無刻都在宣示凱薩琳憤怒的警告：「犯我家國者、雖遠必誅。」

凱薩琳結束善後工作後回頭迎接舉國熱烈喝采，似乎整個國家都忘記剛剛發生一場一面倒的大屠殺，人們爭相品嘗勝利的狂熱和甜美，地上斑斑血跡就隨它自行結凍。

「啟稟陛下、屬下抓到一名敵方幹部，初步估計是唯一的活口。」

凱薩琳一眼就認出抓獲哥布林突擊隊幹部的人是年輕有為的阿列克謝，他的套索捆著一名獐頭鼠目的哥布林、從著裝看來是名小隊長；哥布林隊長的雙腳已經被打斷，滿嘴碎牙鮮血仍用哥布林的語言咆嘯叫囂、直到凱薩林來到他面前才噤聲。

凱薩琳用槍頭挑起哥布林隊長的下巴、用哥布林語問：「會不會說帝國通用語？」

哥布林隊長凱薩琳的臉噴出一口濁血作為回應，這口血在她面前被蒸發殆盡，她因此不再多問、直接下令：「將他押進死牢、我要擇日公開審判。」

「遵命。」阿列克謝一槍桿子打暈哥布林隊長、領命離去。

凱薩琳接受群眾的讚賞和致意後、在戰地記者們將她包圍前飛離現場，接下來的首要工作就是和維多里奧討論她外出期間經歷的事情，當務之急還是釐清佩斯凡德和伊卡芮波的關聯，孩子的行為和仇人很像、對一個母親來說可不是件好事情，她由衷祈禱事實不要和最壞的猜想一樣。

第四章　殺人約會

4-1

「我想成為跟凱薩琳一樣的英雄！」李璉在營火前大聲說出自己的志向，閉著眼睛、低著頭，這是她人生中第一次在一百多人面前說話、光是說出這句話就足以讓她累到虛脫，現在她只想再跑一次三千公尺、跑得越遠越好。

三秒靜默之後首先響起一聲鼓掌、來自離她最近的佩斯凡德，萊登、畫詩、王選……鼓掌聲接踵而來、連綿不斷，就算不知道為什麼要鼓掌也紛紛跟進、反正不要跟別人不一樣。

萊登側頭跟佩斯凡德說：「她想當你媽。」

佩斯凡德啞然失笑：「我媽已經夠多了。」

掌聲讓李璉緩緩睜開雙眼、抬起頭，佩斯凡德已經來到她身邊、一手搭在她肩上說：「我就喜歡這種有志氣的，因為我們可能正在見證一位英雄的崛起。」

眾人倒抽一口涼氣，李璉的鵝蛋臉紅成蒸熟的蟹殼，現場可能只有佩斯凡德自己知道剛剛說的話是毫無保留的稱讚還是明目張膽的告白，如果是後者、在場所有人可能正在見證一場世紀婚禮的開端。

李璉激動亢奮的精神狀態持續就寢都還無法平復，直到全身的痠麻痛癢同時湧上來才把她拉回到現實世界。

「今天只是第一天而已。」李璉翻身看隔壁酣睡的畫詩、有種難以言喻的羨慕，或許嚴苛煎熬的今天對畫詩而言只是再尋常不過的一天。

闔眼、難眠、所有人都差不多，特立獨行的人是伯爾蘭蒂亞、鼾聲雷動。

接下來的日子裡就是吃飽、鍛鍊、盥洗、睡覺四件事情在排班輪值，有在改變的事物就是個人體魄和團體凝聚力。

李璉發現跟所有人在一起的時候、打掃充滿尿騷味的廁所也不是一件特別困難的事情，她還發現原來早餐的白饅頭配麵筋罐頭特別好吃，在短暫的休息時間能喝上一杯微糖紅茶變成一種奢侈，雖然不懂為什麼飯後沒抽到菸能讓老菸槍們罵上一整天、不過她知道總有一天會習慣那些罵聲。

痛苦的時間特別漫長、熬過卻很有成就感。

不想改變的大有人在，王選看著沒有任何長進的安潔莉卡扶額嘆息：「到底是什麼樣的家庭可以養出這種人？」

「沒什麼希望的家庭。」卡洛琳在成績紀錄表上打上最後一個大叉，她已經決定把爛泥扶不上牆的安潔莉卡編入傷殘雜病組，就算安潔莉卡沒病、她也能弄到一份合理的病歷證明，避免一無是處的廢物拉低期末評鑑測驗成績、影響到她的考績。

「學姐，我聽說她母親被佩斯凡德害死、父親後來就發瘋了，她從小就在叔父家長大。」王選湊到卡洛琳身旁端詳成績紀錄表；卡洛琳班有佩斯凡德和掃羅兩大主力相互競爭，他們班的總成績總是獨占鰲頭，安潔莉卡所在的石竹班不用看也知道維持墊底，想必石竹已經拜託卡洛琳安排處置。

「管好你自己就好、二十三期狀元，與其去想沒用的謠言、不如想想怎麼通過期中的裝備檢查。」卡洛琳將成績紀錄表用力拍在王選胸口，以往的經驗讓她對所謂的「軍官班第一名畢業」甚是反感，她希望王選不是一個只會出一張嘴和應付上級的基層軍官，「期中裝備檢查」就是他上任後的第一個考驗，目前已經有多位基層軍官因為無法補齊「無緣無故失蹤的裝備料件」導致考績未過、被送回軍官學校再教育。

再說卡洛琳也不喜歡把注意力都放在謠言的人，這種人最擅長虛度光陰、終其一生一事無成。

「是、學姐。」王選苦笑著目送卡洛琳，他還在軍官學校時就常聽學長姐告誡：「以後下單位惹天惹地就是不要惹老士官長、特別是從戰場上活下來的老士官長。」

現在正是世代價值觀激盪衝突的年代、軍人也不例外，打過革命戰爭的老兵對沒上過戰場的新兵或多或少都有偏見，王選早就聽過許多老兵惡整新兵的手段、相對地他也有所準備。

「報告中隊長、請問你找我嗎？」

若要說誰有家世背景、膽識和實力跟卡洛琳作對，佩斯凡德恐怕是唯一的人選，況且還是佩斯凡德主動找上門、想跟他做一筆交易。

王選問：「要抽根菸嗎？」

「謝中隊長。」佩斯凡德不等王選拿出菸盒，逕自從嘴裡吐出一根雪茄、呼出一口氣就點燃，精靈薄荷菸草混合罌粟籽點燃後散發出迷人的暗香。

王選瞠目結舌、緩和情緒後問：「你真的有辦法弄到軍用規格的傳導水晶嗎？」

佩斯凡德回答：「有、我朋友很多，有人專門在做這檔生意。」

王選對這名英雄之子的神通廣大感到好奇：「你是怎麼跟他們交上朋友？」

佩斯凡德不以為然：「每個人都有一些花錢的壞習慣，他們常常缺錢、我有的是錢而且我的利息是帝國境內最低。」

王選恍然大悟：「我還以為你會請你父母介入。」

佩斯凡德正經地說：「我們本來就是要大事化小、請我父母幫忙只會鬧得更大。」

王選熄掉只抽一口的菸：「很好、抽完就回班上去。」

「是。」

王選回到自己的辦公室時還有些失落——自己好歹也算名門之後，父親王忠在革命戰爭中選錯邊站致使家道中落，他選擇從基層軍官做起就是有意中興家業、光耀門楣，結果剛下單位就遇到這些狗屁倒灶的事情。

「一鍋大染缸、全都一樣髒。」當初父親苦勸他不要從軍的話言猶在耳。

「只有一樣黑、沒有一樣白。」戰爭的時候很容易區分自己人、承平時期就難上許多，和平不代表沒有敵人、尤其是敵人看起來都像自己人，志同道合的向心力不如同流合汙、這個事實讓王選感到無奈又無力，為了對抗來自上一代的壓迫、年輕世代養成為自私而積極的性格，圖利則聚、利盡則散，所謂的團結一心早就蕩然無存。

值得王選慶幸的是和自己同流合汙的對象是佩斯凡德，至少凱薩琳的兒子能讓他的後台堅實穩固不少。

「李淵的女兒想成為凱薩琳、這下可有趣了。」王選看向李璉的成績、期待她看到個人成績結算後的表情，同樣作為「以第一名為目標」的人、王選只知道掉到第二名是什麼感覺，他還不知道「永遠待在第三名」的人做何感想。

李璉站在公佈欄前唯一的感想就是一張苦瓜臉，入學第一天發下豪言壯語、結果無論如何努力都被第二名的掃羅遠遠甩開，更不用講超越凱薩琳的兒子。

「樂觀一點嘛、小姐，馬上就要放假啦。」畫詩安慰著失魂落魄一整個上午的李璉，為她端來一杯酸甜的洛神花茶配糖霜酥餅。

「畫詩、我打聽到一間旅館的薪水待遇不錯，放假我們一起去那裡打工好不好？」畫詩的好朋友艾玉打入兩人的小團體，她和畫詩因為種族、家世、興趣和對男人的品味相似而走到一起。

艾玉的話讓李璉想起幾天前在行李袋底部夾層找到的存摺和提款單，家裡的男人肯定沒有這些心思，這份心意不是來自張姐就是母親竇雀屏，無論是誰的心意、李璉都已經下定決心不去碰存摺裡的一分一毫，再花家裡的錢就等於對家族妥協，往後的日子就不能過得心安理得。

艾玉像是要說什麼祕密似地貼到畫詩耳邊說：「我跟妳說喔，薪水一個小時八枚銅幣，不只包吃包住、小費不抽成、加班還有加班費，我可是透過很多關係才打聽到這個消息，一出校門就要先去應徵、千萬不要被別人搶先了。」

旅館打工的待遇和畫詩當貼身女僕時差不多，她喜出望外、一口答應：「當然好啊！」

李璉了解畫詩的性格，想必她會犧牲所有假期、連著自己的份一起賺，自己是決不會允許這種事情發生，況且現在刷鍋洗碗對自己而言已經駕輕就熟。

正當李璉想跟著報名打工時傳來對面床位安潔莉卡的冷嘲熱諷：「哼、窮酸的下等人！璉璉、來我們家，包吃包住還包零用錢，不用跟她們一樣為了幾個臭錢累得滿身大汗。」

「她們不偷不搶、都是靠自己的努力在賺錢，妳憑什麼看不起她們！」李璉一聽就大動肝火，剛要準備發難就聽到畫詩和艾玉的尖叫聲，回頭一看才發現自己的雙手正燃著熊熊烈火、差點就燙到畫詩，雙手上的火是她在無意識的情況下放出——這是身體長時間處在疲勞狀態、控制魔力的能力相對鬆懈而產生溢出體外的症狀，同時也證明李璉的魔力基礎在兩週高強度的體魄鍛鍊後有顯著的提升。

無所事事的伯爾蘭蒂亞一副看好戲的模樣：「看來有人要被操到腿軟了。」
「完蛋了啦！」李璉感到大事不妙，聽到不祥的腳步聲逐漸逼近、趕緊熄掉手上的火焰。
「去你媽的是誰想燒掉寢室啊！」卡洛琳果然帶著咆嘯踹門而入。
「有……有……」李璉顫抖著舉手認罪，眼角餘光瞥見安潔莉卡和她的閨蜜們正在掩嘴竊笑。
「給我出來！」
李璉低著頭、被卡洛琳提著來到操場，心思轉個飛快：「士官長沒有叫我全副武裝、應該罵一罵就會放我走吧。」
卡洛琳問：「魔力很多用不完、是吧？」
李璉慌張辯解：「報告士官長、是安潔莉卡……」
卡洛琳加重語氣：「是或不是？」
李璉知道卡洛琳動真格、唯唯諾諾：「不是。」
卡洛琳突然爆發：「大聲一點。」
李璉扯開嗓門：「不是！」
空氣突然安靜下來、偌大的操場上彷彿只剩下卡洛琳和李璉。
卡洛琳恢復平時的音量：「很好、現在開始給我繞著操場跑，不要讓我追上妳、我叫妳停再停。」
「死定了啦！」李璉終於知道不用全副武裝的原因，卡洛琳要讓她在放假期間都處於半死不活的狀態又不想背上操死學徒的罵名，接下來的路程可能不止三千公尺而且還不能被卡洛琳追上。
「開始。」
讓卡洛琳追上的話寶貴的假期恐怕會泡湯，李璉從一開始就卯足全力，用腿部肌肉輔以風屬性魔力減輕全身重量，這招在這一個禮拜以來的三千公尺都管用，卡洛琳看上去沒打算用全力來追上她，想來自己犯的也不是什麼滔天大罪。

操場一圈八百公尺，跑完第四圈時李璉逐漸發現不對勁——卡洛琳根本沒有停下來的意思，她沒停自己就不能停且她也沒說什麼時候能停。

李璉跑到第八圈時感覺到體力和魔力像洩洪一樣迅速流失、怎麼攔都攔不住，疲倦感纏繞全身、腰間隱隱酸痛、雙腿的控制權就快喪失，最可怕的是卡洛琳步步進逼，她還只是微微喘息、沒有露出任何疲態。

「算了、放假留校察看也無所謂了。」李璉幾乎要放棄，反正拖著累垮的身體出去、哪裡都去不了。

「放慢腳步、調整呼吸，不要把魔力都轉換成風屬性，分出一部份轉換成水屬性、用來吸收周遭的水氣來補充身體流失的水分，練長跑的第一個訣竅就是不要逞強。」卡洛琳語氣裡沒有怒意或責備、平和又有耐心地在李璉背後指導她。

李璉已經累到無法保持清醒，卡洛琳的話如同救命稻草、沒有任何反對的餘地，照做之後果然能緩解當下的疲勞和痛楚，李璉最終完成十二圈半的里程碑，當她終於能停下來喘口氣時感到不可思議，她剛才所跑的路程總共一萬公尺、完成特戰單位的體能測驗標準之一。

卡洛琳沒有像李璉跑完後要死不活的模樣，喘幾口氣後就緩和過來，將李璉領到操場旁的樹蔭下並給她指示：「在這裡等我、我馬上就回來，還有多走幾步緩和身體，現在就坐下的話妳心臟會受不了。」

「是。」

劇烈消耗體力和魔力之後帶來的不只有疲勞，李璉感覺到像洗過三溫暖一樣通體舒暢，尤其是身體變輕盈的感覺最令她著迷；身體暢通後思緒也更清晰，李璉一邊慶幸自己有所成長、一邊想著寢室裡的畫詩和艾玉，安潔莉卡雖然是朋友但是她這次說得太過火、和掃羅挑釁佩斯凡德沒什麼兩樣——以後找到機會一定會好好教訓她一頓。

卡洛琳帶著兩瓶運動飲料回來，將其中一瓶拋給李璉並指示她：「在這裡喝完然後丟掉，有人問就說妳幫我拿去丟，如果有人跟我反應——妳被處罰還有飲料喝我放假回來就修理妳。」

「原來士官長是有意要磨練我，我剛剛竟然還有放棄的念頭。」李璉接過飲料時感到慚愧、滿懷歉意地道謝：「謝謝士官長、我知道了。」

卡洛琳邊喝飲料邊有意無意地刺激李璉：「上次佩斯凡德全副武裝跑一萬公尺比我快兩秒，我拿昂德的士官戰甲給他穿、他有父母遺傳的體質就是高人一等。」

「快士官長兩秒！」李璉備受打擊，剛建立起來的信心搖搖欲墜。

士官魔導戰甲比學徒訓練用戰甲重五公斤，佩斯凡德的體能好到匪夷所思，不禁讓人懷疑他到底是在什麼環境下成長，唯一能肯定的是絕對不會是溫室。

「士官長、我的資質是不是很差？」李璉沮喪無比，小時了了果然大未必佳。

「妳的資質不算最好、凱薩琳的資質也不算最好。」卡洛琳眼神如慈母。

「怎麼樣的資質才能算最好呢？」李璉甚是好奇，關於凱薩琳天資聰穎的說法不勝枚舉，有些誇張的傳說甚至說她七歲就能呼風喚雨、保佑全村大豐收，不過卡洛琳是最貼近傳說的人、可信度會比三姑六婆高。

「伊卡芮波就是真正的天才，她是孔丘老兒最聰明的學徒、在各方面都超凡出眾，只有她不要、沒有她做不到，這點倒是跟佩斯凡德很像。」卡洛琳抿著一張嘴，講到兩個她最反感的人、怎麼也不會有好心情。

伊卡芮波是孔丘最聰明的學徒——這是不可否認但是從不被承認的事實，孔丘給她的評價是「知識的囚奴、權力的禁臠」。

卡洛琳伸出手指而不出聲、意思是讓李璉也伸出手指與她連結。

李璉知道自己有機會窺探卡洛琳的記憶——真正的歷史，說什麼也不會拒絕。

卡洛琳讓李璉看的是革命戰爭尾聲的「法蘭克福戰役」，革命軍已經兵臨城下、為終結黑玫瑰王朝的統治奮力一搏，這一戰的慘烈程度堪比凡爾登戰役，原因就在秩序的守護者、知識巨龍孔丘，革命軍集眾人之力也被打得七零八落，當孔丘的龍焰狂暴襲來時卡洛琳半邊身體連帶紅盾一同被燒成黑炭，在她失去意識的瞬間聽到孔丘和孤立無援的凱薩琳對話。

「凱薩琳、為何執著於權力，繼續執著有何仁義可言？」

「我只想還天下一個太平，僅此而已、無關仁義。」

記憶的畫面中斷，李璉久久不能平復，親眼看到史實結合所學的歷史，她從小培養的一些核心價值觀被顛覆，尤其是在孔丘面前、凱薩琳的渺小是如此真實，孔丘如同命運、凱薩琳則是不願屈服於命運的鬥士，鬥士的形象和大眾所知相去無幾、凱薩琳的渺小卻鮮少被人提及。

卡洛琳中斷記憶連結、問：「妳看到什麼？」

李璉嘴唇發白、反問：「士官長、妳的身體有一半都燒焦了，妳是怎麼活下來的？」

卡洛琳搖頭嘆息：「孔丘用自己的生命逆轉這片土地上的創傷，不過這不重要、我要妳看的是凱薩琳。」

李璉努力回想：「凱薩琳女王很勇敢、很堅強，就算只剩下一個人也絕不退縮。」

「這就對了、妳身上有跟凱薩琳一樣的人格特質。」卡洛琳滿懷期許：「更重要的是妳還有同理心。」

李璉被誇獎後亂了分寸：「我……我真的有那麼好嗎？」

卡洛琳輕拍她的肩膀：「還不夠好、不過妳是塊好材料。」

李璉高興到差點被運動飲料嗆到，努力不讓自己露出醜態。

「看來妳還真的經不起誇，現在給我滾回寢室去、低調收拾行李，榮譽假名單會在明天早上公布。」卡洛琳喝完手中的飲料後準備離開，離開之前留話：「最後這句話妳聽不聽無所謂：『沃姆溫特家的男人都很邪門』，妳自己看著辦吧。」

榮譽假是魔導學院裡獎勵學徒表現優異的制度之一，得到榮譽假許可的學徒可以比其他人提早十二個小時放假，雖然只是多十二個小時的假期，不過晚餐可以不用再吃乾柴如炭的雞腿、飯後可以慢慢享受三十分鐘的熱水澡、在沒有發霉的床鋪上睡一晚好覺、半夜不用忍受打呼交響樂……在這多出來的十二小時裡每一件再平凡不過的事情都是令人想努力爭取的「特權」。

一想到卡洛琳剛剛暗示自己會有榮譽假、李璉就興奮不已，誰家的男人很邪門對她來說已經不重要。

李璉在回寢室的途中突然想起重要的事情：「不知道畫詩要跟萊登睡還是跟我睡……我到底在想什麼啊！」

回到寢室時安潔莉卡已經帶著她的跟班們去採購零食飲料，寢室裡帶領聊天話題的主角就換成伯爾蘭蒂亞。

「去他奶奶的、佩斯凡德到底憑什麼能整天抽菸喝酒沒人管啊！」

「一定是跟士官長有一腿，我看他整天都跟在士官長屁股後面、誰知道他們有沒有幹點什麼。」

「誰叫他是凱薩琳的兒子，下輩子投好胎吧。」

「我聽說是什麼『魔力乾渴症』的爛理由，昂德分隊長說是他天生沒有魔力所以精神有問題、必須靠抽菸和喝酒來緩和症狀。」

「幹、緩和個屁，這種鬼話要是有人信、我也要得神經病。」

聽八婆聊八卦特別容易讓人肝火大動，不過李璉最在意的還是在角落安慰艾玉的畫詩，想也知道失去李璉庇佑、安潔莉卡會如何傷害她們的尊嚴；安潔莉卡是典型的舊社會貴族，仗著出生驕縱妄為、膚淺的眼光只會停在用階級刻板印象來評價他人，縱使畫詩有天大的能耐和才能、在安潔莉卡眼裡她就是個永遠都是不該把頭抬起來的賤民。

像安潔莉卡這種自負血統高貴的人在革命戰爭期間只會被放血棄屍，失去血液的肉身皮囊就沒有血統之分。

艾玉哭得梨花帶淚、讓人看得心疼；根據畫詩描述、安潔莉卡在李璉離開後就對艾玉和畫詩進行尖酸刻薄的人身攻擊，更甚至在得知艾玉月事將至時指使跟班搶走她的衛生棉、讓艾玉無比難堪，最讓畫詩氣憤難當的是寢室裡其他人都一副事不關己的模樣，沒有人願意伸出援手幫助她們。

「我一定要給那個賤女人好看！」李璉握緊拳頭、避免火焰再次竄出：「我去跟分隊長說！」

畫詩趕緊拉住李璉：「萬萬不可、小姐，安潔莉卡已經放話——誰敢說出去就對誰不利……」

李璉怒不可遏：「她當我是誰？我才不怕她！」

艾玉的感激沒有說出口、全寫在臉上，李璉第一次感受到行俠仗義的滿足感、感覺自己離張姐又更進一步。

安潔莉卡帶隊回寢室時仍忝不知恥地邀請全寢室的人去班奈特莊園作客，最後還刻意強調「她的掃羅大人也會出席」，闊綽大方的邀約立刻取得整個女生寢室的主導權，不少人開始對她阿諛奉承起來。

李璉將一切都看在眼裡、打從內心深處厭惡安潔莉卡這個人，假裝應邀後就去向卡洛琳報告她的惡行惡狀，沒想到卡洛琳因為沒有親眼目睹、加上安潔莉卡的跟班作代罪羔羊，始作俑者幾乎沒有受到任何懲罰，李璉反而成為愛打小報告的眾矢之的，她想保護朋友卻反遭孤立、切身體悟到自己天真地很愚蠢。

有生以來第一次——李璉覺得自己跟佩斯凡德很接近。

4-2

凱薩琳在王座上醒來、發現自己渾身是傷，雙手遍布血汙、眼前一片狼藉，議政廳屍橫遍野、滿目瘡痍，艱難地向陽台望去發現整座暖冬城都陷入火海，天空中妖魔鬼怪恣意橫行、生吞活剝任何發現的生物，淒厲的哀號此起彼落、夾雜著伊卡芮波狂妄的笑聲。

「伊卡芮波！」凱薩琳本能地想起身戰鬥，這才發現自己不僅魔力盡失、體力也在隨著腹部大量失血而流失，她還沒站穩腳跟就跌落王座、對眼前的景象駭然不已，更令她絕望的是議政廳沉重的大門被維多里奧的屍體砸開，他全身上下都是見骨的傷口、致命傷是刺穿心臟的獵刀「賭徒」。

「里歐……怎麼會……」凱薩琳毫無頭緒、完全想不起來自己犯下什麼彌天大禍導致眼前慘劇。伊卡芮波的笑聲催人發狂、來源於四敞大開的大門後的一片黑暗；佩斯凡德從笑聲中走出來，雙眼無神、瞳孔渙散，彷彿被人支配著心智。

「我兒……天啊、那個預言……」凱薩琳心如刀絞、心中充滿悔恨，她現在形同刀俎魚肉，只能眼睜睜看著佩斯凡德拔出獵刀「賭徒」、眼神酷寒地一刀終結自己的性命，再多的疑問和懊悔都只能淹沒在黑暗之中。

「凱特、親愛的，快醒醒！」

凱薩琳驚醒，萬事無恙、一切安好，維多里奧早就在臥室裡為她準備好精緻餐點和美酒，猛地想起來自己不久前經歷一場大戰，「神化」讓她體力和魔力消耗甚鉅，回暖冬城休息後做了剛才的惡夢。

維多里奧就在身邊、暖香如昔，凱薩琳依然心煩意亂、髮絲凌亂如心。

「妳到底做了什麼惡夢、凱特，能把妳嚇成這樣？」維多里奧遞給凱薩琳一杯軟性礦泉水，緊接著為她準備開胃沙拉。

凱薩琳喝完半杯礦泉水就失去胃口，將惡夢的種種細節全盤托出；她心裡本來有計畫要在告別芙恩妮特拉後再去檢查胡言的屍體，如此一來就能知道胡言跟伊卡芮波有何關聯，然而拜維多里奧轉移的屍體炸彈所伺、現在胡言這條線索已經被炸斷。

維多里奧聽完久久不能言語，嘴巴抿成一直線、雙眼失焦，憂鬱的外表足以讓多情少女心碎，凱薩琳與他共枕多年、知道他只是在回憶和思考。

「里歐、如果有一天我和佩斯凡德只有一個能活下來，你一定要選孩子。」

「如果必須在國家和孩子之間做出選擇、我必須選擇國家。」

「維多里奧！」

夫妻之間出現分歧、對峙於須臾之間，在維多里奧把沙拉交給凱薩琳後和解，兩人的口角觸及她內心最柔軟的地方、她不得不先退讓。

凱薩琳是革命的陽光、維多里奧是陰影，長年在陰影下工作讓維多里奧更加注重於行為的目的性和結果，換句話說就是更加無情、也是凱薩琳唯一討厭的缺點。

維多里奧切割整塊炭烤羊腿、小心翼翼地維持擺盤的美感，認真地說：「凱特、妳不只是佩斯凡德的母親，妳還是整個國家的母親。」

「我知道。」凱薩琳痛心疾首：「我只是在想——我們當年選擇復仇是不是正確的決定。」

維多里奧停下切肉刀、肯定回答：「伊卡芮波罪有應得。」

精靈族之所以受到迫害、全起因於伊卡芮波的轉基因實驗；基因工程是一件極其困難的研究，在伊卡芮波之前鮮少有人涉獵，相關的技術僅掌握在少數天使和惡魔手中，這項技術牽涉到「聖化」與「魔化」這兩項物種門檻限制、原非伊卡芮波這個純種人類可以駕馭，直到她發現與世隔絕的精靈族基因裡帶有結合萬物基因的關鍵因子，從此開啟劃時代的轉基因研究和精靈族災難的源頭。

維多里奧窮其一生都在精進如何讓目標更快死去的刺殺技巧、唯獨對伊卡芮波選擇凌遲折磨，每每想起通古斯研究所裡同胞的慘狀、維多里奧就希望伊卡芮波永遠都不要死去，這樣他才有充足的時間鑽研如何繼續讓她以血還債。

「我要去一趟圖書館。」凱薩琳放下半碗沙拉、下床著裝。

「不急。」維多里奧將的羊腿排和葡萄酒端到凱薩琳面前：「休息是為了走更長遠的路。」

凱薩琳婉拒：「沒查出個所以然來、我吃什麼都沒味道。」

維多里奧想給她來個吻別也被她推開，他明白只要一提到佩斯凡德、凱薩琳對其他事務都會失去興趣，只好將收在抽屜裡的公文摘要交給她並交代：「妳不在的這段期間我從公文裡挑出比較重要的事情，有幾件事比較特別、我有劃出關鍵字，妳該看看。」

「謝謝。」凱薩琳拿著公文摘要匆匆離去、沒有注意到自己一頭亂髮都還沒梳整，等到她發現時為時已晚、只能施展「擬態術」來與周遭環境擬態，結果被王家圖書館館長海索攔在門外。

「請留步、女王陛下。」海索浮在半空中鞠躬並解釋：「根據《王家圖書館禮儀規定》——『服儀不整者禁止進入王家圖書館』。」

凱薩琳無奈嘆息，作繭自縛、怨不得誰，海索所說的規定是由她親自定下、原意是維護王家圖書館的形象，結果現在成為阻攔她的路障。

「幸好在這裡的是我、換成別人的話免不了要起一頓爭執。」海索的體型只有榛果大、口氣卻和榛樹差不多，作為最年輕也是目前最年長的德魯伊、海索的聲望和能力確實有本錢讓他跟凱薩琳平起平坐。

「是、是、是，老頑固。」凱薩琳不在乎海索對自己失禮，他的固執才是令她最頭痛的缺點，幾乎所有學識淵博的生物都是這副德行，知識越豐富就會變得越頑固，德魯伊是、孔丘也是。

「妳昨天大戰一場、按照慣例會睡上三天三夜，什麼緊急的事情讓妳現在就醒來呢？」海索擅長未卜先知卻很少使用、相對地用觀察預測來取代；德魯伊向來尊敬知識，他們深信若沒有節制地濫用知識只會帶來無盡的災難，歷史證明他們的觀點正確無誤。

「我要去禁書區查一些資料。」凱薩琳將頭髮隨意紮上馬尾後就闖進王家圖書館、直奔禁書區而去，她雖然速度快到難以捉摸還是在禁書區的封印前再度被海索攔下來。

王家圖書館建造時沒有使用過一磚一瓦，整體結構全都由海索的植物園和自然魔法構成，整座圖書館一體成形、從外面看來就是一棵巨大的榛樹，凱薩琳之所以沒有介入圖書館的建造就是為了確保其政治獨立性、避免知識遭到大權在握者濫用。

「凱薩琳、妳是來找佩斯凡德的足跡吧？」海索一針見血、直指凱薩琳的心意。

凱薩琳知道海索心虛、想要掩飾他縱放佩斯凡德進入禁書區的失責，後發拆招：「沒錯、你要我自己查還是直接告訴我你知道的一切？」

海索直言不諱：「佩斯凡德通過我的考驗所以我沒有阻止他。」

「那孩子能通過海索的考驗！」凱薩琳內心又驚又喜卻不漏於形，繼續逼問：「佩斯凡德如何通過？」

海索的考驗困難點在於他學深識廣、邏輯清晰又口齒伶俐，比起舞槍弄棒、他更喜歡辯論，能勝過他的人因此少之又少。

海索回憶起來和佩斯凡德的辯論餘韻無窮：「跟我以前問過妳的問題一樣——充實國力、發展軍備和取得人民的信任，如果必須捨棄其一、你會捨棄何者？」

凱薩琳好奇發問：「他的回答是什麼？」

海索意味深長地回答、顯然佩斯凡德的答案是他最喜歡的：「缺一不可、唇亡齒寒，短視近利的君主才選擇捨棄。」

凱薩琳感覺左臉被兒子打了一巴掌、辯解：「可是資源有限。」

以前凱薩琳還是海索的學徒時、海索曾在孔丘面前向她和伊卡芮波提問，凱薩琳的回答是「發展軍備」、因為她認為只有國家的根基穩固和人民信任才能發展成本高昂的軍備；伊卡芮波回答是「人民的信任」，理由是軍力強盛、豐衣足食，人民自然就會信任，然而她們的答案都沒有得到海索和孔丘的認同。

「『因為資源有限所以人口也要有限，只有把人口維持在一定的上限才能維持國家的秩序。』」海索轉過身、背對凱薩琳：「『資源富足必定會導致人口爆炸、人口過量就會開始爭奪資源，天災人禍都會順勢而來，拘泥仁義倫理只會讓動盪的社會發展到不可控制的地步，與其如此、不如發起一場有限的戰爭削減人口，人口一旦下降、社會自然就會穩定下來，不會走到爭奪資源的地步；同樣是以有威望的君主作為人民信任的基礎，以自然法則治國更能確保國家穩定。』」

海索模仿佩斯凡德的口吻維妙維肖、聽得凱薩琳頭皮發麻，當年自己年紀和佩斯凡德相仿時、自己還只是一個嚮往魔法和愛情的小姑娘，佩斯凡德還沒到她這個年紀就已經有自己的治國方針、屬實是難得的繼承人。

「如果天災導致國家貧困呢？」凱薩琳知道海索絕不會就此罷休、一定會追問下去。

「『舉債、借糧、盜墓掘墳、允許私掠……只要思想夠靈活、辦法總比困難多，反正就是不要像我媽那樣用魔法強行改變環境就好。』」海索這次連佩斯凡德鷹視狼顧的眼神都模仿地生動傳神。

凱薩琳感覺右臉也被打了一巴掌、心情複雜，然而平心而論、她建立屏障網絡系統確實惹火過德魯伊，佩斯凡德批判自己母親的政策對爭取德魯伊的認同大有助益、無怪乎海索會允許他踏入禁忌知識的領域，海索會拿他的話來奚落自己也就不足為奇。

「孔丘如果還活著一定會被他活活氣死。」海索拈花微笑，摘掉禁書區的封印媒介、讓禁書區開出一條門縫。

凱薩琳苦笑不語、不可置否——佩斯凡德的思考模式宏觀且富有遠見、唯獨道德觀念有嚴重瑕疵，善惡一線之間、稍有不慎就會變成伊卡芮波那樣大奸大惡之人，現在佩斯凡德雖然還沒有惡行、難保他不是個惡種，孔丘生前最大的憂患也是如此。

「請吧、女王陛下。」海索做了一個請進的手勢。

「沒有必要了，你只要告訴我、佩斯凡德從禁書區裡帶走什麼東西就好。」凱薩琳感到心力交瘁，佩斯凡德現在遠在首都、鞭長莫及，要是一通熱線過去校長室、「凱薩琳的兒子和仇人很像」的謠言就會喧囂塵上，到時候再被媒體胡亂帶風向、謠言就會被說成事實，她現在唯一能做的就是一紙冷靜低調的書信拜託魔導學院裡的老朋友多多關照。

「佩斯凡德什麼都沒帶走、沒有帶走的必要。」

「說清楚一點。」

「妳跟年輕的時候一樣缺心眼、凱薩琳，妳連自己的兒子有『超憶症』都不知道嗎，他現在不止禁書區、整座王家圖書館的知識都已經被他裝在大腦裡了。」

凱薩琳現在連強顏歡笑都做不到：「說的好像佩斯凡德是你兒子一樣。」

海索說：「不用太悲觀，知識如水、端看如何使用，能化作點滴甘露、滋養萬物生息，也能變成怒濤洪流、摧毀一切；伊卡芮波雖然作惡多端、不代表她的研究沒有任何價值，佩斯凡德跟我提到他在自治區有一個研究的合作計畫可以造福東方女性，用的就是伊卡芮波的『幹細胞轉基因再生技術』。」

一聽到關鍵字「轉基因」、凱薩琳立刻就聯想到通古斯研究所，擔心地問：「他用什麼做實驗！」

「他自己。」海索揮手招來圖書館內的藤蔓、藤蔓捎來一瓶血液給凱薩琳。

「這是？」凱薩琳兩個字還沒說完，右手臂皮膚腫起一顆小腫瘤，原來海索用魔力波動誤導她的神經細胞，讓她右手臂的神經細胞以為皮膚正處於嚴重的受傷狀態，她的身體反射性啟動強力的治療機制，她的右手臂皮膚受到不正常速度的細胞增生影響而形成突變的癌細胞。

「『生命回溯劑』，滴一滴妳的血進去、搖晃均勻後再喝下去，佩斯凡德體內的精靈基因可以完美鑲合妳的基因，這瓶藥劑就會變成妳專屬的標靶藥物，唯一的副作用就是透支生命、對妳來說應該不是問題。」海索若有所思：「伊卡芮波花一輩子都沒完成的研究在佩斯凡德手上完成了，若這瓶藥能早點完成、伊卡芮波說不定不會走火入魔。」

「不可能！」凱薩琳堅決否定：「她的慾望無窮無盡而且本性惡劣，就算這瓶藥開發成功、她也只會用來禍害人間。」

海索清楚凱薩琳意氣用事的老毛病永遠都改不了——伊卡芮波本質不壞、壞在她是一個對感情有執念的人，她苦心鑽研魔法和知識、發動權力鬥爭、殘害忠良、迫害精靈族、荼炭生靈……最後不惜毀滅一個國家，就算罪狀罄竹難書也要拯救她罹患絕症的愛人。

造化作弄的是伊卡芮波最渴望的實驗成功關鍵被重生後的凱薩琳生下來、彷彿命運在嘲諷伊卡芮波曾經摧毀過凱薩琳子宮的報應。

「但願之前夢境不要成真。」凱薩琳猶豫再三後還是選擇相信佩斯凡德，手臂上的腫瘤果真在「生命回溯劑」的作用下逐漸消退、效果顯著。

「還有一件事情我覺得妳應該要知道、凱薩琳。」海索掬一把花瓣上的露水入口後說：「佩斯凡德沒有魔力的症狀恐怕不是天生的，我猜是大腦被人動過手腳的後遺症。」

「你說什麼！」凱薩琳一把將海索抓到面前、驚慌失措地很反常。

「妳不是他母親嗎？妳怎麼比我還不了解他？」海索拋出理所當然的質問、問得凱薩琳啞口無言。

凱薩琳感覺全身的力量都被人抽乾、像惡夢裡徬徨無助的自己一樣，放開海索後行屍走肉般轉身離去。

「妳不是要查一些資料嗎？」海索知道凱薩琳瞞著一些陰暗的祕密，向來積極正面的她不會因為一點挫折和意外就失魂落魄，除非這個祕密攻擊到她最柔軟的弱點又令她無能為力；海索不打算用讀心術，他很清楚就算把凱薩琳的祕密挖出來也沒有任何好處，祕密之所以被保密就是因為曝光的代價太大，讓它被埋葬在歷史中才符合自然規律。

凱薩琳沒有回應、沉默得很壓抑。

4-3

榮譽假名單公布後李璉喜憂參半，喜的是佩斯凡德、萊登和自己出現在名單上、憂的是安潔莉卡和畫詩榜上無名，這就表示畫詩必須在今晚獨自面對安潔莉卡的報復。

「不用這麼悲觀嘛、小姐，就是一個晚上而已。」畫詩的樂天知命看得讓人心疼：「再說還要麻煩小姐先幫我和艾玉報名徵選，如果小姐還能幫我們訂好房間就再好不過了。」

「妳就是太樂觀才會走到哪裡都被人欺負。」李璉收拾好行李後作最後的吩咐：「女人都能隨便糟蹋妳、男人就更不會把妳放在眼裡。」

畫詩皺著柳葉眉、微笑應對：「我知道了啦、小姐，妳就放心去吧。」

「畫詩」這個名字是李璉的母親賣雀屏賜予她的第一個恩惠，她絕對不是因為運氣超凡或是外表出眾就能被選為李璉的貼身女僕，只因為韜光養晦是身為僕人的職業素養、也是這個行業流傳悠久的成功法門。

「和王宮比起來這裡就像遊樂園一樣。」畫詩靠在走廊的女兒牆上目送李璉遠去，周圍全都是沒有放到榮譽假的唉聲嘆氣。

比起在學院裡受安潔莉卡的氣，李璉出去之後要面對的人才讓畫詩擔心，她父親李淵不是受委屈會吞下去的人，沒派人到學院裡強行將她們主僕二人擄回去、很可能只是怕和學院高層起不必要的衝突，失去學院的庇護、外面的一切未知數都充滿危險。

「光明神啊、請您保佑小姐平安無事。」沒有信仰的畫詩在晚飯前默默禱告。

另一邊剛出校門的李璉被人山人海的記者給嚇得退縮回去，這些記者像是見到屍體的食屍鬼一樣纏在大柵門上、對頭條新聞的飢渴令人咋舌。

「李璉殿下、請問您對兩週的庶民生活體驗有何感想？」

「李璉殿下、請問您和佩斯凡德殿下交往的傳聞是真的嗎？您的婚約該怎麼辦呢？」

「李璉殿下、目前有收到催促回家的諭旨嗎？」

「李璉殿下？」

「李璉殿下。」

「李璉殿下！」

卡洛琳對著記者們大翻白眼，以前這些人緊咬她和聖特雷薩的緋聞時也是這副餓死鬼的模樣，轉頭對著隊伍裡的佩斯凡德使眼色、默許他帶著李璉先脫隊離開。

佩斯凡德和萊登對過眼神後帶著李璉從側門離校，側門外不同正門是一條康莊大道，荒煙漫草、古樹林立，兩人必須要繞上接近一公里的蜿蜒小徑才能回到鬧市街區；佩斯凡德起步的速度快到李璉得變成一陣風才跟上，很快她就發現自己慢在反應速度，佩斯凡德在夜幕披覆、障礙重重的森林中奔跑如入無人之境，她得消耗大量的魔力維持元素化的身體和速度才不至於落下。

「你到底是怎麼鍛鍊的啊？」李璉大口喘氣、看著高強度運動後還想抽菸的佩斯凡德目瞪口呆：「你簡直不是人。」

「我本來就不是人。」佩斯凡德輕描淡寫地回答、吹氣點燃雪茄，精靈薄荷和罌粟籽的味道幽幽飄散。

「什麼！」李璉眼皮一跳。

「沒什麼。」佩斯凡德深吸吐氣、問：「放假有什麼打算嗎？我記得『貴柔飯店』是妳家親戚開的、妳要帶畫詩去住那裡嗎？還是乾脆住大使館？」

「我跟畫詩還有她朋友要去『輕夏旅館』打工換宿，那裡的待遇很好、我們決定去試試看。」李璉苦笑著搖頭：「你應該早就知道了——我是逃婚離家出來的、去大使館就是自投羅網；你呢、你放假期間要住哪裡？」

佩斯凡德說：「『老喬伊酒店』、那裡我比較熟。」

李璉問：「你們家開的？」

佩斯凡德用力吸上一口雪茄、回答：「首都直營店我有出資入股，我媽還不知道我在搞境外投資。」

李璉如鯁在噎、一時無語。

「妳那是什麼臉啊？」佩斯凡德不以為然：「要脫離家族的控制第一步就是要經濟獨立，拿人手短、吃人嘴軟——妳總該懂這個道理吧。」

李璉不服氣、雙手叉腰：「人家當然知道啊，只是好奇你那麼多錢從哪來的，總不會是從天上掉下來的吧。」

「問得好。」佩斯凡德從外套胸口內袋掏出一本剪貼冊遞給李璉：「只要思想夠靈活、辦法總比困難多。」

李連翻開剪貼冊，前幾頁都是禍害莊稼的野獸、再來就是慣竊悍匪、到中間幾頁已經是大盜人魔，她立刻就反應過來剪貼冊裡收藏的都是懸賞單，每一張照片底下都有一個價碼，到中間幾頁都已經以金幣為單位、每一條人命都價值不斐，其中已經有幾個窮凶極惡的罪犯被打上大叉、想來是已經被佩斯凡德換成賞金。

「再翻過去兩頁。」

李璉照做、剪貼冊翻到一個美艷性感的女人，柔媚神態放在照片上就足以懾人心魄，最特別的是這位名為瑪麗．「血蝴蝶」．派克的女人有「生」與「死」兩種懸賞金額、二者天差地遠，雖然「生」的懸賞金猶不及前一頁的「雕肉師」、不過仍是這本冊子裡最獨特的存在。

「你要殺人！」李璉心跳加快、不自覺地倒退兩步。

「妳那又是什麼臉？」佩斯凡德拿起腰間的金屬酒瓶，指著剪貼冊、嫌棄李璉：「我拿的都是伸張正義的報酬、不是妳想的那種謀財害命。」

「對……對不起，我失態了。」李璉心裡嘀咕：「換作誰都會驚訝吧，你可是個王子耶。」

佩斯凡德手裡的金屬酒瓶好像無時無刻都裝滿酒，李璉從來都沒看過他補充過仍是隨時想喝就有。

「要不要跟我來賺這筆錢，我們合作、賞金對拆，絕對不會虧待妳。」佩斯凡德的主動邀約來得猝不及防——兩人第一次約會的內容就是殺人、無論成敗都會永生難忘。

「殺死瑪麗有三十枚金幣、分一半也有十五枚，這樣畫詩就不用辛苦打工賺錢了。」李璉猶豫再三：「可是我真的能下得了手嗎？我從來都沒有殺過人、萬一失手怎麼辦？我該答應他嗎？」

一枚金幣足夠讓無產階級一家四口舒舒服服過上一整年、也能讓李璉家辦一場小有規模的下午茶會，十五枚金幣作為經濟獨立的資本綽綽有餘，李璉又想起之前被張姐救下來的小男孩感激涕零的模樣，她終於下定決心為自己的英雄之路踏出第一步：「好、我該怎麼做？」

「妳去勾引她、我來弄死她。」佩斯凡德的計畫簡潔明瞭又荒唐怪誕。

「我……我怎麼勾引她？我連勾引男人都不會……」李璉驚覺自己不小心把心聲說出口時為時已晚，羞得連忙用雙手摀住嘴巴、不敢直視佩斯凡德。

佩斯凡德眼含笑意、接著說明：「如果瑪麗只是一隻『蝴蝶』、偷偷東西倒也不是什麼要命的事情；她罪不可赦的原因是她迷信黑魔法、相信用處女鮮血作為藥引的偏方可以永保青春，她所偷的金銀珠寶只是用來維持開銷和引誘無知的少女，妳這種來過初潮的處子之身對她來說簡直就是極品，妳什麼都不用做就能把她引誘出來。」

李璉壓抑著即將脫手而出的火焰：「難道現在連女人也要糟蹋女人了嗎。」

佩斯凡德湊到李璉身旁、指著瑪麗的照片問：「她是純種人類、妳猜她幾歲了？」

李璉打量照片一番後回答：「少說三十歲而已吧。」

「她的年紀當妳祖母都沒問題。」佩斯凡德把酒瓶瓶口向著李璉：「要不要試試看？」

「不要、我又不會喝酒。」李璉想都沒想就拒絕，拒絕完後立刻後悔卻又不曉得如何挽回，無奈之下只好轉移話題：「我有一個問題想問你，可能會冒犯到你、你會介意嗎？」

「不介意。」佩斯凡德抽走李璉手中的剪貼冊、收回外套內袋。

李璉鼓起勇氣問：「為什麼你對黑魔法那麼了解？黑魔法不是禁忌的東西嗎？再說你無法使用魔力、為什麼會對不能使用的東西感興趣呢？」

「不是說一個問題而已嗎？」佩斯凡德失笑：「概括一句話就是『世間萬物沒有好壞黑白、差別只在於使用者的立場』；妳學的都是善良的、被允許的魔法，難道就沒有毀滅眼前城鎮的能力嗎，不去引導使用者的思想和人格、一味禁止學習和使用，這就是畫地自限、遲早會被大環境淘汰。」

李璉被說得啞口無言卻茅塞頓開，縱觀自己目前為止的人生都是在畫地自限，她的思想因為經濟和家庭因素而被箝制，在李世民出生以前的短暫歲月裡曾經因為天賦異稟而被重點栽培、他出生後就被冷落一旁，李璉從此自怨自艾、把自己的思想囚禁在傳統觀念的籠牢裡，尤其是她最引以為傲的魔法天分從童年以後就毫無長進，追根究底還是因為她始終把自己當作傳統的東方女性。

跟著佩斯凡德學習叛逆或是一輩子怪罪無法改變的性別不平等——李璉正站在一個無法回頭的人生分水嶺。

「你還有酒嗎？」偷喝酒是李璉現在能想到最壞的事情。

「可惜剛才最後一口被我喝掉了。」佩斯凡德倒過金屬酒瓶證明自己沒有私藏：「不過這一票幹成以後妳要喝多少有多少。」

「算了、我跟你什麼時候要動手？」李璉難掩失望。

「兩天以後，我的傢伙都放在老家、得去準備一些替代品，這兩天妳就養好精神、做好心理準備，我期待妳最好的表現。」佩斯凡德說完就往鬧區走去、告別的背影讓李璉著迷。

李璉的心情跌宕起伏，這是長大後第一次有人對她寄予厚望、看好她的表現，然而她又想起一件很重要的事情、喃喃自語：「我雖然已經逃婚但是……知道我有婚約在身、你難道都不擔心嗎？」

福無雙至、禍不單行，李璉在輕夏旅館排隊登記打工換宿時發現自己被人盯哨，她從鬧市一路過來都沒被跟蹤，顯然是有人走漏風聲讓盯哨者定點埋伏；盯哨的女人沒多作遮掩、慘白的肌膚和死灰的瞳孔格外好認，一身枯木色衣裙讓她看起來就像光天化日下的幽靈，李璉一眼就認出來是四弟李元吉的寵妾——擒芳。

「該來的總是要來，怎麼不派個正經的來。」李璉決定不躲不藏，辦完登記就向擒芳走去，後者立刻起身行禮、笑面相迎。

「奴婢向公主殿下請安。」擒芳用的是宮廷禮儀、逼李璉不得不重視自己的身分。

「元吉呢？」李璉對擒芳沒有任何好感，在她印象中擒芳剛入宮時是個健康紅潤的國色天香、為了爭取李元吉的寵愛才把自己弄成現在這副人模鬼樣。

「元吉大人在頂樓的貴賓套房等妳。」擒芳不避諱地冷笑，用耳掛式通訊儀通知李元吉。

李璉跟著擒芳上樓，內心的不安泉湧而出；三弟李世民出征在外、退而求其次的大哥李建成最能代表父親李淵的威儀，四弟李元吉是個好色的懶惰蟲、按理來說就算李元吉被指派來帶她回去也會百般推託，他會主動找上門來肯定暗藏禍心。

貴賓套房的隔音門擋不住房內嬌喘浪叫，隔著一幫護衛隊員賭博喊拳的聲音都聽得清清楚楚；有什麼樣的主子就有什麼樣的手下，李世民的部屬值勤時一絲不苟、莊嚴肅穆，千軍萬馬衝到面前都不會皺一下眉頭，李元吉的護衛隊看上去就像一群地痞流氓，其中幾個老面孔在王宮還懂得收斂、出宮以後放肆到敢對李璉吹口哨調戲。

吹口哨的護衛隊員後腦挨上一巴掌、惹來一陣哄堂大笑，李璉瞪向擒芳、後者回報一個曖昧的冷笑；李璉知道眼下這群勢利小人已經在觀察風向，她現在還是公主的身分、從貴賓套房的門出來之後可就說不定，這群小人仗著李元吉來向她興師問罪而狐假虎威、目光短淺如豆，他們根本就沒想到萬一李璉走出房門後還是公主的下場。

「元吉大人、公主殿下來了。」

擒芳用攜帶式通訊儀通知李元吉後、貴賓套房的淫聲浪叫嘎然而止，一名只穿著內衣的妓女拎著衣物和錢袋被趕出貴賓套房，妓女和李璉對上眼的瞬間露出奇怪的眼神——原以為是上門搶生意的同行、結果是最近因為逃婚而鬧得風風火火的李璉公主，錯誤的時間、錯誤的人、和錯誤的房間足夠讓妓女臆想出一齣合理的亂倫大戲。

雖然打量妓女的時間轉瞬而逝、李璉有十足的把握斷定妓女還處在半生不熟的年紀；李元吉性成熟以前就熱衷於研究男女交歡和房中馭女之術，長大後狂熱於採陰補陽的迷信學說，他從未滿足於到手的禁臠，時常派人強搶民間少女供養在宮內、等到少女初潮過後就交歡採捕。

長子李建成忙於鞏固自己太子的地位、三子李世民長年南征北討，當家的李淵希望子孫滿堂、因此默許四子李元吉的種豬行為，直到李元吉還想把魔爪伸向親姐姐李璉才讓他勃然大怒，把李元吉當作死豬一樣倒吊在樹上、親手打了三天三夜，至此李元吉在宮中收斂、出宮之後則變本加厲。

「一個禮拜就套牢一個王子，不得不說、李璉，妳釣凱子的本事比我想像中還要好，妳不會已經向他獻身了吧？」李元吉壓根沒把李璉當姐姐看待，雙腿開如畚箕、正對李璉，全身上下只有一條毛巾蓋住胯下、無禮至極，他將一份梅菲斯特新聞社的有聲雜誌扔到李璉面前，封面頭條正是李璉和佩斯凡德的緋聞。

「哼！廢話少說，父王的旨意是什麼？」李璉看都不看就把雜誌甩向擒芳、對獐頭鼠目的李元吉厭惡至極，她怎麼想也想不通——同樣的父母怎麼會同時生出雄獅和野狗；與此同時李璉察覺到溫度正在隱晦地下降、感應到擒芳的魔力波動在暗中作怪，這代表李元吉還不死心、想要趁著這次機會霸王硬上弓，幸好她現在已經不是天真無知的小女孩。

「真絕情啊、李璉，這麼久沒見到我都不會想念嗎？」李元吉將毛巾繫在腰間、緩緩走向李璉，用眼神挑釁加挑逗：「原來妳還會想家啊，我還以為妳有了男人之後就會在另一座巢裡乖乖孵蛋了。」

擒芳在一旁聽著姐弟二人的對話暗中竊笑、在背後小心翼翼地製造冰晶手銬，在李元吉說完「孵蛋」兩字時發覺情況不對，手裡的冰晶手銬注入再多的魔力都無法阻止它融化，這才驚覺整個房間的溫度正在緩慢上升——熱源就是李璉。

李璉冷冽回應：「我看你根本就不是父王的欽差。」

李元吉也察覺到靠近李璉會引火燒身、識相地退回原位，指示擒芳拿出李淵的詔書、裝模作樣地念著：「聯合帝國大唐王女李璉接旨——奉天承運、王命詔曰……」

「荒唐！」李璉怒不可遏：「你簡直就是在丟父王的臉！哪有人光著身子宣旨，你再給我胡鬧就把你給燒了，我再問你最後一次——父王的旨意是什麼？」

貴賓套房裡異常燥熱，任何東西隨時都有被點燃的可能，特別是李元吉遮蓋下體的毛巾已經冒出絲縷黑煙、寶貝命根子隨時都會遭殃。

「我說、我說還不行嗎？」李元吉舉雙手投降、撕掉只有一張白紙的詔書，用盡所有辦法護住命根子、狼狽地說：「父王口諭：『雖然婚期已經錯過，只要妳即刻啟程回家、父王就當作什麼事情都沒發生過，一切既往不咎』。」

李璉當然知道父親有何盤算，從李淵的角度來看即便她已經是個「悔婚逃家、離家在外還跟他國王子有地下戀情的賠錢貨」，她作為「李淵女兒」的行情不過是從天頂掉到雲端、依舊搶手。

「我拒絕。」李璉很清楚走回頭路的下場，現在她有天時地利人和、沒有不拒絕的道理，為了避免節外生枝、她推門就走，離去前落下話：「李元吉、你最好不要去動佩斯凡德的歪腦筋，等你領教過他的本事後你就會知道我是好意提醒你、不是威脅恐嚇。」

門扉大敞、熱風外洩，李璉腳邊躺著剛才隨手甩出去的雜誌，旁邊還有一份米迦勒報社的舊報紙、頭版是凱薩琳在反恐戰爭中的英姿和對她暴力執法的批判，李璉相信現在自己就像勝利凱旋的凱薩琳一樣威風凜凜，從門外的那群飯桶的表情可以驗證自己的想法正確無誤。

「李璉、我也給妳一個忠告：『我的任務是不計代價把妳帶回去』！」

「祝你好運、弟弟。」

莫名的自信、莫名的勇氣和莫名的氣勢，李璉喜歡剛才種種的莫名其妙；她在下樓時仍難以相信自己的實力竟然在沒有意識的情況下突飛猛進，有別於以往只能靠著手掌和指尖施展魔法、剛才她能做到用全身皮膚平均發散魔力波動，這代表她的魔法造詣已經更上一層樓。

「這就是訓練的成果嗎？」李璉興奮地不斷嘗試、確定剛才並不是無意識的潛力爆發，每一分實力都扎扎實實、堅定她繼續像英雄之路邁進的決心，唯一的缺點就是以後新買的衣裝服飾都得特別訂製防火材質、否則她一發怒就會把自己燒到一絲不掛。

毛蟲不會發現自己變成蝴蝶、嫩芽不會發現自己變成神木，不經意間的成長往往最為真實。

4-4

髒亂環境的腐臭、油汗交雜的惡臭、銅鐵的鏽臭還有汗血的腥臭，所有臭味混合起來讓萊登想起那個被他稱為「家」的地方。

法蘭克福城下城區位於整顆蛇龍形神木的根部、用血汗和腐敗支撐著上城區的茂盛，如同樹木的根部汲取大地的養分、供養著整棵樹的生命，不可或缺卻從不被人重視。

腐敗的地方總是充滿賺錢的機會，在其他人忙著炫富和打工時、萊登選擇吃老本來賺取假期的生活費，他每次揮拳都代表著大把金幣入帳。

第一個人在萊登面前倒下時全場落針能聞；第二個人在他面前倒下時咒罵聲不絕於耳；第三個人在他面前倒下時歡呼喝采隨之而來。

「又一位拳王倒下了！新任衛冕者『幻蛇』將在今晚寫下新的傳奇！」

黑市拳賽的主播用嘶吼和電音掀起高潮，另一波高潮是萊登下一位對手的賠率是一比兩百，意味著下注一枚銀幣能賺回兩枚金幣；一條人命、一筆豪賭，一場拳賽劃分發家致富和窮途潦倒兩種人生結局——這就是黑拳賭博的魅力所在。

「打贏這場就有三十枚金幣，這樣以後的日子就可以過得舒服一點了。」萊登靠在擂台台柱旁休息、等待下一位挑戰者入籠，數著身上的傷口、想著回去以後該怎麼跟畫詩解釋：「隨便編個理由她應該都會信吧。」

畫詩大概無法想像、三十枚金幣買四條人命的交易對萊登來說有多麼稀鬆平常，以前畫詩時常會向萊登炫耀自己如何在險惡的宮廷鬥爭中夾縫求生，萊登總是不忍心去潑她冷水；宮廷鬥爭再險惡也僅止於「人」的範疇、鬥來鬥去總能在過程中找回一些人性，萊登出生在一個人皮怪物橫行的地方、能活到今天全靠泯滅人性，還保有人性的生物不是已經魂飛魄散就是陰魂不散。

「先生女士們、新的挑戰者已經踏上擂台了，讓我們歡迎神祕的面具挑戰者——虛蛇！」

萊登精神一振，在挑戰者背後的鐵柵欄闔上的同時發動攻勢，電流結界還沒完全升起、萊登的拳頭就已經抵達虛蛇面前，就算有面具緩衝、將虛蛇揍到電流結界上也有他好受，萊登便可以此佔到先發制人的優勢，和前三場躲躲藏藏後找到弱點並一擊必殺不同，萊登在這場比賽中要在對手站穩腳步前就用快攻將他擊倒。

萊登將面具打碎、僅僅只是一張面具，面具之後還有面具，虛蛇身上沒有任何魔力波動卻能瞬間出現在萊登身後，詭異的身法讓整個拳賽現場的觀眾都面面相覷、苦思費解——如果不是用魔法將身體元素化、現場數百人同時發生錯覺的機率有多大？

「我靠！」萊登失去意識前最後的畫面是虛蛇鑲著鐵條的右拳，人生最後的回憶停留在不是畫詩的女人身上。

有個女人曾經是萊登生命中最美好的片段，他們互相填滿對方的靈魂、補上對方生命中的缺憾，即便最後還是以分手收場、這段愛情仍舊是刻骨銘心。

「看來普拉絲蒂並沒有說謊，你果然是個專情的人、都快死了還在想著老情人。」

一縷幽香虛無飄渺，精靈薄荷帶著罌粟籽在捉迷藏。

萊登猛然醒來，第一個驚奇是自己還能醒來、第二個驚奇是佩斯凡德知道他舊情人的名字，渾沌的腦海裡充滿和畫詩相處的記憶，她好動的貓耳朵、靈活的貓尾巴和手掌上的肉墊……

「水晶提煉系統排放出來的粉塵和排水不佳形成的霧氣、讓下城區的朦朧月格外動人。」佩斯凡德坐在屋頂邊緣、乍看之下像石像鬼雕像，將金屬酒瓶遞給萊登說：「不過月亮始終是月亮、只有看的人不一樣。」

萊登注意到佩斯凡德的右手五指都鑲著鐵條、跟虛蛇一模一樣，猶豫了一下才接過金屬酒瓶，喝上一口後開始懷疑自己挨揍的地方為何沒有作痛，脫口而出最為緊急的問題：「你跟普拉絲蒂是什麼關係？」

「投資合夥人。」佩斯凡德的側臉似笑非笑、朦朧月下朦朧不清：「我可不想跟那個女人有更進一步的關係。」

「我以過來人的身分告訴你——非常明智的決定。」萊登苦笑：「沒有靈魂的女人最好還是別碰比較好。」

佩斯凡德用力吸上一口雪茄、雪茄卻不減反增：「沒有靈魂的靈魂整形外科醫生？真有意思。」

「我倒是很好奇你跟她有什麼好合作的？」萊登深切身明白和普拉絲蒂做交易有什麼下場，佩斯凡德的玩火行為背後的故事想必引人入勝。

「我永遠都能找到別人的優點。」佩斯凡德的回答很神祕，不知道他是否也在暗示：「我永遠都能找到別人的缺點。」

朦朧月常被當代文學作品用來象徵模糊不清的愛情，它現在就在佩斯凡德背後、也在屋頂正下方大排水溝裡的油脂層；萊登離佩斯凡德不過幾公分的距離卻仍是看不清楚佩斯凡德的面目，他既在月裡又在水裡、令人捉摸不清。

「你呢？跑來下城區要幹嘛？」萊登將金屬酒瓶還給佩斯凡德：「王子和公主跑來這裡約會也會被記者窮追猛打，如果你們想開房間、我能介紹幾間小而美的休息旅館。」

「謝了。」佩斯凡德大口喝酒、笑容淺淡：「現在還不是時候。」

「難道你不喜歡她嗎？」

「還沒那麼喜歡。」

「不然你喜歡哪種女人？」

「跟我一樣的那一種。」

萊登被佩斯凡德的話術繞得有些頭暈，在他老家用拳頭的機會比用腦子多、索性就不再追問下去，他把精神放在佩斯凡德右手的鐵條上、看上去就非常適合用來揍人，接過金屬酒瓶後問：「幹嘛不用指虎？把鐵條鑲在手上多痛啊。」

佩斯凡德拉開右手衣袖、展示手臂上整組絞盤和鐵條結合而成的裝置，右肩上蔓延的金屬管暗示這套裝置不只如此：「動力外骨骼——伊卡芮波原先想要用它來榨乾殘廢士兵的剩餘價值，後來發現它比魔法創造出來的義肢還要沒有效率而捨棄，不過我發現它真正的價值。」

「哼嗯——真有意思！」

佩斯凡德又掀開單肩披風，右肩後的盤狀金屬環連接著手臂上的動力外骨骼、在佩斯凡德甩手時發出微弱的藍光，手指上的五塊鐵條甩出、緊抓兩人身後十公尺的地面，眨眼間佩斯凡德就抵達鐵條緊抓的地方、如同黑拳擂台上的詭異身法。

「動手不動腳、難怪當時沒辦法預測他移動的方向。」萊登已經模擬好將來再次對決時的應對之法。

「伊卡芮波找不到比魔力更有效率的替代動力、那是因為她的眼界被侷限於她最擅長的魔法。」佩斯凡德自嘲：「幸好我天生就沒有這個麻煩。」

萊登將空酒瓶還給佩斯凡德：「你的替代動力不會就是背後那個的『盤子』吧？」

「沒錯。」佩斯凡德再次從金屬酒瓶裡倒出美酒：「我有一個老朋友叫伏塔，他總說我媽奪走他的榮耀——『若不是凱薩琳用魔法蒙蔽世人的眼睛，流芳百世的會是我的發明』，他所指的發明就是我肩後的『伏塔動力反應爐』，我用高價向他的遺孀收購並且買斷他所有的發明和學徒、高到每個人都認為我是個瘋子；猜猜反應爐的原料是什麼？」

「我的智商沒有你高，別賣關子了。」萊登開始質疑自己是產生幻覺還是身處夢境，否則空瓶如何再倒出美酒、佩斯凡德的雪茄又為何總是抽不完。

「你、我和電網鰻魚的基因創造出來的血液，混合電劈石結晶後完美解決你不能自體發電的問題。」佩斯凡德說：「普拉絲蒂告訴我、你以前被大自然的閃電擊中過，不但沒死還能發射令人陷入絕望的閃電，缺點是用完就沒了也沒辦法用人造雷電進行補充——聽到這件事的時候我就有了靈感。」

「你真的跟普拉絲蒂沒有進一步的關係嗎？我記得她只有在做完愛後話很多。」

「女人話多的時候不是在八卦就是在規劃未來。」

「你想跟她規劃未來！」

「我跟她是合夥人、當然要有長遠的規劃，我可不想跟金幣過意不去。」

萊登無言以對、只能放聲大笑，他突然發覺自己很喜歡佩斯凡德、喜歡這個獨一無二的人。

「你知道你為什麼會喜歡畫詩嗎？」佩斯凡德收起金屬酒瓶、熄滅雪茄。

「說得好像你比我還了解一樣。」萊登當然知道「愛」的時候會有什麼感覺，跟普拉絲蒂是一見鍾情、跟畫詩是兩情相悅。

「你或許不會告訴我但是你的基因會，你的基因會告訴我很多故事。」佩斯凡德拿出一瓶發著紫光的血液和一瓶鮮紅的血液：「你的血液因為『絕望毒素』而發紫、而畫詩體內的『希望因子』激活之後恰好可以中和，意思就是你們兩個是『天生一對』、可以互相彌補對方的基因缺陷。」

萊登充滿疑惑：「『希望』也是一種缺陷？」

佩斯凡德誇張地笑著：「物極不反、勢必扭曲，希望太大就注定會破滅；『希望因子』濃度超過百分之八十的時候會導致細胞異常增生，細胞異常增生的結果就是變異、形成腫瘤——就是所謂的癌症；『希望因子』的濃度只有一種情況會超過百分之八十、一個人在狂歡的時候最容易樂極生悲。」

不安和擔憂全寫在萊登臉上，佩斯凡德從朦朧之中走出、為他解憂：「你體內的『絕望毒素』可以阻止細胞增生、破壞腫瘤，所以我才說你們是天生一對、各種意義上都是，普拉絲蒂一定恨不得想要得到畫詩的靈魂。」

靈魂和性格緊緊相連，源自於從小缺乏關愛的恐懼、普拉絲蒂向貪婪魔王瑪門借貸，用自己的靈魂換取「獲得真愛」的能力，從此能掠奪別人的性格、隨時替換成他人喜愛的模樣，在一場傳奇豪賭中獲勝後名利雙收、一度成為自治區最富有的女性，財富是貨真價實的財富、名譽是毀譽參半的名譽。

豪賭過後隔天、普拉絲蒂遇到窮途潦倒的萊登——改變她生命的第二個惡魔，兩人一見鍾情、迅速就陷入愛河，富豪女愛上窮小子的戲碼在自治區本來不是新鮮的事情、偏偏兩人都剛幹出轟動的大事，普拉絲蒂幾乎花盡所有錢財為萊登消災、換取萊登最真摯的感情，在當天太陽落下之前自治區就傳唱著有關他們的愛情故事

「你連恐嚇都獨具一格啊。」萊登笑得像嘴裡含著酸掉的葡萄酒：「我再也不想跟普拉絲蒂有任何瓜葛了，說吧、你想知道什麼？」

無心插柳柳成蔭，佩斯凡德原先準備好更有效的恐嚇、沒想到有意外收穫：「你的基因複雜的程度超過任何惡魔，排列順序渾然天成、井然有序，基因工程根本做不到這一點，告訴我、你是怎麼出生的？」

萊登欲言又止、過了很久才說：「我可以告訴你、但是我不希望畫詩知道我的出生。」

佩斯凡德笑得很真誠：「當然、只用於學術用途，不過我建議你親自告訴她——如果你們倆想走得長長久久。」

萊登揑著眉心、往事不堪回首：「我在子宮內成形後吞噬九十九個兄弟姐妹才出生，我媽想殺死我、結

果她也被我透過臍帶吞噬，隨後我就經歷類似毛蟲變蝴蝶的過程，我媽的子宮就是繭；該死！這段記憶我怎麼也忘不掉，明明我當時候什麼也不懂、根本控制不了自己的行為。」

聽過這段歷史的人有很多反應、最多的反應是避之唯恐不及，萊登不怪任何人、換作是他也會有同樣的反應，他不希望獨一無二的佩斯凡德也是。

「聽起來很像蛇、跟惡魔有關。」佩斯凡德尋思：「你的血脈有可能是撒旦譜系的旁支、龍的基因因為多次混種而淡化成蛇，不過這樣反而有利於鑲嵌更多基因，你可能是除了我之外的另一個獨特的強勢物種——這代表你有成為頂尖的掠食者的潛力，你的養父眼光真不錯。」

「誰把我生下來我不感興趣，如果我可以選擇，我寧可當個平凡的純種人類，娶個平凡的老婆、生一對平凡的兒女、過著平凡的日子最後平凡地死去。」

「你只是生不逢時罷了，要是活在革命戰爭的時代、你絕對不會只是個角鬥士。

「我無所謂。」萊登避免和佩斯凡德眼神接觸、害怕被看穿心思；萊登第一個名字是「TRA-D-665」、跟他所住的籠牢編號相同，他的養父特別中意他卻沒有偏袒他，直到他殺死十個競爭對手後才改善他的生活環境、同時賦予他第一個名字——「戰蛇」，在萊登長大成人並殺死他的養父以前、「戰蛇」一直都是角鬥士之王的代稱。

小時候覺得複雜的事情、長大之後反而變得很好理解；萊登長大之後才知道「戰蛇」並非一個兒子的名字、只是一個工具的代稱，所以他在向養父提議贖身失敗後殺死養父、成為一個堂堂正正的自治區男兒。

角鬥場的利益關係錯綜複雜，萊登殺死他的養父代表斷人財路，從角鬥場冠軍變成過街老鼠，橫死街頭似乎成為他人生的結局，直到他遇到普拉絲蒂——給他第二個名字的女人、他絕望人生的轉捩點；普拉絲蒂曾抱著他呢喃：「萊登、你的名字就叫萊登，『淡忘過去』、淡忘你痛苦的一切，在我這裡重新開始。」

「畫詩一定會愛上你。」佩斯凡德走到頂樓牆緣、放下一包錢袋在牆上：「你在乎的人這次不會離你而去。」

心思終究還是被看穿，萊登猛然轉身、疾問：「你怎麼能肯定？」

「天生註定、大勢所趨。」佩斯凡德打手勢瀟灑道別後跳牆墜樓。

萊登跑至牆緣向下俯視，只見佩斯凡德躺在大排水溝倒映的朦朧月裡指著天空，順勢看去、佩斯凡德又出現在天上的朦朧月裡漸行漸遠，留下屋頂上的萊登霧裡看花、摸不著頭緒。

佩斯凡德如夢似幻、沉甸甸的錢袋裡三十枚金幣的重量卻又真實無疑。

4-5

首都的市集多的是琳瑯滿目的商品、少的是唐國隨處可得的人情味，到哪裡都無法殺價讓手頭不寬裕的畫詩有點吃不消，每個商家都一板一眼、不願意和她多聊上兩句，櫃檯的收銀人員跟商品價格一樣死板。

畫詩將水魔力注入「取物手環」，手環內的種子在水魔力滋潤下生長出藤蔓並纏繞取下書架上的《凱薩琳傳奇》；「取物手環」是王家女僕的標準裝備之一、大大增加勞動的靈活性。

《凱薩琳傳奇》在首都和唐國領地有兩種截然不同的版本，唐國版本大量刪減凱薩琳的情感和慾望，她和兩名前夫的愛情史全被閹割、只保留她為國家的奉獻和付出，唐國版本的凱薩琳因此看起來像毫無生機的英雄雕像而不是有血有肉的女人；李璉從以前就一直在嘟囔著要看首都完整版、畫詩一直銘記在心。

「小姐將來要當大英雄、現在卻得陪著我幹活賺錢，當初我要是再多存一點錢就好了。」

《凱薩琳傳奇》對畫詩來說沒有任何吸引力，她只要能跟萊登穩定下來就心滿意足，「英雄」這種目標對她來說遙不可及、不如把握眼前小小的幸福。

「如果小姐也能跟佩斯凡德在一起就好了，有個王子當靠山、至少不用這麼拼命。」畫詩心想：「去果菜市集看看有什麼好東西吧，苦日子好不容易熬過來、是時候跟小姐好好犒賞一下自己了。」

從取書到結帳離開、畫詩都沒有注意到一雙死灰色的瞳孔一直盯著自己。

同一時間的李璉正襟危坐、連呼吸都謹慎小心，因為佩斯凡德正在給她畫眉毛，這是她第一次給男人化妝而且這個男人的手藝還不錯、深怕一個抖動就壞了整副妝容。

「我第一次聽說勾引女人還要化妝。」

「那是因為妳從來沒有認真鑽研過『化妝』這門技術。」

「化妝不就是為了要好看嗎？」

「化妝的精隨在於『欺騙別人』、偶爾還能欺騙自己。」

佩斯凡德拿出鏡子讓李璉看看自己的新樣貌、讓她著迷於煥然一新的新鮮感。

李璉崇拜地問：「好厲害、你的化妝跟誰學的？」

「伊卡芮波。」佩斯凡德放下眉筆和染眉膏、滿意地笑著：「她也是個女人，喜歡欺騙別人、偶爾也喜歡欺騙自己。」

「伊卡芮波！」李璉心神不寧：「她對你母親那麼殘忍、你難道不恨她嗎？」

「她連屍體都沒留下來、我恨她又能怎樣。」佩斯凡德吐出雪茄而不點燃：「知識沒有分好壞、使用知識的人才有，人有立場才有好壞之分，伊卡芮波這個人無惡不作、她的知識卻潛力無窮。」

「我……不太懂你的意思。」李璉似懂非懂、隱隱約約感到不安，鏡子裡明明是自己熟悉的臉、看上去卻像陌生人的容顏。

「坐而言不如起而行，只是先給妳做一些心理建設。」佩斯凡德展示一件百褶碎花馬甲連身裙，套在李璉身上就像不懂潮流卻硬要裝懂的村姑，配上剛上好的妝就變成第一次進入聲色場所的天真小姑娘：「因為接下來我們要做的事情會讓妳知道——正義不只有一種表現形式。」

李璉吞下唾沫、心中忐忑，她能想像佩斯凡德口中的「另一種正義」、只是不確定自己是否已經做好準備；任何事情的第一次總是讓人感到緊張、殺人也不例外。

「我會盡量做到最好。」

「我會盡量讓妳做到最好。」

佩斯凡德的笑容和他說出來的話一樣令人費解，李璉發現自己越來越喜歡這種神祕感；儘管佩斯凡德要求李璉「順其自然、不要有任何反抗行為」，她依然不敢鬆懈、模擬任何可能遇到的狀況和應對措施。

「行了、輕裝上陣好辦事。」佩斯凡德換上黑色宴會服、掐著單肩披風末端反手一甩，明晃晃的刀刃發出令人戰慄的出鞘聲、固定在單肩披風末端，輕輕一抖手就收回單肩披風內。

「你這叫輕裝上陣？」李璉忍不住吐槽：「你把整支軍隊的武器都帶在身上了。」

「『凱薩琳就是一支軍隊』，她兒子當然也是。」佩斯凡德紳士地伸手邀請李璉：「準備好了嗎？」

「當然。」

李璉在老喬伊酒店出租的豪華馬車裡咬著指甲、既期待又怕出糗，完全忘記任務失敗就有可能丟掉性命的風險；如果一切順利、他們會在一間高檔珠寶俱樂部裡找到瑪麗，在她行竊作案的過程中引誘她上鉤，李璉負責找機會讓她落單、佩斯凡德則伺機制伏或擊殺她。

「佩斯凡德、我……」李璉頻繁眨眼、欲言又止。

「看妳的樣子就知道有心事、說吧。」佩斯凡德為給她倒一杯礦泉水：「我們就快到了。」

「我一直想不明白——為什麼很多人都在乎『處女』這件事情，男人也是、女人也是，尤其是我們女人，好像沒給處子之身一個大家都滿意的交代、這輩子就玩完了……我想你懂得比我多、你可能會知道。」

李璉發現自己說話時很害怕和佩斯凡德對視、怕一不留神就看到入迷，她不曉得自己從何時開始有這種反應、也不知道為何自己有勇氣問出這種尷尬的問題；尤其是最近在面對佩斯凡德時總有胸口悶塞和渾身燥熱的感覺、話沒說兩句就口乾舌燥，只要靠近佩斯凡德就會聞到荷蘭芹、鼠尾草、迷迭香和百里香混合的味道，有時甚至會蓋過他的雪茄味——李璉覺得奇怪但並不討厭這些反常。

「我跟妳說個故事吧——從前從前有個國王全國海選皇后，國王喜歡還沒跟其他男人睡過的女人，那時候還沒有處女的概念所以每個候選者都宣稱自己符合條件、國王因此很苦惱，後來有個大臣給國王建議：『女人只要和男人行過房、陰道裡的一層薄膜就會被撐開，只要逐個檢查就能知道誰有說謊』，國王欣然照辦、果真找到說謊的候選者，於是在符合資格的候選者身上點上守宮砂、稱她們為『處女』，把說謊的候選者轟出去並且昭告天下。」

趁著佩斯凡德喝酒的空檔、李璉惆悵地舉一反三：「越來越多人為了把女兒嫁給國王而禁止女兒自由戀愛，國王為了維護王室形象也開始幫女兒安排婚姻，女人從此變成家族的犧牲品。」

佩斯凡德叼著雪茄不點：「社會風氣成形的速度有點快、不過很合理。」

「你呢？你在乎處女嗎？」這是李璉第二次完全拋棄矜持，不僅僅是因為豪華馬車的隔音車廂給她私人空間的錯覺，她在放假後第一天在旅館洗澡時、發現自己身上的守宮砂的顏色逐漸轉淡，明明從出生至今守身如玉、守宮砂正在消失的反常跡象令她無所適從，不禁開始懷疑起「處女」真正的定義。

「李璉啊、李璉，『處女』解決不了愛情裡的任何問題，解決不了問題的東西對我而言沒有任何價值。」佩斯凡德拿下在嘴裡的雪茄、在手背上划出一團火光、用菸頭在兩人之間畫弧鐘擺：「愛情歸愛情、虛榮心歸虛榮心，兩者混為一談的下場通常都不太好。」

菸頭火光在燈火通明的車廂內牽引著李璉的目光，像一陣光天化日下的閃爍、稍不留神就會錯過。

「我們到了。」佩斯凡德將雪茄握在手裡熄滅、攤開手時無影無蹤，空氣中沒有任何雪茄味，他紳士地為李璉敞開馬車門、牽著她的手走下馬車。

俱樂部裡琳瑯滿目的珠寶首飾李璉看來都索然無味，曾經滄海難為水、王家寶庫裡隨便拿一件出來都能讓這裡最稀有的珍寶黯淡無光，她反倒是很享受跟著佩斯凡德逛展的感覺、美中不足的是她身上俗不可耐的衣裝，要是能穿上華裘美服、牽著王子的臂彎逛街購物、隨意接收旁人的羨慕和嫉妒，人生至此、夫復何求。

「找到了、比我想像中還容易。」佩斯凡德用鑲在香檳杯上的櫻桃梗指明目標方位；瑪麗正用開胸露背挖腰晚禮服在分散大眾的目光、乳溝和乳下緣的圓潤潔白比展示櫃裡的珍珠奪目耀眼。

瑪麗的肌膚看上去完全沒有歲月的痕跡，李璉表面裝作不屑一顧、實則吃味至極，她不希望佩斯凡德臨時更改計畫、美人計變美男計。

「看樣子她的偏方也不全然是迷信。」佩斯凡德環顧四週後突然低聲向李璉說：「計畫跟不上變化、李璉，她帶了不少人來、比我想像中還要棘手。」

李璉的心揪了一下，心想事成的速度比她想像中還要快：「那我……我該怎麼做？」

「妳維持原計畫不變、不過會增加一點難度——活到我把她的同夥都解決掉；不斷後援就對她下手太危險了，就算成功也很難全身而退」

「我不確定我能不能……」

「不然我們交換也行，換我負責勾引她、妳去處理她和她的同夥。」

「我可以！」

李璉話一出才發覺說可以也不對、說不可以也不對，前者自討苦吃、後者自討更苦吃，中了佩斯凡德的話術圈套、懊惱又無奈，偏偏又不是很排斥這種感覺。

佩斯凡德轉眼間就就融入人群、留下有點不知所措的李璉，李璉對「順其自然」似懂非懂，四處走馬看花、敷衍搭訕的男人、拿杯香檳在展示櫃前裝模作樣，該上鉤的瑪麗還沒上鉤、亂咬餌的男人卻越圍越多，李璉反而慌張起來。

女廁成為李璉的避難所，她撐在洗手台前再度陷入沮喪，順其自然有很多種解釋——順其自然地搞砸也是其中一種、李璉最不希望看到這個結局。

「男人真的是一種很煩人的生物、對吧？」

聲音低沉且富有磁性、口音帶著上流社會人士特有的尾音上揚，乍聽之下讓人以為是男人的聲音，嚇得李璉以為是有變態闖進女廁，猛然回頭才看清是風騷花俏的瑪麗．派克。

「天啊、妳嚇到我了！」首次面對殺人無數的女魔頭讓李璉難以故作鎮定，靈機一動、摸著胸口假裝緩和情緒：「是啊、他們一直靠近讓我很困擾呢。」

「妳的男伴呢？我看妳剛才並不是自己一個人。」瑪麗從隨身包裡拿出口紅補妝，一顰一蹙、舉手投足之間都充滿令男人神魂顛倒的魅力。

李璉一眼就認出來隨身包和口紅是名牌仿冒品，晚禮服緊緊包覆的乳房看起來非常不自然，再仔細看下去、發現瑪麗全身上下都像是虛假的偽裝。

「他說要去『談一些生意』、結果就把我丟在這裡。」李璉故作委屈：「我們都快要結婚了，他還是一心只想著生意，挑婚紗的時候也是、度蜜月的時候也是，我都快忘記當初是怎麼看上他的，天曉得他心裡到底還有沒有我。」

「啊——男人只不過是消遣的東西罷了，只要妳長得夠性感、要多少有多少。」瑪麗自信滿溢、媚態橫生：「女人啊、就該追求一些就算性感也得不到的東西。」

「比如說？」

「自治區獅吼山出產的血裂鑽石、南方獵茸部落的雙生黑松露、北方領域的雲朵鵝肝和瑪瑙魚子醬……這些都是光有外表和錢得不到的，妳還得有權力和管道。」

李璉無法否認，就算她的家族已經站在權力頂峰、瑪麗所提到的每一樣頂級食材一年都不一定能吃到兩次，「血裂鑽石」因為人道因素被唐國法律列為禁運品，李璉因此無緣一睹其「血染星空」的風采。

李璉故作無知：「聽起來很高級呢。」

瑪麗嗤之以鼻：「何止高級、還代表著好運。」

李璉從沒聽說過這種說法，於是問：「怎麼說呢？」

瑪麗遞出名片、笑裡藏刀：「因為我正好是『星火珠寶』的設計總監、而且正好缺一個合適的模特兒，我發現妳有襯托我最新作品的潛力；以兩克拉血裂鑽石為主角的首飾，血裂鑽石完美無瑕而且完整對稱、絕對能讓行家為之瘋狂，把它放在展示櫃裡太暴殄天物了，而我正在苦惱的時候——妳、出現了，不只是妳的好運、也是我的好運。」

名片上的名字為「邦妮．瑪門．都鐸」，都鐸家族不只是名門望族、在珠寶界亦享負盛名，若不是李璉身為公主且在上流名媛的圈子裡混跡多年、換作鄉下小姑娘恐怕真的會上當，瑪麗騙術的百密一疏便是「頂級珠寶首飾絕不會用模特兒去展示」，舉凡名媛貴婦或多或少都有些精神潔癖、認為身上的行頭若是他人穿戴過便會自貶身價，唯一的例外就是家族代代相傳、具有象徵性意義。

「真的嗎！」李璉決定打蛇隨竿上、將計就計：「我真的能當上模特兒嗎？」

「當然、親愛的，我非常看好妳。」

大概是因為知情的緣故、瑪麗的笑容看起來特別邪惡，李璉很可能已經在經歷之前遇害少女也經歷過的事情、她必須讓結局有所不同。

在瑪麗的引導下來到貴賓室、李璉見識到真正的血裂鑽石、鑲在一條白銀項鍊上，由琥珀、瑪瑙、珍珠和翡翠點綴作陪，其中每一顆獨立出來都絢麗奪目、在血裂鑽石旁卻相形見絀。

「好漂亮！」李璉美目流盼放光、被鑽石的光芒映照如銀河，打在雙瞳上的光彩證實血裂鑽石名不虛傳，李璉霎時間忘記自己隨時都會有生命危險、心甘情願被引入瑪麗的圈套。

「噢、親愛的，我的手藝向來不會讓珠寶失望、我相信妳也不會。」瑪麗為李璉戴上項鍊、眼裡的笑意越發濃厚，眼前的極品得來全不費工夫、蠢得十分可愛，勢必能成為滋養她青春永駐的好材料。

李璉陶醉在鑽石的晶瑩剔透、渾然不知死亡步步逼近，當鑽石首飾裡的暗針扎入她胸口時已經來不及做任何反應，毒素透過心臟快速流遍全身、令李璉來不及將身體水元素化排毒就動彈不得。

「只有用人血浸泡血裂鑽石才能讓它的每一個稜面均勻折射出點點繁星，血裂鑽石才會成為鑽石中的皇后。」瑪麗用手指抹下李璉臉上的粉底，放到鼻下聞過後再用舌尖舔上一口，捏著李璉的雙顎、喜上眉梢：「妳的化妝品不錯、讓我想起一個老朋友，不過我的才是最棒的、而我也會成為世界上最美的女人。」

瑪麗還沒來得及得意、只感覺頸動脈傳來刺痛感，轉動逐漸僵硬的脖子、開闔逐漸麻痺的嘴唇：「克萊德……為什麼……」

「對不起、瑪麗。」一名為克萊德的男人西裝筆挺、俊美大方，手持彈射針筒向瑪麗發動攻擊、全身散發著難以言喻的詭異，從他的眼神看來攻擊瑪麗是千百個不情願，彷彿身體被人操控、意識卻十分清醒，每一個動作都帶著短暫的停頓和顫抖、像是在竭力反抗卻徒勞無功。

李璉對眼前發生的事情丈二金剛摸不著頭腦——克萊德和瑪麗似乎是情人關係、兩人不知為何反目成仇，或是其中另有隱情、亦或是……

「天、天啊！」

克萊德在瑪麗面前七竅流血而死、推翻一切定論，克萊德身後原先沒有任何人、在他倒下的瞬間出現佩斯凡德，一切又不證自明。

佩斯凡德走向瑪麗、脫口而出的竟是女人的聲音：「妳好呀、朋友。」

瑪麗像光天化之下見鬼一樣，若不是身體石化、尖叫和恐懼就會破體而出；佩斯凡德的女聲魔性空靈，口音和「妳好呀」的語法用的是通用語古典發音，先低沉、後上揚，只有黑玫瑰王朝的王室成員和附庸大臣會使用，李璉的父母現在已經沒有在公開場合使用古典發音、只有私下聊天時偶爾會冒出幾句。

「妳應該記住朋友的忠告、瑪麗。」佩斯凡德溫柔地餵李璉喝下解藥、把渾身乏力的李璉攬在懷裡，對著瑪麗媚笑：「『眼見為憑、最好欺騙』；沒想到老朋友陰魂不散吧？」

李璉依舊沒有頭緒，佩斯凡德即時出現讓她鬆了一口氣，那一抹邪性的笑容卻令她惴惴不安、令她腦內浮現一些可怕的想法，先是滿溢鮮血的古井、再者是從王座上流淌而下的血跡。

「幹得好、李璉。」佩斯凡德變回原來的聲音、從嘴裡吐出一根雪茄點燃：「好好睡一覺吧，我們還有很多正事要做。」

聽起來不像催眠咒、更像是安穩心神的搖籃曲，虛弱的李璉沉沉睡去、可怕的想法被排山倒海而來的睡意強行壓下去，再次醒來時已經在輕夏旅館的房間裡，窗外積雲陰鬱、屋內燈火昏弱，瑪麗被綁得結結實實、裹在舊地毯裡沒有任何動靜，佩斯凡德弓身坐在搖椅上閉目養神，在李璉恍神眨眼之際變成一個不是凱薩琳的女人、又一個眨眼就變回原來的模樣。

「嘶！痛、痛、痛！」

一陣劇烈的頭痛讓李璉叫出聲來、叫聲讓佩斯凡德慢慢甦醒，他伸展身體的姿態和迷濛睡眼看上去就像天真無邪的嬰兒，當他醒來時、窗外的烏雲層被數道陽光穿透，眼看即將放晴。

「這是怎麼一回事？」李璉摸著略為腫脹的腦袋、問佩斯凡德：「我剛剛不是還在俱樂部嗎？」

「百步黑曼巴神經毒素殘留的副作用——妳會有短暫的失憶症症狀。」佩斯凡德拿出隨身酒瓶、邊擰開瓶蓋邊說：「妳跟她大戰一場、差點把整個俱樂部掀過來，我趕到的時候妳已經中毒了，幸好瑪麗用毒的目的是讓妳失去行動能力、不是殺死妳。」

「你怎麼會隨身帶著毒蛇血清？」

「以前打獵養成的習慣，荒郊野外沒少被蛇咬過，萬用血清很貴但是一定物超所值。」

佩斯凡德解開包裹瑪麗的舊地毯，被反綁手腳的瑪麗正陷入深度昏迷、麻繩勒出來性感曲線引人犯罪，佩斯凡德拔出獵刀「賭徒」、熟練地挑破繩與繩之間的衣物，瑪麗如同刀俎魚肉、沒有反抗的餘地。

李璉瞪大眼睛、以為佩斯凡德要一逞獸性，正想阻止他時發現佩斯凡德用「賭徒」比劃著瑪麗的胴體，眼神專注像準備肢解獵物的獵人而不是渴望洩慾的暴徒。

「你在做什麼？」李璉感覺現在不只是失憶、大腦也有點渾渾噩噩。

「見鬼了、這個女人的身體居然移植了嬰兒器官，太噁心了！」佩斯凡德的厭惡很真實，用「賭徒」刀尖在瑪麗的心窩和肚臍間比劃、解釋：「妳看、瑪麗的心窩和整片胸口的膚色有明顯的深淺差異，這兩處的膚色又比裸露在外曝曬的手臂還要重，這就是移植嬰兒器官的表徵，內在年輕而外表衰老、必須要長時間讓身體去適應才能消除症狀，除非……」

「除非？」

「除非用黑魔法強行鑲合基因，否則一定會產生器官排斥；伊卡芮波在研究紀錄裡有提到這種『返老還童手術』、由女巫們改良精靈族古老的『傳承儀式』而來，因為缺乏精靈族強大的基因適應性、女巫們只能用黑魔法進行不自然的破壞和再生，純種人類的生命有限、沒有時間像精靈一樣慢慢等，於是發明處女血偏方來加快新陳代謝和換膚的速度。」

瑪麗緩緩睜開眼睛，先是看到自己全身赤裸、再來是怒髮衝冠的李璉和冷酷肅殺的佩斯凡德，知道自己大難臨頭、經驗老到地痛哭流涕起來，若不是嘴巴被封住她能裝得更悽慘，因為她知道李璉單純又不諳事故、會憤怒代表還有同情心，善加利用李璉的同情心才有一線生機。

「伊卡芮波在日記本裡提到過：『瑪麗．派克是個眼眶和陰道隨時都能出水的女人，我很好奇她是不是有先天性成癮、隨時都準備好拉男人上床；要是能拿到她的屍體、一定要把她的下視丘切開來好好研究一下。』」佩斯凡德冷笑點起雪茄、灌滿整個房間的精靈薄荷與罌粟後嘲諷：「妳們女人捅好姐妹一刀的時候還真是不遺餘力。」

「伊卡芮波！」瑪麗赫然想起失去意識前佩斯凡德嘴裡曾發出伊卡芮波的聲音、頓時心裡涼了半截，眼前兩人並不單純只是嚮往英雄主義、熱血上頭的王子和公主；能被伊卡芮波允許使用她聲音的人只有她的關門弟子、這人還是凱薩琳最重視的兒子，另一個要把她千刀萬剮的人則是李淵的女兒——不久前還是個沒見過世面的村姑。

上一代的恩怨情仇千絲萬縷、傳到下一代就更加凌亂，佩斯凡德僅憑日記本的隻字片語很難理解伊卡芮波為何會對瑪麗由愛生恨，唯一能肯定的是伊卡芮波可以作為迷惑瑪麗的障眼法、大大提高獵殺她的機率。

過去的陰影籠罩、任何騙術都會被伊卡芮波拆穿的恐懼從瑪麗的內心湧現，死到臨頭、肝膽俱裂，全身肌肉脫力、大小便自然而然失禁，她本來是個不在乎羞恥心的女人、現在她希望羞恥心能救她一命，李璉正在軟化的眼神是最後的救命稻草。

「我看還是宰了吧，省得夜長夢多。」佩斯凡德說完就要一刀了結瑪麗。

「等等。」李璉從剛才就一直在反省、把一個手無寸鐵的人嚇到不成人樣是否太過火，若是在混戰時失手殺死瑪麗也就罷了，她到底是想讓瑪麗接受公正的審判，佩斯凡德的行為更像是在報私仇而不是伸張正義：「我看還是把她交給警備隊好了，抓活的賞金不是更高嗎？她也受夠教訓了、以後應該不會再犯吧。」

「妳真的這麼認為嗎？」佩斯凡德從李璉的床底下拖出一副恆溫鐵製成的手銬銬住瑪麗的脖頸、另一邊銬住李璉的左手腕，對李璉說：「用我們家典獄長送我的生日禮物來試試看吧，李璉、抓穩了。」

佩斯凡德猝不及防地一腳踩在地上、在瑪麗身下踩出一口枯井，瑪麗一頭墜入井內、連結她和李璉的手銬連結軸快速繃直成一直線，瑪麗下墜的同時也將她拉向井邊，李璉必須將在鞋底結冰才能站穩腳跟、避免被跟著拉進去，本能反應要將環扣和牛皮繩凍碎或燒斷、兩者卻都徒勞無功。

「快來幫我！」李璉邊呼救邊尋找剛才還在身旁的佩斯凡德，只見房間開始崩塌重建，烏雲掠奪剩下的幾束光線，等到重新打亮整個世界時、李璉發現自己身處離旅館兩公里外的聖特雷薩大教堂。

聖特雷薩大教堂由懺悔之門、洗罪之道以及聖蛻禮拜堂所組成；懺悔之門能容納十人、洗罪之道卻只有一人的寬度，象徵進入天國、人人平等；洗罪之道延伸出去的七口井後的雕像象徵人類最常犯下的七種罪行，警醒世人若要想進入天堂則切忌七罪纏身。

瑪麗墜落的「色慾之井」，井後正是色慾魔王——阿斯莫德的雕像；李璉在井邊苦苦支撐，受過鍛鍊的手臂尚且能承受瑪麗的重量、瑪麗不斷掙扎的身軀則令李璉吃不消。

「救命啊、誰來幫幫忙！」李璉扯開嗓子求救，平時門庭若市的大教堂異常冷清、街道上也空無一人。

「妳有沒有想過原諒一個人要付出什麼代價、李璉？」消失的佩斯凡德坐在在「憤怒之井」上，「憤怒之井」後的憤怒魔王——薩麥爾的雕像似乎是在畏懼佩斯凡德、縮在井後不敢探頭，如此詭異又逗趣。

佩斯凡德順著洗罪之道乾枯龜裂的水渠走向李璉、每走一步就留下一個冒火的腳印，水渠周遭的草皮如同被無形的火焰燒灼、迅速化為焦土，周圍的空氣正在緩慢升溫、頭頂的烏雲被沸騰成火雲。

井裡的瑪麗被恆溫鐵奪走過多的熱量、靈魂正在逐漸凍結，另一端的李璉也沒好到哪去。

「感受到了嗎、李璉，妳能感受到原諒的代價嗎？」佩斯凡德的話音迴盪在整片火雲天空，像峽谷的無邊回音又像內心奮力的吶喊，他托著李璉的右手、將「賭徒」交到李璉手裡：「凱薩琳會如何抉擇呢？」

「明智的慈悲沒有敵人、盲目的憐憫處處數敵。」

李璉想起凱薩琳的至理名言，握著「賭徒」、審判自己的內心——要親手送人下地獄絕非易事、然而瑪麗也沒有任何值得被救贖的依據。

「妳有幾隻手可以奉獻給妳的良心呢？」佩斯凡德的質疑絕情但無可反駁，李璉的原諒不過是出於一時同情心作祟、完全沒有考慮到未來可能出現的受害者，草率的原諒形同放縱，過去的餘孽不只沒消除、未來的新罪生出時她責無旁貸。

「我剛才告訴瑪麗：『只要按下按鈕、井邊的女孩就不用跟著她一起下地獄』，妳覺得瑪麗在猶豫什麼？」佩斯凡德的質問無可反駁且絕情——瑪麗已經沒有良心可言。

李璉探頭看向井里，瑪麗已經失溫暈厥、即便如此也要把她一起拖下地獄；熄滅的怒火重新點燃，李璉終於想明白自己的心軟有多愚昧，反手一刀斬斷自己的手腕、目送萬惡之女墮入地獄。

「妳一直都沒有讓我失望、李璉。」佩斯凡德摟住虛弱的李璉，輕輕一吻吻在她的斷腕，陰霾散去、晴空萬里，焦灼熱氣逐漸降溫、溫暖如嚴冬裡的熱巧克力。

李璉心滿意足地入夢、內心舒暢無比，她感受到全新力量從內心湧向全身、感覺那股力量充滿希望，讓她闔眼時如同期待黎明的孩子。

第五章　英雄崛起

5-1

李世民鬱悶至極、臉上仍帶著笑容，帶著若干部屬向眼前值得敬重的兩位老人莊重行禮；就算是王子、有求於人還是要放軟身段，特別是這兩位老人是他顯赫戰功是否能再添一筆的關鍵，他必須藉兩位老人的力量挽回顏面。

李世民畢恭畢敬：「勞煩二老大駕，晚輩李世民向二老請安。」

坐在輪椅上的老人操縱著扶手上的傳導水晶、輪椅的兩條金屬手臂忙碌於打毛線衣，輪椅老人正眼都不看李世民、奚落他：「趕緊起來、老太婆可沒有手扶你。」

「還請殿下海量包涵，老婆子整天把自己關在實驗室裡、不諳禮節。」

另一老人的年紀比輪椅老人還大，臉色紅潤飽滿、腰桿直如長槍、雙腿穩若磐石、聲音輕快宏亮如，絲毫沒有衰老的跡象。

「二老願意鼎力相助、世民萬分感激。」

李世民看向正在大規模改裝的龐然巨獸——神農號，他和幕僚費盡心思才把唐國境內最大的醫療飛艇從陸軍手中挖過來，準備改裝成一座隨行蚩尤號的空中補給站，它將會是下一次遠征高麗成功與否的關鍵。

李靖用耳掛式通訊儀通知李世民：「將軍、張上校已經回府，請求傳送至此。」

李世民點頭回答：「準。」

李靖將小型傳送儀放置在地面、注入魔力使傳送水晶的振動頻率一致，位於天策府傳送室和小型傳送儀互相連結、讓張姐——張出塵得以從天策府傳送室眨眼間轉移至此。

「張出塵參見將軍。」

「免禮。」

「謝將軍。」

張出塵將一束茶褐色貓毛交給李世民，李世民透過獨門的封印解構技巧將貓毛裡的記憶情報提取出來，閱覽一遍後將貓毛燒毀、說：「以一個新人來說艾玉的表現不錯；對了、我記得不是還有個新來的雜役叫……小球？」

一聽到小球、張出塵的臉就垮下來：「賊性不改、打斷腿轟出去了，留一條手臂給他要飯，已經通知人事科將他除名。」

李世民眉頭微皺：「他不是還有個老娘嗎？」

張出塵同樣眉頭微皺：「已經派人三餐照料，說她兒子犯了事被擄走、下落不明。」

李世民看出張出塵行事在理仍良心作祟，還有婦人之仁就是為什麼她只是個人才而不是王霸之才，於是調侃：「妳人還真善良啊。」

張出塵當初跟著丈夫李靖投靠李世民，是天策府最早的一批人、熟知李世民的性格；她在來之前偷窺艾玉的記憶情報片段、察覺佩斯凡德跟李世民是同一類人——善於攻心且勇謀擅斷，差別在李世民光明磊落而佩斯凡德詭譎陰險，李世民好歹還有人性、佩斯凡德已經變成披著人皮的怪物。

「我聽說遠征不太順利、大家都沒事吧？」李靖手臂上怵目驚心的抓痕還沒痊癒、讓張出塵心痛不已，她奉命將李璉偷渡進魔導學院而沒有參與遠征高麗的行動，任務結束後回天策府才知道遠征高麗鎩羽而歸，天策府上下士氣低迷、李世民顏面盡失。

李靖喜怒不形於色、只是閉眼搖頭，夫妻多年、只有張出塵知道丈夫有多失望和無奈。

李世民突然問張出塵：「中校、妳看過遍地金黃大米嗎？」

張出塵不明所以：「回將軍、看過。」

「那就是這次遠征失敗的原因。」李世民凝視神農號、若有所思：「妳覺得是大王八還是小王八在使壞？」

結合打聽到的消息和推敲、張出塵很快就釐清整起事件的脈絡——天策府授命遠征附庸高麗國、協助討伐禍國魔物，後勤補給線負擔沉重加上有人故意扯後腿、高麗王國方面又以農荒為由拒絕援助，導致遠征風光出行、狼狽而歸；李世民出征代表唐國顏面、李淵作為一國之君絕對會傾全國之力支持，想也知道是李建成和李元吉在背後搞鬼。

李世民決心把神農號弄到手、直接把後勤拉到前線，結合孫式製藥和魯式重工的核心技術把神農號改造成隨行軍隊的補給中心，如此一來要槍有槍、要糧有糧，費盡心機讓孫思邈和魯思遙兩個水火不容的老人協手相助、李世民帶著破釜沉舟的決心要拿下第二次遠征的勝利。

「小王八、鐵定是小王八，李叔德一轉頭就一個勁使壞。」唐國境內大概只有魯思遙敢直犯李淵的名諱，據說兩人年輕時有段往事、是故李淵對魯思遙有著近乎放縱的包容。

「婆婆說的是。」李世民陪笑，眼角餘光瞥向魯思遙的一對子女，女兒魯巧手承襲母性、驕縱自傲、兒子魯匠心則對母親頻頻犯上憂心忡忡、舉措無度；反觀孫思邈的兩個兒子——孫妙手和孫回春韜光養晦、循規蹈矩，必要時可以加之重用。

孫思邈拈鬚、明貶暗褒：「龍困淺灘群蝦戲、一聲驚雷穿雲去。」

李世民背手、明警暗示：「雲龍回首沖九霄、背風野草燒不盡。」

眾人在神農號前站定、心思各異。

「張上校。」

「是！」

「下次遠征高麗的名單上有妳，孫老和魯老的兒女也會隨行。」

張出塵停頓一陣，見李世民回頭看自己、連忙答覆：「是。」

李世民這一步棋下得扎實穩健，即便他深知佩斯凡德是頭怪物也要把親姐姐推向他身邊，只要能得到佩斯凡德的支持、未來的政治角力就能握有一手出奇制勝的好牌，李璉幸福與否對他來說根本不重要——張出塵是唯一有可能勸李璉在越陷越深前回心轉意的希望、李世民卻早一步將希望掐斷。

張出塵並非沒有權力鬥爭的經驗，女人的權力鬥爭僅止於爭寵、不是毀滅一切，原先李淵三個兒子的權力鬥爭也是如此、直到李世民加入佩斯凡德這個變數。

如果情報無誤、佩斯凡德跟失蹤多年的伊卡芮波有千絲萬縷的關係，最糟糕的情況可能是佩斯凡德已經被伊卡芮波洗腦成傀儡，最壞的結果則是北方領域和唐國會成為伊卡芮波復辟的跳板、女魔頭將再度禍亂人間——這是張出塵最不希望見到的結局。

「璉妹、妳可千萬不要有什麼事才好。」張出塵無助地看向李靖，夫妻多年、只有李靖看出張出塵的心思，牽著她的手、緩解她的焦慮，夫妻不言語、互通一條心。

心意相通的夫妻不只有一對，此時北方領域的女王正在議政廳的王座上側首閉目、不發一語，一幫大臣面面相覷、只有大將軍知道女王的心意。

維多里奧朗聲宣布：「退朝、有事明日再議！」

眾臣無人敢動，按照舊例凱薩琳和維多里奧同堂時還是以凱薩琳的旨意為主，凱薩琳沒反應、群臣都不敢動，議政廳靜默如會戰之前、任何風吹草動都有可能點燃戰火，無論腿痠、尿急還是口乾舌燥都得忍住。

「都退吧、大將軍和龐茲男爵留下。」

群臣退出大門時紛紛看了一眼敬陪末座的查爾斯・瑪門・龐茲——曾經的賭場老千、談判專家、間諜以及現在的財政顧問、佩斯凡德的數學和會計學老師，擅長洞悉至微缺陷並將其拓展成無底黑洞，在革命戰爭期間從未參與攻城掠地，相反地棲身於宮廷之中蠱惑黑玫瑰王朝的王公貴族們驕奢淫逸，對黑玫瑰王朝的經濟造成沉重的打擊，他和維多里奧一樣是革命戰爭的幕後功臣。

「微臣參見陛下。」查爾斯看上去莊重肅穆、剛正不阿，在過去的時代完全不會給人騙徒的第一印象，人們第一眼看去往往會認為他是威望仕紳或是實業家，正如他的處世格言：「眼見為憑、最好欺騙」。

「平身。」凱薩琳走到查爾斯面前：「看著我的眼睛、不准挪開，我問什麼就會回答什麼。」不是要求而是是命令，凱薩琳的威壓籠罩整個議政廳、灼熱而壓抑。

「是。」

查爾斯曾經是伊卡芮波最信任的親信，在他眼裡凱薩琳和伊卡芮波沒兩樣，情緒化、感情用事、只要和最重視的人扯上邊就時常優柔寡斷。

在凱薩琳眼裡查爾斯是個沒有人格的空殼，多年行騙讓他走火入魔、永遠都在扮演謊言需要的角色，騙到最後查爾斯・龐茲只是一個名字——一個謊言的外皮，凱薩琳之所以敢用這種人正是因為她擅長戳穿謊言，戳穿謊言的訣竅就是緊盯對方的眼睛、從靈魂之窗直接洞悉謊言的本質。

「佩斯凡德跟你學習數學多久了？」

「回陛下、三年八個月又一百七十五天。」

「私下交流呢？」

「佩斯凡德殿下教了微臣很多。」

凱薩琳示意維多里奧，後者走到查爾斯背後釋放寒氣形成夾擊之勢，前後一冷一熱令他無法專注思考——這是凱薩琳在受難的時候跟伊卡芮波學來的拷問技巧，沒有人能在身體忽冷忽熱、血液循環異常的時候說謊，凱薩琳親自嘗試過最清楚。

「他教了你什麼。」

「殿下教我怎麼說實話。」

「怎麼說實話？說實話還需要學習？」

「是的、陛下，佩斯凡德殿下教我怎麼說實話，比說謊還有趣。」

「喔？你也教教朕——怎麼說實話？」

熱浪變成暖氣、寒氣變成涼風，凱薩琳和維多里奧配合默契十足，先讓人神經緊繃再放鬆、讓人放下戒心，展現出渾然天成的帝王式親和力。

「陛下、只要妳明早向大臣們說：『退開、我討厭黃金的臭味』，第一天、王宮裡便不會出現任何黃金，第三天、首都裡的黃金價格崩盤，第五天、全國都會相信黃金有惡臭，第七天、整個國家的經濟會發生本質性的變化；上古時代的黃金河流文明就是因此沒落，因為國王的一句無心失言、整個王國都當真，人民寧可讓黃金掩埋河流也不願意再使用這種貴重金屬，國王寧可讓國家滅亡也不願意承認自己說謊。」

「這都是佩斯凡德說的嗎？」

「是的、陛下。」

君權、社會、經濟，凱薩琳登上王位後仍需要群臣輔佐才能避免三者千絲萬縷交織產生的盲區，佩斯凡德僅用一個比喻就釐清睚眥分毫、毫無死角，帝王潛質盡顯無遺，若把伊卡芮波這個隱憂去掉、佩斯凡德將會是凱薩琳這一生最偉大的成就。

「行了、退下吧。」凱薩琳搖鈴召喚總管艾雯、吩咐：「艾雯、帶龐茲男爵下去沐浴，讓他放鬆一下。」

「是。」

「謝陛下。」

帝王之前的語言有很多種表現形式、最膚淺的方式是「說話」，查爾斯全身都充滿感激和慶幸的鬆懈，不用他開口、凱薩琳憑經驗觀察就能得知。

維多里奧揉著太陽穴嘆息：「現在我也不懂孩子了。」

凱薩琳閉眼思考：「說說你的想法吧。」

維多里奧隨手拿起一瓶議會桌上礦泉水喝、說：「佩斯凡德最近和李淵的女兒——李璉走得很近、他對邦妮·都鐸也有想法。」

凱薩琳不解：「你的意思是——我們兒子想腳踏兩條船？」

「我調查過了、瑪麗·派克是伊卡芮波的地下情人，佩斯凡德看過伊卡芮波的遺物應該會知道。」維多里奧從說出疑點：「李璉是妳的死忠粉絲、愛屋及烏的行為很正常，問題還是在佩斯凡德、他為什麼要帶上李璉這個拖油瓶去暗殺邦妮·都鐸？」

兩、三句話包含的訊息量過於巨大，凱薩琳一下子腦袋打結：「佩斯凡德要暗殺『血蝴蝶』？跟李淵的女兒？他是不是瘋了、他們兩個憑什麼？」

「恰好相反、最危險的可能是『血蝴蝶』，我猜她現在已經凶多吉少了。」

「怎麼說？」

「佩斯凡德對『血蝴蝶』瞭若指掌、『血蝴蝶』對他們兩個所知甚少，假設李璉的實力不弱、加上佩斯凡德出謀劃策，『血蝴蝶』生還的機會渺茫。」

凱薩琳仍沒有得到根本上的答案而顯得急躁：「你還是沒說佩斯凡德為什麼要暗殺她，我想不通他的動機；我給他的錢不可能不夠用，他不是會魯莽炫耀英雄氣概的人……」

維多里奧突然像塑像一樣一動不動，凱薩琳知道他可能在盤算要不要說出一些「機密」；在陰影下工作多年的人都有一種難改的壞習慣──沒有必要就不會透漏太多事情，對維多里奧這種口風緊密到無法滲水的人而言「機密」是最後一根救命稻草，然而如此對夫妻關係沒有任何助益。

「里歐、我要知道一切我想知道的，為了我們的孩子。」凱薩琳眼裡充滿母親的堅定。

「當然、不過不是在這裡。」

凱薩琳牽起維多里奧的右手、在兩人手上畫下古老的符文，古老的符文解構成傳送結界、將兩人傳送至古老的密室；這座密室是上古時代北方領域先民儲藏食物的地窖、如今被凱薩琳修建成密室，以古老符文作為新入口、緊鄰暖冬城地下死牢，隔著石牆都能聽到死囚淒厲的慘叫和哀號。

離死最近的地方就是最佳的求生之地，密室堆積大量的儲備物資和建材、用於暖冬城遭遇天災人禍後的重建，同時也是絕佳的密會地點。

凱薩琳不耐煩：「這裡隔牆只有死人、你總可以放心了吧？」

維多里奧倚著貨架、雙手抱胸：「好吧、事情是這樣的——情報部門發現佩斯凡德透過好幾層關係跟一個叫『虛蛇』的人接觸，我們對這個名叫『虛蛇』的人知道的不多，只知道他正在對伊卡芮波殘餘的事業和勢力進行接收和整肅。」

「『虛蛇』？」凱薩琳苦思無果後問：「他跟伊卡芮波有什麼關係？跟佩斯凡德又有什麼關係？」

維多里奧隨手拿起一包軍用口糧把玩、分析：「初步判斷『虛蛇』是伊卡芮波的祕密實驗品，為了向伊卡芮波復仇而才行動，佩斯凡德可能是為了得到伊卡芮波的實驗成果才與他合作。」

「這些是最近才得到的情報嗎？」

「不、至少有十年了。」

「你居然坐視我們的孩子沉淪！你為什麼不及時告訴我！」

凱薩琳的暴怒具現化成一團球形火風暴，維多里奧立刻部屬魔力干擾結界避免凱薩琳「魔化」的力量造成無法估計的破壞。

「因為這就是佩斯凡德的出路，他生來與眾不同、我們不能用尋常人的眼光來衡量他，況且我觀察到現在、我們的孩子並沒做出任何出格的事情，只要他沒有危害到國家我就不會阻止他。」

「你怎麼能肯定他沒有被人誤導，我們不能等到錯誤發生才去修正。」

「因為他跟我走的路很相近。」

維多里奧一語驚醒夢中人，火風暴平息、凱薩琳變回人類。

在革命戰爭之前、成為精靈驃騎兵之後，維多里奧受其母——維多利亞之命出任精靈族的外交使節、周遊各地，在親眼目睹魔導工藝的強大後希望將其用於精靈族的社會發展卻被維多利亞怒斥其為數典忘祖的叛徒，維多利亞認為他想動搖精靈族社會和文化的根本、用魔導工藝取代世代相傳的自然魔法。

年輕的維多里奧深知魔導工藝的威力、精靈族向來引以為的自然魔法屏障在其面前可能不堪一擊，他的顧慮也在日後成真——伊卡芮波命令空軍投放「落葉劑炸彈」、另闢蹊徑毀掉魔法無法撼動的森林，失去枝葉傳導魔力、屏障形同虛設，失去屏障的精靈族如同赤裸迎接炮火，當「齊柏林伯爵號」遮空蔽日地壓境時所有負隅頑抗的精靈心裡都只有絕望。

等著被處死的維多里奧絕處逢生、死守傳統的維多利亞在被俘虜前自盡，精靈族從此走上兩條截然不同的道路；維多里奧很清楚這場災難的源頭不在於伊卡芮波、在於精靈族綿長的壽命帶來的權力腐化，伊卡芮波不過是壓死駱駝的最後一根稻草，因此他沒有在革命建國後掌權，選擇退居幕後輔佐凱薩琳、銳意改革精靈族的社會文化和價值觀。

「妳知道我母親的下場、凱特。」維多里奧說：「讓佩斯凡德試試看吧，那孩子比我好在於清楚自己的前途、在思想上勝過我們兩人。」

凱薩琳低頭不語、想起之前的預言和夢境——說不定這就是自己頑冥不靈的下場，母親和女王似乎都不是絕對正確的身分。

「好吧、我們就試試看，不過我要隨時知道他的消息。」

看到妻子重新振作、維多里奧笑意盈面：「當然。」

「我們回去吧、召所有人回來開會。」

「妳還真會折磨那幫老夥計。」

「這是女王的命令。」

「是、是、是，女王陛下。」

在傳送結界完成之前凱薩琳看向暖冬城死牢的方向、忐忑不安。

5-2

「小姐、小姐，該起來啦！」

李璉又從床上醒來、第一眼就看見興奮不已的畫詩和窗外的晴空萬里，用本該被斬斷的左手揉著眼睛問：「怎麼啦、畫詩？」

畫詩兩隻手已準備好梳妝打扮的工具、讓李璉瞬間有自己根本沒有離開家的錯覺，她著急地說：「妳忘記啦——妳跟佩斯凡德殿下約好三點要去『彩繪夢境』享用下午茶，只剩一個小時可以準備、要快點吶！」

李璉睡意還在、轉了轉眼珠子，想了一想似乎真有約會這一回事、就是怎麼也想不起來什麼時候答應過佩斯凡德，再看了看時間、抓著頭髮、像熱鍋上的螞蟻一樣猛地蹦起來：「天啊！只剩一個小時！」

主僕二人開始一陣手忙腳亂，各種瓶罐梳刷交錯亂舞，幸好李璉一頭及腰長髮已經被依校規剪去、否則光是洗頭吹乾上油梳理做髮型就能用掉大半時間。

「咦？」

「咦什麼咦？都快沒時間了！」

「小姐、妳脖子後有一個奇怪的符文耶。」

「什麼？讓我看看。」

李璉透過畫詩手上的鏡子看清楚頸後的符文、不由地倒抽一口涼氣，她在凱薩琳的佩刀「賭徒」上看過、不知為何會跑到她後頸。

「先別說這個了，腰帶再勒緊一點。」

「吸氣！」

在畫詩將腰帶勒到緊繃的瞬間、李璉感覺自己的胃跟肺已經擠成一團，儘管如此也要保持優雅鎮定，畢竟是第一次和喜歡的人約會、就算撐不住也要以最完美的姿態昏過去。

四十分鐘過後畫詩終於送走盛裝打扮的李璉，自己癱在床上小作歇憩，以往李璉的梳妝打扮都有四、五個貼身女僕一起完成，一個人承包五個人的事情累得她全身筋骨都快分崩離析、不過完成之後成就感十足。

「再來睡一下好了、免得等一下上班打瞌睡。」雖然李璉剛大賺一筆、短時間內衣食無憂，畫詩還是選擇繼續打工賺錢，一來是放棄打工會對艾玉過意不去、二來是她已經養成勞動的習慣，休息一兩天還好、超過三天沒幹活就覺得渾身不對勁。

大人物有大人物的煩惱、小人物有小人物的幸福，一想到出家門就會被記者圍堵、畫詩寧可當個默默無名的女僕，現在的日子比王宮裡自由、心儀的對象就住在樓下、每一分勞力賺來的錢都屬於自己——小人物的幸福簡單又容易滿足。

畫詩帶著美好的幻想和對未來的憧憬香甜入夢，醒來時打了一個哆嗦、體感溫度明顯降低，四周沒有任何異樣、只有緊閉的木窗開了一條細縫、彷彿是被一陣冷風吹開，這個季節不應該有冷風、除非有人使用魔法。

「奇怪了。」畫詩闔上木窗、轉過身的時候直接撞上一張慘白的臉，白日見鬼的尖叫還沒脫口而出就被摀住嘴巴、一股濃香刺鼻的藥水被強灌入喉嚨，畫詩立刻就聞到到自己的咳嗽裡充滿熟悉的味道、全身寒毛倒豎，她還不會將自己的身體元素化，只能任由藥水流入胃裡、喚醒身體永遠不會忘記的恐懼。

「萊登……救……我……」畫詩的舌頭逐漸麻木、四肢逐漸僵硬、全身魔力如同死水一灘，李家的封印法術一向以霸道聞名，她連獸化成貓逃跑都做不到。

「放風出來兩星期好像又長了不少肉啊、畫詩，看來偷跑出宮後日子過得很放縱呢，不過只要妳努力取悅元吉大人、姐姐我就不會跟妳計較喔。」擒芳笑起來比鬼哭還可怕、畫詩永遠不會忘記這一抹笑容。

李元吉推開房門、輕浮地走向待宰羔羊般的畫詩，她的表情跟過去被李元吉臨幸過女人一樣讓他有征服的慾望，雖然畫詩早已經被劃進李元吉的疆土之內。

畫詩剛入宮時擒芳還是個絕世佳人、豔冠群芳，當時她已經是李元吉的愛妾，畫詩剛到王宮時什麼都不懂，只知道擒芳對她好、有問必答又處處袒護她，以一個新人來說理應遭人忌妒，畫詩早該注意到周遭人欲言又止又同情默哀的異樣、否則也不會經歷那個折磨煎熬的惡夢，那個曾經被她視為最重要的擒芳姐姐就是這場惡夢的開端

上頭的放縱加上擒芳隻手遮天，傷痕累累的畫詩穿上衣服、蓋住永遠不會消退的疤痕，學會不要毫無保留地相信任何人和用弱小掩蓋心機，用純真可憐的外表博得李建的同情、用努力勤奮爭取到李建的庇護，隨著歲月推移畫詩的計畫逐漸實現，在張出塵找她密談出宮隨行李建的意願時、畫詩緊緊抓住這個脫離李元吉魔掌的機會。

充滿遠見的計畫還沒有遠到足以高枕無憂，李元吉終究還是找上門、擒芳終究還是一點一點地剝開畫詩的衣服，麻藥的效果逐漸消退、取而代之的是催情藥的囚牢，綿軟的身軀讓畫詩沒有任何逃跑的可能，畫詩卑微地祈求任何一位神祇垂憐於她、讓李建忘記帶上重要的東西，現在她最不希望萊登或任何外人看到這一幕，要是讓萊登知道她已經被人玷汙、他們初萌的愛情很可能會就此枯萎凋零，若是如此畫詩寧可一死了之。

「妳應該乖乖待在籠子裡、小貓咪。」李元吉看著只剩一條內褲的畫詩、毫不留情地一巴掌甩向她的臉頰：「就當作是本王的疏失吧，下次會給妳戴上更牢固的項圈。」

「真是讓人討厭的表情！」擒芳把畫詩的臉頰捏到變形、另一手將她純白的內褲摩擦至透明：「姐姐願意跟妳分享元吉大人的愛、妳應該要心存感激才是啊！」

畫詩唯一能做的只有忍耐，就算被綁回去、受盡凌虐，只要熬過去就有機會回到萊登身邊，她相信只要能活下去就一定有機會，無論任何痛苦和折磨都要忍住。

擒芳一屁股坐到畫詩臉上、踩住她的貓尾巴、粗暴地掰開她夾緊的大腿：「請您盡情享用、元吉大人。」

濃烈辛辣的催情劑氣味和冷冰冰的臀股溫度形成強烈的反差、如同擒芳對李元吉扭曲而無可自拔的愛意，當年為了讓李元吉更常臨幸、擒芳費盡千辛萬苦取得黑市密藥，原以為能大幅提升自己的身體柔軟度和性慾、沒想到經歷強烈的痛苦之後變成半人半鬼的模樣，整個人不僅變得乾瘦如枯木、連體溫都和屍體沒兩樣，莫說是李元吉、任何男人看到她都避之唯恐不及。

外表的劇烈轉變讓擒芳心態扭曲偏激，為了避免失去李元吉的寵愛，擒芳不停替李元吉物色少女、只求李元吉在與別人交歡時再吻一次她冰涼的嘴唇，愛情畸形至此擒芳仍不捨得失去、因為再失去就一無所有。

「快點結束！拜託快點結束！」畫詩終於有了閉上眼睛的力氣、不停安慰自己不過是惡夢一場。

李元吉用手指慢慢勾開畫詩的內褲，侵佔一個女人最後的尊嚴對他來說就像在拆生日禮物一樣、期待著每次都有不一樣的驚喜。

擒芳瞳孔閃爍著異樣的光芒，她的期待既興奮又狂熱，明明不是霸王也不是弓、她卻表現得像同時扮演兩種角色一樣；就在此時一圈牛皮繩套套住她細長的脖頸，擒芳整個人就像風箏一樣被人扯向房門的方向，隨後就傳來一聲骨頭碎裂的聲響、淫亂的盛宴嘎然而止。

畫詩鼓起勇氣睜開眼睛、映入眼簾的畫面如同親身經歷恐怖傳說——李元吉腰帶剛解開就呆滯地看著門口、擒芳變成吊死在門口的白衣女鬼，她的脖頸被硬生生扯斷、右臉緊貼胸口，在落日斜陽的照射下恐怖至極。

怪事年年有、今天特別多，最不可能來救畫詩的人從擒芳的屍體後走出——五分鐘前負責監視的手下還回報正在跟李璉約會的「佩斯凡德」，五分鐘內從彩繪夢境到輕夏旅館唯一的方法就是傳送法術、這個方案明顯不適用「佩斯凡德」，李元吉對他的出現始料未及。

「沃姆溫特先生、你來的正好。」李元吉算盤打得飛快——若能登上王位、酒池肉林唾手可得，霎時擒芳也就成為雞肋的累贅、犧牲她來換取絕對值得：「我剛想跟你介紹我最喜歡的收藏品之一。」

李元吉說完就抱起畫詩的大腿、向「佩斯凡德」毫無保留地展示畫詩：「她不是處女、不過我能保證用起來比處女還爽，事後保證你神清氣爽、精神百倍，要是你不嫌棄、我們可以共用，你要是用得滿意、以後我隨時都能借給你。」

畫詩還在呼吸、心卻已經涼透，現在只恨連自殺的力氣都沒有、她對未來已經沒有任何希望，就算「佩斯凡德」是個正人君子也一樣，她人生最大的汙點勢必會傳到萊登的耳裡，就算萊登願意接受骯髒不堪的自己、她也沒有任何勇氣去接收萊登的愛。

「佩斯凡德」抬手指著李元吉沙啞地呼喊：「我要的——是你。」

「佩斯凡德」像是被絲線懸掛的傀儡、全身除了關節以外都呈現不自然垂擺，方才他說話時無法辨識話音的來源、似乎是從房間的每一個角落湧出來；他的面容被瀏海遮掩大半、只露出一部分側臉和一隻眼睛，瞳孔空洞壓抑如同即將噴發黑暗的深淵。

李元吉意識到什麼似地抬頭看向房樑，還沒仔細看清楚有什麼東西在房樑上就感覺到一陣陰風襲來，李元吉驚慌一看、「佩斯凡德」已經無聲無息地出現在他面前，還沒等他反應過來、「佩斯凡德」從胸口到小腹裂開一張血盆大口將他吞入體內，李元吉在被吞噬的瞬間看見「佩斯凡德」的體內遍布倒鉤尖刺、隨後就感覺到來自全身皮膚被切開和四肢被擠壓變形的劇痛。

李元吉的慘叫傳到畫詩耳裡時只剩一聲悶響，看著朋友變成怪物、她沒有任何大仇得報的寬慰，相反地腦袋一片空白、催情藥激起的性慾完全消失，這是她人生第一次感受到極限的恐懼——沒有任何害怕的想法、只有每一個細胞都在大聲警告她連一根寒毛都不要輕舉妄動的生存本能。

一縷暗香從房樑上飄下、是精靈薄荷和罌粟籽的華爾滋，另一個佩斯凡德從房樑上落下、落在「佩斯凡德」的邊上；佩斯凡德十根手指都帶著指環、與「佩斯凡德」的關節之間連結著肉眼難辨的絲線，在夕陽恰到好處的角度照射下兩個佩斯凡德形同雙生、只不過在站在暗處的那一個稍顯驚悚。

佩斯凡德將雪茄放進「佩斯凡德」嘴裡、「佩斯凡德」體內的李元吉逐漸失去動靜，他語帶譏諷地對著「佩斯凡德」說：「跟你介紹一下、李先生，這是我最喜歡的收藏品之一，它也是個『處女』所以你最好對它溫柔一點，否則它會越收越緊、當心別把你夾斷了。」

一絲鮮血從「佩斯凡德」小腹裂口的隙縫流出如同少女初夜落紅。

佩斯凡德轉頭對著畫詩說：「妳要自己把衣服穿好還是我幫妳穿？」

與此同時傳來艾玉敲門聲和呼喚：「小懶貓、晚班要遲到啦！還不趕緊起來！」

眼看畫詩仍處於極度驚嚇後的呆滯狀態、佩斯凡德用她的聲音幫她回答：「妳先去吧、我馬上就來。」

「好——」艾玉的腳步聲漸行漸遠。

聽到佩斯凡德發出自己的聲音、畫詩終於回神，發出呆版的問句：「你到底是誰？」

「佩斯凡德．胡迪尼．沃姆溫特，我還是我。」佩斯凡德隨手將棉被扔給近乎全裸的畫詩、大方地坐在床邊木椅上，聲線換回原來的聲線、人換成充滿王霸之氣的人。

「佩斯凡德……佩斯凡德！」畫詩如大夢初醒，在佩斯凡德跟前五體投地、不停磕頭並哭求：「要我做什麼都可以、求求你不要把這件事情告訴萊登，求求你、拜託你……拜託……」

五體投地是東方人最沉重的禮節、代表最誠摯的敬畏之心——佩斯凡德的嘴角輕微抽動，當下就倒上一杯茶水、慎重地跪坐在畫詩面前，他將茶杯放在胸前順時針轉三圈後雙手奉上，若禮儀教科書上說的沒錯、這個動作在東方文化裡是對重要的人表達重視的意涵。

畫詩不明就裡地看著茶杯而不敢接過、本能反應地哽咽推辭：「奴婢不敢、奴婢不敢。」

佩斯凡德意味深長且平靜地對畫詩說：「妳不是奴才、妳是我的朋友。」

對等的禮節、認真的眼神和誠懇的表態化作溫暖的茶水療癒滋養著畫詩瀕臨凋零的內心，如同太陽給予希望和庇護、驅散黑暗和絕望。

佩斯凡德重新坐回木椅、指著衣櫥說：「去換上工作服再說吧，我可不想害妳上班遲到、我相信妳也不喜歡光著身子說話。」

同樣是擁有高貴出生和接受過禮儀教育，佩斯凡德和李元吉的行為舉止呈現出雲壤之別的反差；畫詩在換工作服時怎麼也想不透——佩斯凡德為何可以在女人的裸體前表現出沉穩自如，他這個年紀的男人按理來說直視性感豐滿的肉體時、不是羞於直視就是飢渴難耐，她很清楚男人的臉會說謊、褲襠不會。

「莫非佩斯凡德大人是同性戀！」畫詩想到另一種可能性、不由地為李璉擔憂起來。

「這就是工作服？直接把裝馬鈴薯的麻袋拿來給員工穿也太缺心眼了吧。」佩斯凡德缺德地笑著點評畫詩身上地工作服、然而他的話卻是整間旅館基層員工的心聲。

畫詩苦中帶笑、笑中帶淚、淚中帶苦，破涕為笑後遵循佩斯凡德的手勢坐在他對面，他舉手投足都散發出不容質疑的王者氣質、令人自覺地肅然起敬。

「殿下、請問妳有何吩咐？」畫詩一瞬間感覺自己回到了王宮，變回那個兢兢業業、隨時待命的王家女僕。

「時間不多了，我就開門見山吧、畫詩，告訴我——李元吉進入妳的身體後能到多深的位置呢？」佩斯凡德一臉正經地問著奇怪的問題、問題又像一道雷劈在心坎剛結痂的傷口上。

畫詩壓抑著顫抖、雙手緊抓衣角：「為什麼……為什麼要這麼問？」

佩斯凡德面無同情：「指給我看。」

畫詩的臉蛋失去血色、嘴唇失溫，佩斯凡德的口氣又不容違抗、她只能萬分不情願地在自己的小腹上指一個大概的位置，她相信換作其他受害的少女在被侵犯的時候一定也是只想著讓李元吉快點抽離、誰也不會去想他到底能進去多深。

「那妳的心呢？在哪個位置？」佩斯凡德沉穩如父親的口氣和慈祥如祖父的眼神突破畫詩的心防、直接把問題送進心坎裡。

畫詩似懂非懂、不過她對佩斯凡德想告訴她的事情有大致的概念，指著心窩處說：「這裡。」

佩斯凡德平靜和善如皎月柔光地說：「對、那裡就是萊登要進去的地方，千萬別讓過去的悲痛阻礙未來的幸福。」

短短兩句話充滿把人從地獄拉回人間的力量，畫詩短時間內可能難以釋懷、不過她已經從捆綁在身上的荊棘中解脫。

「我以前見過性暴力的陰影對一個家庭的破壞力有多大、受害者還是男性，所以相信我、不要對萊登有所隱瞞。」佩斯凡德離開前在桌上留下一張附上簽名的名片、交代畫詩：「如果妳還是很在意那片膜就找這張名片上的人，她欠我一個人情、應該會免費幫妳。」

佩斯凡德隨後拉開房門，一名旅館清潔員工打扮的人已經在房門外等候多時，清潔員在佩斯凡德離開時向他點頭致意、隨後開始清潔畫詩房內的爛攤子，一陣風捲殘雲後房間裡完好如初、就像什麼事情都沒發生過。

桌上的名片印著一個傳奇的名字、一個是女人就或多或少會聽過的名字，畫詩聽說這個名字的主人和萊登有一些關係、只是萊登絕口不提這個名字和往事。

「靈魂整形外科醫生　普拉絲蒂·蘇哲莉」

畫詩把名片揉皺、捏在手裡，下定決心把它當作跟萊登坦誠相見的機會。

此時正在陪著佩斯凡德逛精品街的李璉對畫詩的遭遇一無所知、正處於哭笑不得的狀態，佩斯凡德要李璉吃完下午茶後陪他逛街買衣服，滿懷期待並準備大展身手的李璉跟著佩斯凡德找到店家之後、這才反應過來哪裡不對勁——逛街對了、買衣服對了、精品對了、問題是佩斯凡德帶她來到童裝專賣店。

「難道他有童裝癖！」李璉有意無意地偷瞄佩斯凡德挺翹的臀部、浮想聯翩著自己穿極度不合身的童裝躺在床上的畫面，隨後立刻質疑自己為什麼會有這種想法，眼看佩斯凡德正在打量一件蘿莉塔風格的連身兒童洋裝、李璉既期待又害怕自己的幻想會成真。

佩斯凡德似乎是滿意眼前的兒童洋裝，露出一抹輕盈的微笑、令李璉打了一個哆嗦；李璉猛地想起今天在佩斯凡德身上看到的一連串不對勁，他的肩膀似乎比平時更窄了一點、胸肌也沒有以往那樣稜角分明、屁股更是翹得像個女人一樣，佩斯凡德的一舉一動、一顰一笑都充滿了成熟女人的魅力，沒有男人模仿小女人的生硬尷尬也沒有小女人裝熟的矯揉造作，相反地散發著安能辨我是雌雄的天生中性美感。

李璉硬擠出笑容：「呃——我能問一下為什麼要買童裝嗎？」

佩斯凡德笑容可掬：「送給我的孩子們，他們都該換一換新衣服了。」

李璉一顆心沉進胃裡、被胃酸洗過一遍後又重新提起來——一國王子結婚是天大的事情、井底的青蛙都該知道，她身為一國公主沒有道理從未聽說佩斯凡德結過婚，旋即又想到私生子的可能、畢竟蜜蜂得到整片花園就不可能只吸一朵花的蜜，想到這一層面李璉又淋了一些膽汁在心頭上。

李璉惴惴不安地問：「你有……孩子？」

「我在聖特雷薩大教堂內附設的孤兒院認養了幾名孤兒、算是給卡洛琳做個面子吧。」佩斯凡德拿著洋裝比劃李璉：「可惜腰身太窄了。」

一聽佩斯凡德拿童裝來笑自己胖，李璉瞬間就失去理智，也管不著他到底有沒有跟別的女人好過：「你拿的是童裝、童裝！去拿件大人的衣服來啊！」

她的河東獅吼成功引起店內所有人的注意，羞得她元素化成一陣風躲進更衣室裡，抱著腦袋、不停質問自己：「我剛剛在幹嘛？我剛剛在幹嘛？我剛剛到底在幹嘛？」

有人敲響更衣室的門，如同大戰前的緊鑼密鼓令李璉緊張到呼吸困難，她希望敲門的人不是佩斯凡德、除此之外誰都好。

「他一定在生氣吧？啊——搞砸了啦！」

過了很久都沒人出聲也沒有腳步聲，李璉不可能在更衣室裡度過餘生、於是偷偷拉開一條門縫，所見之處只有一個紙袋、上頭寫著「大人的衣服」，確認過更衣室附近沒人、李璉迅速拿了紙袋後退回更衣室。

「大人的衣服？看起來好眼熟。」李璉既期待又怕受傷害，直到看見紙袋內是一套曾令她魂牽夢繞的套裝才放下心來，這件套裝是七年前的時尚春裝、當時李璉只想著快快長大好穿上它，雖然現在早就退了流行，佩斯凡德還記得她當時念念不忘的願望、久旱逢甘霖般滿足她渴望被人重視的空虛，最神奇的是套裝如同量身訂做、就像佩斯凡德一直以來都在為她準備。

李璉對身上的套裝滿意至極、不僅僅只是好看而已：「高山流水覓知音，離開家才有家的感覺，命運真愛捉弄人。」

會被命運捉弄的人不止李璉，暖冬城空中花園裡的維多里奧正被李氏家族的人輪番轟炸，明明兩家兒女都還沒開誠布公，李家的人——尤其是大家長李淵硬是要說成女兒被誘拐、堅持要沃姆溫特家賠償人身和名譽上的損失，一切都要歸功於主流媒體從中作梗、提油救火。

維多里奧心裡有數——李淵想藉機給自己的晚年買些保險，長子難成大器、三子心如虎狼，按照東方人「長子繼承」的傳統、李淵年老勢衰時勢必會有一場兄弟鬩牆，手心手背都是肉、李淵希望用第三方勢力制衡未來可能發生的家族內鬥，所謂的「女兒被誘拐」不過是個名正言順的威逼利誘、恰好也符合東方人「家醜不外揚」的習性。

「妳說呢、女王陛下。」維多里奧回頭問躺椅上的凱薩琳：「親愛的？」

「你決定就好、我現在很忙。」凱薩琳舒服地看有聲報紙配水果派，她決定先用媒體對兒子的吹捧來麻醉一下自己、免得壓力太大令她無法用腦，她還刻意讓李淵看到佩斯凡德和李璉站在一起接受採訪的照片、試著把李淵氣到腦中風——凱薩琳從第一眼見到這個思想長蜘蛛網的老男人就沒什麼好感，聽過他對女性的認知見解後更是決定要和他槓上一輩子。

「凱薩琳、妳不管好妳兒子是妳的事情，但是璉兒是我的掌上明珠、好歹也要有個名分，否則就是對我李家名譽的詆毀、也是她一生難以抹滅的汙點。」李淵氣得吹鬍子瞪眼睛、凱薩琳還是無動於衷。

「她現在可是無堅不摧的金剛石、可不是一摔就碎的珍珠。」凱薩琳把報紙貼到成像儀的螢幕上，注入魔力讓報紙上的靜態照片變成動態圖，相較於佩斯凡德嘴唇抿成一直線的穩重、李璉上揚的嘴角滿溢喜悅之情；凱薩琳說：「再說你女兒現在可是懲奸除惡的大英雄，汙點？我可不這麼認為。」

報紙阻擋住李淵的氣急敗壞、沒擋住氣急敗壞的埋怨：「女兒在外面拋頭露面不算汙點算什麼，貴重的珠寶沒藏在盒子裡要怎麼賣個好價錢……」

凱薩琳沒等他說完就握碎水晶、失去水晶供應魔力的成像儀立刻就斷訊。

「成像儀壞了、叫人來修吧。」

「通訊儀的供能水晶價格不斐。」

「有什麼關係，我是女王、不差這點錢。」

「妳說了算、陛下。」

摸透女人的心像大海撈針、摸透女人的脾氣像棉線穿針，維多里奧覺得深入敵後進行爆破作業都比這些容易許多，就好比之前卡列妮娜還打過胡麗一巴掌、現在兩人就像深交閨蜜一樣在迷宮花園談笑摘花。

凱薩琳感嘆：「連那孩子都在變得捉摸不透了。」

維多里奧坐在躺椅的扶手上，喝著從故鄉移植來的芹菜汁、說：「我最近打聽到一些關於她們有趣的消息——有興趣聽嗎？」

凱薩琳嬌嗔：「別吊人家胃口！」

維多里奧躲開妻子不斷拍打過來的手、說：「我們的小女兒最近很著迷於香水、採購清單越來越長，不僅如此、她到圖書館借閱大量的書籍去研究，請來國境內著名的調香師、讓他們指導自己和幾個僕人調配香水，其中最有潛力的就是胡麗——那名狐人女僕。」

凱薩琳眼皮一跳：「小狐狸的祖母預言她會成為王妃。」

維多里奧接著說：「預言不一定都會成真，我們以前不就遇過不少沒實現的；況且我聽說她正在跟一名驃騎兵新任士官交往，叫——阿列克謝來著吧。」

凱薩琳一聽就來精神：「這就有趣了。」

「女王陛下，外賓已經抵達接待室。」艾雯的出現打斷兩人的話題，時間飛梭而逝、輕鬆愜意的時間尤其為快。

「紅盾家首席主席的內定繼承人——聽說年紀和佩羅差不多。」

「呼哇、朕已經等不及了。」

5-3

快樂的假期眨眼結束，學院內的氛圍發生翻天覆地的變化；佩斯凡德和李璉因為將「血蝴蝶」捕殺歸案而受到大肆表揚、成為學院內的偶像人物，畫詩、艾玉等人雨露均霑，安潔莉卡的聲譽則因為放假期間一場荒唐至極的宴會而一落千丈，一開始趨炎附勢的跟班們都有意無意地疏遠她，只有掃羅對她的態度始終如一。

宴會之所以荒唐至極、一切還必須從安潔莉卡糟糕的人品和管理能力說起；明知叔父班奈特侯爵不會答應舉辦宴會、她還是邀請許多同學參加，她只能拿私房錢去要求管家張羅，結果理所當然地差強人意、只有少數權貴子女有參與感，其餘人則在城堡般的班奈特莊園裡走到腿酸腳麻，聽著安潔莉卡滔滔不絕地炫耀精品收藏和家族偉業，一股無名火在每個人的心中越燒越旺。

「太扯了啦、好險我沒去。」

「不止這樣喔、艾玉，那個賤人還說佩斯凡德小時候非禮過她，她哭得超級假的啦，就算是真的也是她活該，佩斯凡德大人那麼帥、換作我就會好好享受——」

「死三八、妳還是老實一點吧，也不看看自己有多少本錢。」

「呿、作夢也不行……」

佩斯凡德在轉角聽艾玉和朋友八卦差點就笑出聲來、笑的是安潔莉卡蠢得令人發笑，她在最糟糕的時機放出最糟糕的惡意中傷實屬愚昧至極的決定，就算是事實也只會被當成笑話看待——人們總是盲目相信英雄、讚頌英雄的光輝、選擇性忽視英雄身後的陰影，因為這些行為都和自尊心緊緊相連、沒多少人有勇氣去否定。

「你強姦過安潔莉卡的謠言是真的嗎、初代布狄卡的兒子？」伯爾蘭蒂亞率眾在課後時間把佩斯凡德圍堵在學院的死角，單刀直入地質問謠言的真實性。

「安潔莉卡當然被強姦過，不過強姦她的人不是我。」佩斯凡德似笑非笑、有所隱瞞。

伯爾蘭蒂亞怒髮衝冠、伸手掐住佩斯凡德的頸部：「把話說情楚、你怎麼知道她被強姦過？」

「布狄卡」一詞在艾西尼語裡有「勇士們的領袖」之意、此一詞由凱薩琳創造，在部落聯盟裡只有即將繼任大酋長之位的勇士會被授予此稱號。

過去黑玫瑰王朝時代南方地區因為被雨林隔離而處於半獨立狀態，雨林和潮間帶的人們以個別部落形式畫地而治，由於受到黑玫瑰王朝文化影響不深、其社會形式普遍處於原始型態，女性地位低下甚至會被當成牲畜一樣買賣；直到處於劣勢的革命軍退守至此，凱薩琳帶來自由平等的思想徹底改變南方人的文化，過程不乏血腥的挑戰與合縱連橫，最終將分散的部落統一成今日的「艾西尼部落聯盟」並建立起富有「艾西尼特色」的社會模式。

初代布狄卡的地位在艾西尼人眼裡不言而喻，因此伯爾蘭蒂亞絕不容忍她的兒子玷汙母親的光輝。

「妳把我的脖子掐著、我要怎麼跟妳解釋呢？」佩斯凡德掐住伯爾蘭蒂亞的手腕、如蟹螯般掐到她手掌脫力：「我聽說南方人都喜歡用拳頭說話、妳說呢？」

「你他媽的！」伯爾蘭蒂亞的另一隻拳頭沒有留力、打在佩斯凡德右臂卻像打入沼澤一樣，隨後就感覺到一陣電流連竄全身、把她電到眼冒金星。

一看伯爾蘭蒂亞被輕易放倒、她的跟班們都不敢輕舉妄動。

「知道為什麼妳老家的食人魚沒辦法稱霸河流嗎？」佩斯凡德冷笑：「因為牠們從來都不記取教訓。」帶著電流的拳頭狠狠重擊伯爾蘭蒂亞的下顎、將她的三魂七魄電回童年時期；當時她是同齡孩子裡的霸王，打架鬥毆時最擅長將對手飛撲入水，只要被她拖進水裡、就連大人也不是她的對手，勇猛靈動的身手為她贏來「食人魚」的稱號，當其他同齡人還在訓練戰技時她就已經跟著族人狩獵械鬥、因此被族人寄予厚望，心高氣傲的她在一次狩獵過程中無視族人警告、誤踩電網鰻魚，筋肉分離般觸電感覺成為她心理一塊巨大的陰影、在她進行成年禮試煉的時候一直困擾著她。

伯爾蘭蒂亞回到踩到電網鰻魚的河流岸邊、凱薩琳就在對岸，這本是伯爾蘭蒂亞不該看到的景象——因為凱薩琳接受「母親之河」的考驗時伯爾蘭蒂亞還在襁褓中。

「不要太驚訝、這只是我母親的記憶而已。」此時的佩斯凡德應該連出生都還沒有出生、他還是出現在年輕的凱薩琳身旁，母子倆像處在不同的時空、沒有交集和互動。

「這是凱薩琳的記憶？」伯爾蘭蒂亞對眼下的場面毫無概念。

明明身處虛構的空間、腳下泥土的觸感卻無比真實，伯爾蘭蒂亞瞬間就對佩斯凡德有所改觀，南方人一向對未知且強大的事物充滿敬畏之心。

佩斯凡德口吐雪茄、吹氣點燃，精靈薄荷與罌粟的混合香氣搭起兩人之間的溝通橋樑：「母親之河——雨林眾生的起源，部落裡所有即將成年的孩子都必須逆流而上、在母親之河的源頭接受部落長老的祝福，靠近母親之河的部落普遍都有這項傳統習俗，除了河流裡的掠食者以外還要面對來自岸上的偷襲、因為這是削弱敵對部落人丁最好的機會。」

「這些都是凱薩琳告訴你的嗎？」伯爾蘭蒂亞無法想像——佩斯凡德這個從未踏上南方土地的人對本土文化的理解比土生土長的當地人還要深刻。

「不過是地理和歷史知識、再加上一點社會學推論而已，圖書館都能查到資料。」

佩斯凡德的聲音從伯爾蘭蒂亞身後傳來、還沒等她轉頭確認就與她並肩而站。

「不過人們總是不記取教訓，只有在炫耀和爭論的時候才會提到歷史。」佩斯凡德用下巴一指、伯爾蘭蒂亞當年踩到電網鰻魚的畫面立刻重現：「就像沒被電過的孩子永遠都會想嘗試一下。」

電網鰻魚有群體捕獵的特性，平時以河流中的小型魚、蝦、蟹類為食，捕獵過程中一旦發現獵物或遭受攻擊就會透過生物電流來傳導資訊，進而形成電網包圍圈、圍捕獵物或抵禦敵人，外型不具備顯著攻擊性加上電流無形——電網鰻魚因此成為母親之河裡最危險的致命殺手，只要數量夠龐大、牠們也不介意把食人魚或淡水釘齒鱷一類的大型掠食者當食物。

「沒錯、真的非常痛。」刻骨銘心的痛總是清晰難忘、伯爾蘭蒂亞永遠都不想再體驗一次，正因如此她在成年禮時寧可被食人魚咬得滿身傷也不願意再去靠近電網鰻魚，全身的圖騰刺青無不提醒著她不要再犯相同的錯誤。

「凱薩琳記取教訓所以她選擇改變——在成年禮的過程中把自己偽裝成電網鰻魚、躲過所有攻擊，以有史以來最快的速度完成成年禮、證明女性也能肩負重任。」

佩斯凡德在話語間還原歷史，看著第一位完成成年禮的女性在母親之河裡奮勇逆游、伯爾蘭蒂亞心中充滿無數感激和自豪，她也為自己能接任此位而感到無比光榮。

「可惜這種精神已經不復存在了。」佩斯凡德拿著高腳杯品嘗葡萄酒，不等伯爾蘭蒂亞提問就大手一揮、改變兩人眼前的景象，用貴族口吻說：「妳不是想知道安潔莉卡被強姦的真相嗎？歡迎來到班奈特莊園。」

「班奈特莊園？我很確定班奈特莊園不是長這副德性。」

「安潔莉卡的叔父在她父親被送進療養院後接管莊園、接管後有對莊園進行一次大規模改建，我們現在是在改建前的班奈特莊園，也就是——從前。」

順著佩斯凡德手指的方向看去、班奈特一家其樂融融，一家人在果園的草皮上野餐，小安潔莉卡和兄弟姐妹們嬉戲遊玩、她的母親安潔拉在樹蔭下依偎著丈夫，鳥語花香、瓊漿玉液、天倫之樂……所有的美好事物都齊聚一堂、宛若天堂之境。

「安潔莉卡從小就比別人機靈、可惜她把天賦全用在心機。」

佩斯凡德言語間環境驟變，無數階梯和平台拔地而起、交錯成一個巨大的多邊形封閉空間將果園取而代之，兩人所站的平台是安潔莉卡的閨房，小安潔莉卡正在三面落地鏡前梳妝打扮，鏡子前的人是小安潔莉卡、鏡子裡的人卻是她的母親安潔拉。

「她抓住父親的盲目迷戀和母親的驕矜自滿，竭力將自己由內而外打造另一個安潔拉，她確實因此爭取到最多父母的寵愛、不過她也在過程中失去原本的模樣。」

「這跟她被強姦有什麼關係？」

「她跟她的母親實在是太像了，只要一點酒精麻痺思考能力就能消除她們之間的區別，所以她完全可以在母親死後補上空缺。」

佩斯凡德事不關己的笑容讓伯爾蘭蒂亞倒抽一口涼氣，不只是因為他笑起來的樣子像個心機歹毒的女人、還有他笑看的事情——從他們所站的平台往下看，青少女時期的安潔莉卡正在一張掛著蕾絲鑲金線蚊帳的羽絨大床上與人交媾，交媾的對象從苗條俊俏變成癡肥笨重、安潔莉卡的表情從咬唇含淚變成歡吟享受。

「天啊、這不是真的吧。」

「這當然是真的，放棄父親的寵愛等於一無所有，再說萬事只有起頭難，只要有第一次、往後不管再經歷幾次都能得心應手。」

倫理觀念在環境惡劣的南方地區相對薄弱、至今仍有「收繼婚制」的習俗——為了避免珍貴的勞動力和生產力流失、突破倫理的桎梏在所難免，現今環境已經不如當年嚴峻但這項傳統已經根深蒂固，儘管如此看到安潔莉卡心境轉變的過程還是令伯爾蘭蒂亞一時之間難以接受。

「不用怕、我抓緊妳了。」

「什麼？啊——」

剎那間的腳底騰空讓伯爾蘭蒂亞發出尖叫，感覺就像她小時候最喜歡跟玩伴打賭從瀑布一躍而下，差別在這次她沒有任何時間做心理準備、更像是被不可名狀的無形怪物隨手提起。

伯爾蘭蒂亞揉著胸口、心有餘悸地問：「剛剛是怎麼回事？嚇死我了。」

佩斯凡德若無其事地喝著酒：「『記憶斷層』——如果要轉移到不同時間的記憶區塊就得經歷這種自由落體、習慣就好。」

「記憶斷層？」伯爾蘭蒂亞不自主地順著若有似無的呻吟聲仰望，只見安潔莉卡和她父親苟合的平台已經轉移到右上角的偏遠地區，自己和佩斯凡德所處的平台是一間沒有門的密室，與此同時密室裡所有的水晶燈同時亮起。

「我不管、這都是你的錯！你要負起責任！」

伯爾蘭蒂亞的視線拉回前方，前方正是隔著一張琉璃長桌對峙佩斯凡德和安潔莉卡，坐在宮廷沙發上的佩斯凡德明顯和身旁的佩斯凡德有年紀差距，過去的他看上去更加冷漠，任憑對面的安潔莉卡聲嘶力竭、淚花縱橫也無動於衷，只有指間翻轉的金幣隱晦地透漏思緒的活躍。

過去的佩斯凡德將一只釉彩精緻的瓷瓶放在桌上、平靜的臉皮底下暗流湧動：「這就是妳要的『責任』。」

過去和現在的佩斯凡德合聲：「『沉醉希望』。」

現在的佩斯凡德解釋：「那是抑制情慾的煉金藥劑，五毫升已經是安全劑量的極限，過量使用會導致躁鬱和精神錯亂。」

「難道她父親會發瘋就是因為這瓶藥？」

「沒錯、不用想也知道安潔莉卡根本沒有照我說的做。」

「她這麼做的動機是什麼？」

「她父親的天使基因沒有外顯、代表她失寵不過是百年內的事情，不論安潔莉卡能活多久、她都必須在這天到來以前找到長久的備用方案。」

伯爾蘭蒂亞此時已經腦筋打結、恨不得自己以前該拿點鍛鍊拳頭的時間來鍛鍊大腦。

佩斯凡德喝下最後一口酒後一語道破：「這就是她跟我說『你要負起責任』的意思。」

伯爾蘭蒂亞如夢初醒、對安潔莉卡的同情轉為極度厭惡：「怪不得她現在巴著掃羅不放——實在是有夠噁心，母狗交配都還是為了繁衍後代。」

佩斯凡德冷眼看待：「可憐之人必有可恨之處，像我母親跟我說過一句艾西尼諺語：『不要憐憫等死的老獅子，要拔掉牠的牙作矛、剝掉牠的皮作盾、割牠的肉來餵獵犬』，扶持潛力無窮的弱者、淘汰自甘墮落的廢物——這才是自然之道。」
伯爾蘭蒂亞突然很欣賞佩斯凡德、喜歡這個很「艾西尼」的男人，這種男人在她的老家已經非常少見，如果有機會她會親手為佩斯凡德刺上圖騰紋身。
「時間差不多了。」
「什麼時間？」
佩斯凡德用手按住伯爾蘭蒂亞的額頭、用力將她推落平台，後者一驚之下打了一個冷顫、跌坐在地上；伯爾蘭蒂亞的跟班驚訝於她會毫無反抗地被輕易推倒，她則驚訝於幾乎快半個人生的經歷竟然只發生在短短數秒內。
「清醒的感覺如何？」佩斯凡德伸出手拉她一把。
「好極了，謝謝。」伯爾蘭蒂亞退後兩步並向佩斯凡德行標準的女性鞠躬禮——以伯爾蘭蒂亞大酋長繼任者的身分來說，這份禮節意味著她誠摯的敬意和友誼，對一名桀驁不馴的南方人來說實屬難能可貴。
眼見為憑、最好欺騙，並非只有真相可以拆穿謊言。
「無奸不從政、無尖不成商，商如政、政如商，奸與尖均不可缺。」
佩斯凡德和伯爾蘭蒂亞短短幾秒的表面互動被李世民看在眼裡、罵在心裡，燒掉貓毛之後親自開門迎接前來拜訪的大哥李建成。
「愚弟李世民參見王兄。」
「賢弟無需多禮、愚兄並非為公事而來。」
李世民迎李建成上座、親自為兄長倒上好茶，動作和表情自然到如同發自內心：「大哥、請。」
「多謝。」

不等李建成開口、李世民先發制人：「大哥鎮守邊疆、保家衛國，功業曠古鑠金、山高海深。」

李建成聽出其中的諷刺之意，先前「神農號」被調往空軍的憋屈還未消、只能強壓著火氣反諷：「太見外了、三弟，整天在城牆上吹風哪有你南征北討風光。」

李世民笑得很鋒利：「大哥言重了，第二次遠征高麗定會大大發揚我大唐國威、頭功當屬陸軍，要不是陸軍鼎力相助、哪有機會成功。」

李建成聽出綿裡藏針、遂將話題轉開：「世民有聽說過『佩斯凡德』嗎？」

「當然、現在他和我們家二姐可是大英雄。」

「愚兄並不這麼認為。」

「這話怎麼說？」

李建成眼神示意李世民屏退左右，後者照做後從袖袋取出一張用水魔法拓印的書信拓本交付予他，拓本字句工整無遺、墨水均勻飽滿，能看出是出自水魔法行家之手。

「大理寺的幹員發現在瑪麗．派克伏法前一個月多次和伊卡芮波有過通信，這份拓本就是其中一封，經過大理寺比對核實，無論字跡還是慣用文法都和伊卡芮波一模一樣；根據大理寺掌握的信件推斷、瑪麗會參加珠寶展覽也是因為伊卡芮波的邀請。」

李世民眼皮一跳：「難道這是一個精心布置好的圈套！」

李建成臉色凝重：「連『血蝴蝶』都會上當的圈套。」

兄弟二人心有靈犀，雖然兩人政治角力從來都沒停過但他們深知一旦國家淪陷、誰當繼承人都沒有意義。

李建成舉杯就口：「讓你二姐待在那種人身邊真的好嗎？」

李世民舉杯飲盡：「現在想拉她出來也沒那麼容易，再說我們家二姐現在也是一號英雄人物、給我們家掙足了面子，讓她風光風光也不為過，對吧。」

李建成苦笑：「父王可不這麼想，他老人家簡直快氣壞了」

李世民歡笑：「母后可是為此高興了好幾天，我常常看她無端偷笑。」

一家人，兩樣情，自從李元吉狼狽回國後就神智異常，時不時就大喊著有張著血盆大口的怪物要吞噬他，不但變本加厲地凌虐奴僕和妻妾，言行舉止如同著魔般瘋狂，宮內御醫都查不出個所以然，幾乎所有人都認為李元吉向來多行不義再加上擒芳被自己酒駕摔斷脖子，長年縱慾拖垮身體加上擒芳恐怖死狀的打擊，換作誰都要發瘋。

李璉有幾斤幾兩的本事，李建成和李元吉都心裡有數——其中肯定有佩斯凡德在從中作梗。

「三弟，你對伊卡芮波了解多少？」

「跟你知道的差不多。」

「父王和母后對她都很忌憚，我根本探不出任何口風，你也知道——本國的出版審查制度抹滅掉很多歷史，那些老臣也是絕口不提，反倒是民間能查出一些零碎的消息但很難組織成有用的資訊。」

「不過目前還沒有任何確切的證據可以證明佩斯凡德和她有任何接觸，現在就下定論太過武斷了。」

「世民，你太天真了。」

李建成停止話語，透過手指觸碰傳遞魔力，讓李世民看到自己的記憶——穿梭在首都建築群裡的麻雀、平衡於屋簷之上的貓、從下水道探頭而出的老鼠共同監視著同一個人。

李世民皺著眉頭：「都是佩斯凡德，有什麼問題嗎？」

「同時出現。」李建成眼神堅定認真：「老喬伊酒店、輕夏旅館、彩繪夢境，同一時間出現三個佩斯凡德，你說問題出在哪裡？」

李世民吹涼熱茶：「佩斯凡德不會分身魔法所以有兩個是替身。」

兄弟二人對視無語一陣後，李建成捏著眉心說：「不是兩個，三個都是替身。」

「三個！」李世民手裡的茶灑濕一地：「憑什麼是三個？」

「這個『正牌』佩斯凡德一直都躲在幕後、躲在我們都看不到的地方。」李建成沒有明說就起身準備離開、用手勢和眼神暗示李世民不要離開座位，專注於他剛放桌上的精緻方形小盒：「三弟，愚兄祝你旗開得勝、武運昌隆。」

李世民拿起小盒的瞬間就明白這是極密資訊，只有李家祕傳的解印法術可以打開、裡頭的記憶魔藥只有王家血脈能喚起共鳴，兩道保險確認其中的機密不會被外人截獲。

「佩斯凡德啊、不愧是『獨一無二』。」李世民把玩起手裡的小盒、目光穿透盒身：「你還藏著什麼驚喜呢？」

5-4

光陰飛梭流逝，北方領域在農漁豐收後迎來開拓節，境內各村莊城鎮都會舉辦慶典和嘉年華，在這三天裡家家戶戶會在門口擺上特色美食、家常小吃、瓜果蜜餞和飲料酒水供應給彼此互相享用，充滿地方特色的傳統歌舞將不分晝夜地持續著，唯有在凱薩琳巡視過境時會變成由民眾自發性合唱《自由之夜》——這首歌描述著凱薩琳和開拓者們抵達北方領域的第一個夜晚裡所發生的一切。

「女王賜予我們陽光、女王賜予我們希望、女王賜予我們自由，在四方明亮的夜晚令我們灑下希望、收成芬芳……」

唯有人民歡欣鼓舞的雀躍能讓凱薩琳感覺一切的付出都有所回報，從加入革命軍以來一直期盼的願景如今得以實現，只可惜當初一起許下宏願的人已經不在，時過境遷令凱薩琳感慨萬分。

凱薩琳和護衛隊來到北方領域和自治區邊境的交界處——一座突兀於針葉林泥壤上的橋梁和一座紀念無名英魂的慰靈碑，這裡曾經有一條在下游孕育南方雨林豐富生命的雪水河、在革命戰爭期間被無數屍體填滿而被迫改道。

凱薩琳接過護衛隊員手裡新鮮的花束、輕輕放在慰靈碑下以示哀悼與敬意：「願逝去的英靈安息。」

護衛隊員們一致開口：「願逝去的英靈安息。」

在場的人只有凱薩琳親眼見證過「凡爾登戰役」的血腥殘酷，護衛隊員們則是抱持著敬畏之心和被凱薩琳的情緒感染，每年前來祭奠對他們而言更像是例行公事

「逝去的英靈嗝……不會安息……他們……死於嗝……愚蠢的命令……」

一句不識大體的瘋言酒語打破莊嚴肅穆的氣氛，話音來源於慰靈碑附近的林間小徑入口——一個無關緊要卻能改變歷史的人靠著樹幹。

護衛隊長見到神出鬼沒的陌生人立刻下令警戒：「三角陣型、保護女王！」

「別緊張、隊長，只是個老朋友而已。」凱薩琳認出陌生人、略為驚訝，來到陌生人面前說：「沒想到你還沒死、尼特。」

「真相嗝……不會死……」尼特話還沒說完就如斷氣般倒下，不過三秒就鼾聲如雷。

「但是真相會醉生夢死。」凱薩琳冷淡回應，轉身命令護衛隊：「回宮！」

邊境荒涼的風吹起滿地沙塵、打在尼特的臉上如同針扎，在凱薩琳消失在地平線後才緩緩撐起身體、喝了一口空氣後嘆氣：「差一點就又要死啦。」

知曉真相是一件令人痛苦的事情——這一點尼特最為清楚；全世界大概只剩他知道自己曾經是名盡職盡責的優秀士兵，貧民窟出身的他為了給妻子和女兒更好的生活而選擇從軍，做最好的表現、扛最重的責任，他從未拒絕過任何挑戰和命令、只求能夠得到應有的回報，在嚴重腐敗的黑玫瑰王朝軍隊裡每個人都稱呼他為「白癡」。

一個人的性格驟變必然伴隨著悲劇的發生，發生在尼特身上的悲劇不算特別——他風華正茂的女兒被有施虐癖的城主兒子看上、城主兒子求婚不成後就在光天化日下明搶，整座城市的司法系統聯手打壓他們夫婦倆、連尼特的直屬長官都以軍法威脅他噤聲，他的妻子首先承受不住多方壓力而自殺，尼特也從認真負責的白癡變成聰明圓滑的廢物。

多年買醉、裝瘋賣傻、同流合汙……種種沉淪墮落的跡象在妻子自殺的那天都納入尼特的復仇計畫內，尼特決心偽裝成為一個人畜無害的廢人、在關鍵的時刻給黑玫瑰王朝這個傾頹在即的國家致命一擊；他的復仇很完美，只是這張面具戴得太久、尼特已經把它戴成臉皮。

如今整個國家已經回春重生、他卻跟手裡的空瓶一樣一無所有：「真相也有在裝死的時候。」同樣的一句話、另一個遠在天邊的人同時說出。

「所以這就是尼特的故事？」萊登向佩斯凡德拋出一罐薑汁汽水。

「沒錯，老實說他人不壞、就是有點懶。」佩斯凡德遠眺女生宿舍二樓走廊上正在替安潔莉卡擦屁股的李璉——她氣急敗壞的樣子充滿魅力。

「嘿、那個——」萊登看向同一個方向：「謝謝你為畫詩做的一切。」

畫詩突破心理障礙的勇氣超出佩斯凡德的預想：「她都跟你說了？」

「她只告訴我旅館發生的事情而已，過去的事情她以後才會告訴我。」萊登咬牙：「要是我也在場就好了。」
「別太自責、你在場反而不是好事。」
「你這是什麼意思？」
「你現在只是鐵鎚，你作為手術刀的潛力還沒發揮出來。」
「我還是不懂你的意思。」
「李元吉不能殺，你仔細想想李元吉死了、唐國那邊會有什麼反應？你要是當時在場的話能夠忍住宰了他的衝動嗎？」
萊登低下頭、內心掙扎——這裡是首都、不是他的老家，並非所有事情都能靠暴力來解決；畫詩一直希望在未來能過平靜的日子、因此現在出現的任何漣漪都不能在未來形成海嘯，在深謀遠慮這方面佩斯凡德才是專家。
「看來以後我還得跟你多學學了。」
「不用放在心上，能照著自己想要的方式去活最重要，我從小就在暗礁裡長大、自然會很多刁鑽的技巧，你生在大海、可以放開手腳去遨遊，我們各司其職就好。」
「我在想——」
「多想多煩惱、別想了，話說回來、下禮拜期末評鑑測驗後的個人賽你會參加嗎？」
「當然會、希望不要第一場就遇到你。」
「你最好第一場就遇到李璉，這樣就有好戲可看了。」
「沒錯、你們兩個最好別遇到我，否則我一定把你們幹到一飛沖天。」
佩斯凡德和萊登同時看向自己被人按壓的肩膀，無形的空氣中逐漸顯現出手指的色彩、緊接著是臂膀和身軀，卡洛琳解除「擬態術」、從肉眼難辨的空氣扭曲波動變回人形，陰沉壓抑地在兩人耳邊指責：「我叫你們兩個去出公差、你們給我在這裡摸魚？」

卡洛琳的話音剛落，在她臂彎內的兩人已經消失地無影無蹤，連她都沒有注意到佩斯凡德和萊登消失的時機、只留下兩隻手臂上的靜電。

「這兩個小王八蛋老是把本事用在不正經的地方。」

卡洛琳的「擬態術」吸引對面李璉的目光、直到心不在焉的安潔莉卡將包裹滿地髒污的水球全灑在她身上，李璉整個人定格一秒後就大爆發：「安潔莉卡．班奈特！再蠢也要適可而止吧！」

安潔莉卡被這麼一罵立刻坐倒在地上，眼淚撲簌簌地滾落：「人家……人家只是想幫忙而已。」

任憑安潔莉卡楚楚可憐、聚集在李璉身邊的人已經越來越多，人牆所形成的無形壓力如同陰霾，凡是被她欺負過的人都想藉此機會將對她的怒氣匯聚成怒浪——襲捲她、衝擊她、毀滅她。

安潔莉卡一退再退、直到無路可退，擋住她退路的龐然陰影正是伯爾蘭蒂亞，她和安潔莉卡沒有私人恩怨、只是看不起這個一直在給女人丟臉的賤人。

曾經鬥獸場的主持人親自下場、下場卻沒有比曾經落敗的一方好到哪裡去。

「你怎麼說、中隊長？」看著好戲即將上演，卡洛琳頭也不回地問身後的一片空氣。

「看她受苦很紓壓、正好我最近的壓力也不小。」中隊長王選同樣解除「擬態術」，將眼鏡拉至額頭、揉著鼻樑說：「不過要是班奈特侯爵寫信來『關注』、我的壓力會更大，所以還是得麻煩妳了、學姐。」

「呿。」卡洛琳嗤之以鼻，翻身跳樓後用魔力將風凝聚於鞋底、雙腳蹬牆借力使力跳到對面女生宿舍的圍牆上，如天神下凡般遮住所有女孩的太陽，雙手抱胸、字句明朗：「都給我回到崗位上、該幹嘛幹嘛去！」

絕對的威權現身、一眾女孩們的銳氣瞬間瓦解，所有人都像無事發生一樣回去繼續打掃宿舍，留下事主二女在卡洛琳的陰影下。

安潔莉卡語無倫次：「士官長、我……我……」

「閉嘴！」卡洛琳對安潔莉卡喝斥後對李璉和聲說：「去梳洗整理、我在中隊長辦公室等妳。」

李璉心領神會、放過安潔莉卡轉頭就走。

「妳自己看著辦吧。」

沒有任何指示、沒有任何情緒、沒有任何限制、只有威嚇——乖乖待在裡面就平安無事、一旦跨進暴風圈就會粉身碎骨。

唯一能比教訓安潔莉卡更重要的事情即是卡洛琳為她準備的夜間私人特訓，在所有人都在放鬆休息時兩人在訓練室裡劍拔弩張。

「士官長、我想要戰勝佩斯凡德，請妳教我更多的戰鬥技巧！」

時間只剩一週、目標是戰勝最強——卡洛琳和李璉一樣喜歡這種挑戰，然而她一出手就發現自己高估李璉的戰鬥能力，不但沒有反應過來自己發起的正面直擊、被制住後也沒有反制手段。卡洛琳解除對李璉壓制：「妳這種身手沒被『血蝴蝶』打死已經是個奇蹟了。」

李璉苦笑著將「英雄事蹟」的真相和盤托出：「事實上我大部分的時間都處於昏迷狀態，我根本不記得和瑪麗的戰鬥過程。」

「這也難怪了，我還一直在懷疑佩斯凡德帶妳這個拖油瓶幹嘛。」卡洛琳的挖苦穿刺李璉的內心：「不過現在的妳確實是個好誘餌，很適合當人質。」

李璉確實被她刺激到自尊，再次擺開架式時魔力充盈全身、如間熔爐般熱力十足，她身旁的空氣已經產生視覺上的波動。

「很好、就是這樣。」卡洛琳再次向李璉攻去、所過之處皆覆蓋薄霜，向李璉飛撲而去時魔力覆蓋周身、在關節和胸腹間各凝聚成一顆魔力核心，凝結空氣中的水分後變形成一件披覆全身的裝甲，手腕處在拳頭揮空時變形成兩把刀刃，第一把水刃割開李璉護身的熱焰、第二把冰刃直接劃破李璉的右側臉頰。

「這是……」臉頰流出來的鮮血真實無比，李璉還沒從受傷的過程中反應過來。

「我先教妳怎麼在戰鬥中快速療傷，妳不可能避開所有的攻擊、所以要盡可能將身體維持在可以戰鬥的狀態。」

疼痛感和血腥味刷新李璉到目前為止對自己的認知——她一直認為自己經過訓練中無數次破皮和瘀青的鍾鍊後已經擺脫嬌弱的千金之軀，臉頰上的割傷反覆提醒著她依舊脆弱。

「別急著把身體元素化，先用魔力轉化成火來處理凍傷和消毒、再用魔力活化傷口周圍的細胞，沒錯、就是這樣，不要太過著急。」

「原來在戰鬥中自行治療那麼簡單。」

「喂、別分心！」

卡洛琳剛說完、李璉就一後腦撞到牆上，當下天旋地轉、體內順暢運行的魔力大亂，治療到一半的傷口再次迸裂。

「嘶——好痛啊！」李璉不斷揉著發疼的後腦勺，努力閃躲著卡洛琳淩厲攻勢的同時重新治療傷口。

「學得真快。」卡洛琳心思：「被信心壓抑的天分終於發揮出來了。」

在閃轉騰挪的過程中李璉將臉頰上的傷口治癒、決定忽視後腦的腫痛來發起反攻，千思萬念瞬間閃過、她決定出奇不意，先是將在胸口聚集火魔力核心、再徒手接住卡洛琳刺來的冰劍，雙手強忍著凍傷將冰劍拗斷，隨後大鵬展翅般作擴胸姿態、將魔力轉化成火舌噴出。

「開始使用戰術啦。」卡洛琳讚許地笑道：「不過還是缺了點經驗。」

就在火舌即將燒灼卡洛琳的瞬間、她猛然將身體水元素化，重新凝結於李璉身後、一冰劍刺出，冰劍刺中李璉後肩的同時傳來奇怪的觸感，原來李璉反其道而行、利用剛凝聚的魔力將自己水元素化的身體加溫至沸騰，卡洛琳的冰劍如泥牛入海、刺入一公分就少去一公分。

「能同時使用屬性互相克制的魔力——光是這份天賦就能讓妳超越無數同齡天才。」卡洛琳伸手拉起癱坐在地上喘氣的李璉。

李璉的眼皮開始沉重、無論如何都難以振作，一天課程和勞動加上剛才短時間內大量消耗體力和魔力，努力從嘴裡吐出有氣無力的感謝：「謝謝士官長。」

卡洛琳拉著李璉到一邊的休息區，與她並肩而坐如好姐妹：「知道你弟弟怎麼被我訓練嗎？」

「請務必告訴我。」李璉一下子就來精神，她決不放過這個變強的關鍵訣竅。

「我天天揍他、直到哪天換成他揍我為止。」卡洛琳的人臉和木臉同時笑起來時格外彆扭、尤其她並不是一個很常笑的人：「古老的訓練方法雖然很粗糙但一直都很有效。」

「就只有——這樣？」李璉無法相信把李世民打磨成頂尖強者的方法如此簡單。

「我以前的那個時代還有一個好地方叫『戰場』，不過現在已經沒了。」卡洛琳的木臉沒有表情、人臉乾笑：「我倒是不希望你們這一代人還需要去那種要命的地方磨練。」

李璉一時語塞，卡洛琳一直以來都給人天塌下來也面不改色的強硬形象，如今在她面前露出柔軟的一面格外令她感到親近，像卡洛琳這樣不苟言笑的人、她的私生活總是令人好奇。

「士官長、妳是不是有什麼話想說。」心思細膩的李璉看出卡洛琳欲言又止。

卡洛琳閉上眼、微笑著說：「我答應過他——革命戰爭結束後就解甲歸田、找個老實人嫁了，生兩個孩子、一男一女，當個好老婆、好媽媽，然後過完一輩子；結果我現在還是留在這裡、教育你們這群小鬼頭。」

「他？」李璉聞到八卦的味道、立刻精神抖擻。

「他。」卡洛琳伸出左手，解開纏成護腕的菟絲子、露出底下的羽毛烙印——與天使的愛情誓約，用每一位天使的羽毛絕不重複的特性來銘印天造地設的愛情、這是天使種族自古流傳的傳統，相傳為由創世的光明神所欽定。

「原來妳跟聖特雷薩……」李璉幾乎脫口而出的驚呼被卡洛琳的手指按回嘴裡、只看對方點頭默認。

「我們的愛情是對的、時代是錯的。」卡洛琳苦澀中帶著甜蜜。

李璉想起過去接觸過的守舊派天使，在她的印象裡這些天使都有著種族優越的觀念、寧可滅族也不接受通婚，像特雷薩和卡洛琳這樣的異種戀在祂們眼裡就是大逆不道的褻瀆，李璉對這些頑冥不靈的天使一直都沒有好感。

「對自己有自信一點、李璉，妳可是幹掉『血蝴蝶』的英雄。」卡洛琳立刻轉移話題：「妳只是一直遇到頂尖高手所以總是對自己缺乏信心，天使有句俗諺說：『學習飛行的訣竅就是勇敢跳下雲端』，只要妳敢勇於挑戰他們、妳就會發現自己其實不差。」

「不瞞妳說、士官長，我連發生什麼事情都不知道。」李璉尷尬地乾笑：「我記得參加珠寶展、昏過去、醒來，事情就結束了，我甚至不知道佩斯凡德為什麼會說我有跟瑪麗大戰三百回合。」

「妳還看不出來嗎、傻女孩？」卡洛琳湊到李璉耳邊：「他愛慕妳，不然他怎麼會把功勞讓給妳。」

「唉！」李璉想不到幸福來得如此突兀、就像她莫名其妙變成大英雄一樣。

「這件事妳可以慢慢來，另一件是比較重要。」卡洛琳回復士官長的風采：「妳先回想一下佩斯凡德的戰鬥模式、有沒有什麼絕招和習慣，我們可以針對這部分來制定對策。」

李璉呆了三十秒、搜索枯腸後吐了吐舌頭：「對不起、士官長，我當時昏過去了。」

卡洛琳抹臉：「我還是繼續揍妳好了。」

就在此時訓練室角落燃起星火微光、閃爍間一名老態龍鍾的婦人出面在兩人面前，卡洛琳看到她就立刻起身敬禮問好，李璉雖然不認得但也習慣性跟著做同樣的動作。

「副校長好。」

「唉、副校長？」

李璉只見過副校長菲妮克絲一次、她當時還很好奇為何與巨龍孔丘同輩份的人外表還是個小女孩，如今更驚訝於不過三週多一點的時間就讓她變成行將就木的老婦人。

「不用感到奇怪、小女孩，世界上還有很多事情值得妳去奇怪。」菲妮克絲沙啞且和藹地說：「我也曾經像每個女人一樣尋求青春永駐、就算我只要等到明天就行了但哪個女人能忍受人老珠黃呢。」

李璉想起誌怪軼聞的書上曾說過鳳凰是只有一天壽命的生物，凌晨是初生嬰兒、午夜是遲暮老者，在旭日東昇的時間自燃化成灰燼同時又從灰燼裡重生，純種人類百年的生老病死、鳳凰一天就能體驗。

卡洛琳畢恭畢敬：「什麼事有勞妳大駕光臨呢、副校長？」

「要不是老頭子拜託我、我也想待在窩裡等死就好。」菲妮克絲不以為意、看向李璉：「李淵的女兒嗎？」

李璉同樣畢恭畢敬：「啊、是。」

菲妮克絲將右手伸向李璉：「把手伸出來、看看妳能把妳老祖宗傳下來的『陌刀』發揮到什麼程度。」

「陌刀！」李璉內心狂喜、臉上藏不住心情；據她母親竇雀屏所說、「陌刀」是李家初代族長、知識巨龍孔丘的導師——自然巨龍李耳所創，傳說「陌刀」能切割世間萬物又能相容世間萬物，其中的原理只有家族族長口頭傳授，家族流傳千年以來能領悟並實用者不過十數人、近代百年內也只有李世民一人自學頓悟，如今李璉將有機會一窺其中奧妙、狂喜之情難以言表。

李璉的雙眼直勾勾地注視其中的奧妙、深怕漏掉任何轉瞬即逝的提示；只見一顆發光玻璃珠從菲妮克絲的腕動脈透過握手傳遞至李璉的手掌內，玻璃在李璉手掌心烙印成一點、烙印又噴發出兩股交叉螺旋上升的光束、匯聚於手掌心上方的一點後變形成一把樣式普通的古劍，此劍唯一的特色標誌即是劍柄為圓環包覆田字，圓中有方、對稱平衡。

「這是……『中庸劍』！」李璉感到呼吸困難、雙腿發軟——手握被巨龍孔丘選中者才能持有的證明、換作誰都會有這種反應，她勉強從牙縫裡擠出幾個字：「為什麼會是我？我何德何能？」

「這個啊——因為很無聊啊。」菲妮克絲捶著老腰：「幾千年的光陰差不多都一個樣子、偶爾也要來點刺激，老頭子一時興起、我也就順坡下驢。」

「啊？」並非天選之人、命中注定，只是兩個千歲老人想找點新鮮感，李璉像從雲端跌落且臉先著地，尤其是她感覺不到中庸劍裡有任何特別之處，既沒有無窮盡的魔力也沒有增幅魔法的設計、甚至連劍身都沒有開鋒，完全沒有神兵利器該有的模樣。

「世民學會『陌刀』難道也是靠這把劍？」李璉靈機一動、將自己的魔力注入劍裡，她沒料到中庸劍像巨鯤吞海般將她的魔力一口氣吸收殆盡、任她用盡辦法也無法阻止魔力迅速流失，隨後眼前一黑、失去意識。

菲妮克絲蒼老的臉上露出小女孩般燦爛的笑容：「這招屢試不爽。」

卡洛琳接著脫力的李璉、陪笑：「您老人家也真是的。」

「巴蛇吞象、其心必罔，這孩子固然有雄心壯志還是得時刻拉著她，她現在的肚量還配不上她的胃口。」菲妮克絲打了一個長長的哈欠：「這孩子就交給妳了、卡洛琳，看看她能飛到多遠吧，我要回去等死了。」

「您老慢走。」

看著魔力充盈的中庸劍重回李璉掌心，卡洛琳心中充滿安慰和期盼——就像看著幼兒學會走路的母親所獲得的滿足感。

翌日拼命三娘李璉在醫護室躺到中午還沒醒來成為新一輪的八卦話題，眾人紛紛猜測卡洛琳的魔鬼訓練內容。

「喂、我說啊，你覺得卡洛琳會怎麼操李璉？」

「我怎麼會知道？我也是要睡覺的？」

「你不是無所不知嗎？」

「拜託、我還不是神。」

「你至少也是神的孩子。」

佩斯凡德和萊登掛在離地面至少六公尺、斜角四十五度的攀岩牆上聊天讓下方一眾同學心驚肉跳，兩人卻像在沙發上喝茶聊天一樣輕鬆愜意，他們的行為立刻引來卡洛琳的破口大罵：「去你媽的神！不想吃飯了是不是？給你們兩個三秒、都他媽的都給我滾下來！」

萊登和佩斯凡德無奈對視一眼，兩人彈指間解開具有雙重安全機制的攀岩繩扣環、從兩層樓的高度一躍而下；畫詩見到此情此景、立刻拋開「未經教官允許禁止使用魔法」的規定，用數條楊柳組合成柔軟且足以罩住整個人的緩衝籃、接住萊登卻漏掉佩斯凡德，後者則落地後翻身打滾、起身時若無其事。

「你各位啊、想死就學他們兩個沒關係啊。」卡洛琳告誡眾學徒後向石竹下指令：「帶他們去餐廳、這三員我等一下再帶去。」

「我們死定了。」

「抱歉、還連累妳。」

「沒關係啦。」

卡洛琳也不發火、淡然對三人下令：「這麼喜歡跳就讓你們跳個夠，開合跳和蛙跳各一百下，開始。」

在體罰過程中卡洛琳發現向來低調內斂的畫詩也有不少的進步，剛才一手楊柳網接萊登的技能充分展現出她作為李家僕傭的專業；長安城宮殿之間的通道設計複雜、行走搬運會耗費大量時間，不同於首都大量使用先進的魔導工程器具取代人力，長安城的王家僕傭之間的物品傳遞多半以「拋」和「接」等人工為主，大到櫥櫃床具、小到刀叉杯杓，因此在選拔和訓練時對反應、力量和耐力都有嚴苛的要求，畫詩也在其中打下良好的體魄基礎。

「要是我也有孩子的話、現在差不多跟他們一樣大了。」卡洛琳不曉得自己是否違背和特雷薩的承諾亦或是換一種方式去實踐。

得知畫詩進步神速、醒來後的李璉備感壓力，夜間訓練時進攻更加猛烈、頗有壓制卡洛琳的趨勢，然而僅僅是露出一個破綻就被卡洛琳反制、打回原點。

「還不夠！」李璉急於提升自己的實力、不計後果地再次召喚出中庸劍。「『跟大海拔河』——想清楚自己在幹嘛嗎？」卡洛琳有意無意地提點訣竅。

「跟大海拔河？」李璉想起昨晚被中庸劍巧取豪奪魔力的感覺、再次靈機一動：「只能試試看了，來吧、士官長，我準備好了！」

卡洛琳似乎想起某件不好的往事，恍神之間李璉已經攻到面前，倉皇招架之際猛然感覺到自己的魔力被中庸劍抽走，半邊木質身體脫力且枯槁黯淡，跌了好幾個踉蹌、扶著牆才不至於跌倒。

證實自己的想法無誤、李璉大喜之餘感覺到一股清涼如山間晨霧的魔力從中庸劍流入體內，一整天的倦怠感一掃而空的同時還讓她感受到輕飄雲間的歡快感，有時全身的細胞如同嘉年華般狂歡鼓譟、有時各處器官輪流產生酥麻搔癢的歡愉感——這種感覺很快就消退、令李璉回味無窮。

「連妳也是。」卡洛琳暴起全身的力量將中庸劍打脫手，將李璉按在地上痛揍、邊揍邊罵：「清醒過來！給我清醒！給我醒醒！」

雖然不知道自己做錯什麼事但任誰莫名其妙挨一頓痛揍都難抑怒火，李璉一腳踢開力竭的卡洛琳、反過來騎在她身上，在拳頭落下的前一刻才恢復理智。

「對……對不起。」臉上的瘀青和紅腫開始發出脹痛，李璉跌坐在地上、說話都有困難：「我……做錯……什麼？」

「『噬魔成癮症』——李世民花了三個月才戒斷，妳沒有時間可以浪費，所以我只能用這種方法避免妳走偏。」卡洛琳抱起傷痕累累的李璉走向休息區、嘴裡咕噥：「好人不長命、禍害遺千年。」

昏暗的月光照映下卡洛琳的臉上浮現兩種年紀——一種不服輸的苦撐和另一種歲月不饒人的力不從心。

「會痛的地方都擦一點，抹一點就好、別用太多，申請這些萬靈藥不容易。」

「謝謝。」

原以為自己重新尋回遺失多年的天賦、結果只是一條死胡同，這次李璉用憤怒取代失望：「士官長、請再陪我試一次」

卡洛琳看著李璉不服輸的模樣，欣慰地笑著說：「臭丫頭、越來越有凱薩琳的樣子了！」

李璉深吸一口氣讓自己冷靜下來，小心翼翼地將魔力涓流注入中庸劍、在中庸劍再次狼吞虎嚥前就收回，以被吞噬少量魔力為代價成功將大多數從中庸劍口中奪回，這個短暫的瞬間讓李璉獲得啟發——用一條水鞭快速抽打向卡洛琳、在命中時快速收回如同她和中庸劍爭奪魔力的力道，一系列動作的速度快到卡洛琳反應過來時她手裡的木槍槍桿已經被水鞭劈成兩段。

「哼、有意思。」卡洛琳將被劈斷的木槍接回、當作標槍向李璉投擲，同時筆直衝向李璉。

就在短兵相接之際李璉觀察到側身躲過的木槍於地上的影子產生變化、立刻就意識到是聲東擊西，右手甩出水鞭攻向變形的木槍、左手反持中庸劍格擋卡洛琳本體的攻擊。

卡洛琳徒手攻勢被擋下，木槍暴長而出的枝幹卻突破水鞭、刺傷李璉腰部皮肉，李璉摀著傷口、跪地喘息，好不容易有所突破、身體又不爭氣地來到體力透支的邊緣，此刻她心裡卻充滿喜悅、因為她找回失去已久的學習熱情——那些一直以來被刻意打壓的樂趣已經慢慢找回。

「今天就到此為止吧。」卡洛琳仔細為李璉上藥。

「謝謝。」李璉的精神狀況已經到任何情況都能隨時睡著的地步，儘管如此仍勉強從牙縫中擠出字句：「士官長、我弟弟——練到什麼程度了？」

卡洛琳讓李璉靠在自己的護肩上、將她的髮絲捋順，輕聲說：「妳好好練就是了，不要總想跟天比高。」

李璉在訓練室的寧靜中睡去，一陣清風隨之而來，先是雕塑出蛇龍形再變化成人形、最後實體化成一名鬢髮斑白的青袍老者。

卡洛琳對來者沒有好感、僅用眼神和手勢示意老者安靜。

「李淵之女？」宏亮如晨鐘的聲音在卡洛琳腦海裡響起。
卡洛琳點頭。
「思無邪否？」老者再問。
卡洛琳搖頭。
「甚好。」老者點頭微笑。
卡洛琳疲倦的臉上滿是不耐煩並揮手驅趕老者，等到老者離開後才想起老者話中有話，只是她也早已疲憊不堪、無心深思，讓李璉躺在她的大腿上後自己也跟著闔眼小憩。
訓練室外的微風暗潮洶湧。

5-5

高麗王國境內萬里無雲、從蚩尤號吊艙頂層的飛行甲板上就能看到聯合帝國首都法蘭克福，蛇龍形神木在李世民眼裡只剩下一根擎天細針。
全副武裝的李世民手握高麗參茶、望著法蘭克福的方向悠閒品茗，左右兩側共十名包含李靖在內的天策玄甲軍精銳已經整裝待發、列隊於李世民左右，每個人都裝備上最新型號的「仙劍二型」戰鬥飛行器。
「指揮官、高麗國空軍和陸軍已經對『斗玉神』發起進攻。」張出塵於指揮室裡透過大型通訊儀向李世民報告戰情。
「收到，保持頻道暢通、持續向我匯報戰情。」李世民依舊悠哉喝茶、將手下遞來的望遠鏡推開，多年征戰經驗讓他無須親眼去看、單憑戰情匯報就能模擬出戰場概況。

「斗玉神」是高麗國境內一隻長角獠牙、青面禿頂紅眼的巨大人形魔物，手腳指甲如剃刀、身高約七公尺、武器是一座小山加工而成的泥石鎚，每次揮舞形成的風壓都會讓一公里外的風車飛速轉動。

按照原先的作戰計畫——由高麗軍隊率先向斗玉神發起攻擊、吸引注意，再由李世民帶領天策府精銳切開斗玉神堅如玄鐵的後腦、最後再由蚩尤號用主炮摧毀牠作為生命中樞的「魔玉」。

高麗國之所以對斗玉神束手無策的癥結點在於軍事科技落後、魔法水平僅止於由人體自發的「自然魔法」，火力輸出效率比不上擁有尖端魔導工藝的唐國軍隊；李世民第一次遠征時若一切按照計畫進行、拿下斗玉神全然不在話下，然而因為一系列政治操作導致李世民白跑一趟高麗觀光旅遊、斗玉神又得以禍亂高麗國近半個月。

「指揮官，斗玉神正在衝擊高麗國陸軍的防護罩、就要被突破了！」

「嗯、知道了。」

「指揮官、我們該做什麼？」

「待命。」

李世民仍看著遠方、悠閒喝茶，彷彿底下的激烈戰鬥和即將發生的死傷都都與他無關；在指揮室的通訊官張出塵看了一眼通訊連線狀況後就明白李世民的意圖——靠著蚩尤號的空中火力和陸戰隊擊敗斗玉神綽綽有餘、李世民卻在行前作戰會議威逼利誘高麗國出兵協助，為的就是要報第一次遠征不提供補給援助的一箭之仇。

高麗國軍士苦戰的畫面透過高倍率觀測儀看得一清二楚、細微能至每個人臉上拼命求生的神情，張出塵於心不忍、握住傳聲筒後向身旁的翻譯官房玄齡求助：「房中校、你勸勸指揮官吧。」

房玄齡乃是最早跟在李世民身旁的謀士之一、與一旁負責觀測紀錄戰局並沙盤推演的杜如晦並稱「房謀杜斷」，兩人皆深得李世民信任和青睞。

「張上校、能說我早就說了。」房玄齡丟出一個甜甜圈給剛吃完的杜如晦。

「是啊、頭兒什麼性子妳是知道的。」杜如晦用甜甜圈做一個割喉的動作、配上誇張的表情逗趣十足。

看著兩名晚輩事不關己的態度令張出塵倍感無奈、只能眼睜睜看著高麗軍隊的防護罩被衝破，在斗玉神的兇猛攻勢下高麗國王帶著殘部倉皇潰逃、過程中慘死的軍士難以估計，放眼望去皆殘肢斷臂、通訊儀中慘叫哀號不絕於耳。

「喂！多吃飯的多出點力啊、怎麼就這樣跑了呢？」

「算了吧、老房，估計高麗往後也沒那麼多飯能吃了。」

「對了，之前我們吃的那種酸酸辣辣、很下飯的菜叫什麼來著？『葅菜』？以後可能很難吃到囉。」

「就你老惦記著吃。」

「喂、再拿點甜甜圈來。」

戰火在地面上燃燒、殘破的陣地血流成河，房玄齡早已按李世民的命令切斷與高麗國王的通訊、和杜如晦唱雙簧般幸災樂禍，張出塵倒是從兩人對談中聽出端倪——對魔導工藝尚未普及的高麗國而言人口和生產力直接相關，李世民威脅高麗國出兵相助並不只是要報損及顏面的仇，更長遠的考量是要削弱高麗國的國力、為日後保持絕對的外交優勢增添籌碼。

再看斗玉神摧毀高麗國軍隊的陣地後得意洋洋地向天空中的蚩尤號挑釁，見天空巨獸毫無反應後從地面拔起一塊等身大的泥石塊向蚩尤號投擲而去，彷彿已經認定蚩尤號必敗無疑、斗玉神頭也不回地朝更遠處盤旋待命的神農號奔去，誓要成為這片大地上不可撼動的王者。

「全體船員注意！大面積投擲物從西北西方向下方襲擊！預計十秒後發生衝擊！」在張出塵高分貝廣播

下整艘蚩尤號都開始高效率動員：「指揮室呼叫動力室、立刻向外層防護罩充能；左舷電弧炮與火雨炮射手自由開火！」

密集的火球和六道電弧協力破壞下泥石塊很快就四分五裂、餘下碎塊也被蚩尤號的外層防護罩輕鬆瓦解；此時喝完參茶的李世民終於發話：「呼叫指揮室、我是指揮官，幫我接通動力室。」

「指揮室收到、已經接通動力室。」

「動力室室長、我要主炮水晶保持充能滿載的狀態並對準斗玉神的後腦，聽我指令再發射。」

「收到、開始進行充能作業。」

李世民下完命令後起身帶領精銳走向飛行跑道，跑道上待命多時的勤務人員立刻開始飛行作業，與此同時水晶直徑八百九十釐米的主炮已經透過伸縮吊臂和固定架在吊艙下方就定位，切面光滑對稱的菱形透明水晶在獲得魔力充能後開始發出金色螢光並高速旋轉、進入待射狀態。

「第一梯隊、出動！」

十一把劍同時拋出、排列成大雁陣型，十一人同時拉下防風目鏡、全身魔導裝甲的關節處傳導水晶同時點亮，「仙劍二型」的動力水晶接收到魔力充能後劍墩同時噴發出劇烈的白焰，李世民帶領的隊伍如同出弦利箭般朝斗玉神比直射去。

「好好幹啊、弟兄們，今晚我請客。」李世民解開雙手掌心的封印、灑出一把金鋼砂，隨即用一條細長水柱將之包覆，金鋼砂在水柱兩端不斷來回流動、一秒內就來回六千萬次——將千萬年才能完成的滴水穿石濃縮至一秒內發生、以此成就能斬萬物的「陌刀」。

聽聞身後動靜的斗玉神剛回頭查看就被兩支魔導長槍刺中雙瞳，透過預先過載充能水晶、魔導長槍命中後產生大量電流和水晶塵爆，斗玉神的視力被摧毀殆盡同時感受到頭部被億萬細針來回扎入的痛楚，只能一手摀住傷口、另一手用泥石鎚作掙扎反擊。

李世民對迎面而來的泥石鎚不屑一顧：「老秦、左邊。」

左翼領頭的秦叔寶應聲後帶領同隊四人離開陣型，五人排成一列並將各自的魔導長槍槍頭重疊在一起、將魔力聚合成魔力核心又擴散成一張緊密的風網，兩者對撞之下泥石鎚和斗玉神的手掌瞬間就被切成指甲大的碎丁塊。

「呸、他媽的，這狗娘養的東西從小吃屎長大嗎，肉比屎還臭。」秦叔寶抹掉臉上的血肉殘渣、抱怨：「老大、回去之後發個防毒面具行不行？」

「你放個屁不就能把味道蓋過去了嗎。」李世民的幽默引來整個通訊頻道的憋笑：「少貧嘴了、你還有活要忙，快歸隊！」

「你說了算、老大。」

「將軍、小心！」

「別擔心，你們去砍掉牠的腦袋、我即興發揮一下。」

原來斗玉神在受傷後二十秒內就靠著超乎常理的自癒能力復原，受傷的慘狀只是為了引誘李世民近身、讓他能一口將其吞下，哪料到李世民打蛇隨棍上、筆直地衝進牠的獠牙巨口裡。

「嗯——老秦、回去之後一人發一個防毒面具。」斗玉神口腔裡的腐爛惡臭讓李世民後悔自己的一時興起，旋即憋注一口氣、斬斷兩顆即將咬合的犬齒，隨後朝斗玉神的口咽飛去並一路向上切開任何遇到的東西，李世民直到斬碎大腦後還沒發現魔玉的位置、這才發現自己已經飛過了頭，眼見大腦碎塊正急速癒合收攏、他當機立斷在被腦漿淹沒前就劈開斗玉神的頭骨脫困。

「指揮官、指揮官！妳沒事吧？」張出塵焦急確認李世民的安全。

「一點都不好、現在我比老秦的屁還臭！」李世民成功引起一陣哄堂大笑，同時高舉雙刀、砍瓜切菜般將斗玉神的後腦大卸八塊：「李靖、就是現在！」

李靖應聲後帶領隊員直奔斗玉神粗大肥厚的頸部，先凍脆後燒化再撐開縫隙接結構破壞、最終由李靖用纏繞雷電的魔導長槍揮出弧線優美的半月雷斬——默契無間的配合攻勢成功斬斷斗玉神身上第二堅硬的部位。

「老秦！」

「就等你下令、老大。」

蓄勢待發的秦叔寶已經將魔力核心轉化成一根直徑和斗玉神腦袋一樣的石鐗，猛力一揮就將牠的面門打旋轉一百八十度、讓正在拼命癒合的後腦勺正好對準蚩尤號。

「戰鬥人員遠離火線！蚩尤號、主炮開火！」

在斗玉神後腦勺即將癒合之際、蚩尤號主炮發射出十二種屬性魔力濃縮提煉而成的光魔力射線，曝曬其中的斗玉神腦袋還來不及發出慘叫就連同魔玉一起被灰飛煙滅，殘餘的光魔力射線轟擊大地引發燎原大火和整個高麗國都能感受到的大地震。

透過防風鏡變焦功能看到遠處的高麗國王目瞪口呆又後悔莫及的表情、李世民心滿意足：「第一梯隊集合、返回母艦。」

蚩尤號上喝采和歡呼不絕於耳，秦叔寶豪邁地炫耀：「老大，俺出力最多、俺要最大支的牛腿！」

「整頭牛都給你。」李世民摘下防風鏡、看向魔導學院的方向，心想：「李璉、快追上來吧。」

遠在魔導學院的李璉不只被寄予厚望，明天也是她證明自己的大日子，全國上下有頭有臉的人物都會齊聚一堂，佩斯凡德的母親、自己的偶像——凱薩琳也會在觀眾席上看著她的表現。

為了將期末評鑑測驗這個學院最直接與社會接軌的活動辦到萬無一失、所有教職人員都被調往學院各處準備相關事宜，這給全體學員爭取到一天的喘息時間，所有人都能在這天得到充分的休息。

「吵死了。」安潔莉卡抱怨著佩斯凡德等人打麻將過於喧鬧、實則無法忍受自己被冷落，在她看來佩斯凡德和李璉不過就是殺死一個小偷、憑什麼能搶走她的風采。

「認真下棋、不要被干擾。」掃羅明白安潔莉卡的感受但他知道佩斯凡德遠遠不止殺過一個通緝犯——「血蝴蝶」之死絕不是因為王子和公主一時興起的英雄遊戲，「血蝴蝶」和她的同夥伏法過程完全沒有驚動珠寶俱樂部，屍檢報告顯示死者死亡時沒有任何反抗行為、由此可知下手的人手法老練如職業殺手，無庸置疑的是李璉絕對沒有這種能耐。

安潔莉卡欲言又止、她終於在最近這些日子裡學會收斂，因為她透過僕人得知三天前來佩斯凡德的手下與叔父以磋商的名義進行密談，在這之後叔父對自己的態度越發嚴厲和冷淡，雖然對佩斯凡德的怨懟日深、她也只能在完全被叔父一家拋棄前趕緊抓住掃羅的心，站穩腳跟後再想著如何復仇。

「嘿、你已經三連莊了，別說你還不會打。」萊登催促著佩斯凡德，新手開局三連莊這件事在自治區老千雲集的賭場裡也實屬罕見。

「殿下、難道說你——」畫詩皺著鼻子、內心祈禱佩斯凡德不要摸到大牌，雖然沒有賭任何東西但開局前她曾自吹自擂過一番、再輸下去就沒臉見人。

「畫詩、閉上妳的烏鴉嘴！」李璉滿腹苦水無處吐，原來想趁機選個佩斯凡德沒玩過的麻將來大展身手，誰知道佩斯凡德竟然能在第一盤就摸熟規則後記住所有的牌型並計算牌出現的機率，反而將三個輕車熟路的老手戲弄於股掌之間。

「天啊——」

「沒想到這輩子能看到這副牌。」

「哈、看來他這輩子的好運都用完了！」

佩斯凡德身後的觀眾越是驚呼讚嘆、同桌三人就越是提心吊膽。

「全體學徒注意！全員移動至交誼大廳、現在開放會客時間！」

「你們聽到廣播了、走吧。」佩斯凡德覆蓋手裡的麻將、一邊指揮觀眾一邊對李璉說：「嘿、來見我媽吧。」

「啊、我……」李璉不確定自己準備好了沒、內心既興奮又害怕，這不是她第一次去見憧憬仰慕的偶像但這一次她有更深層次的認識，尤其是在她看過書中描述凱薩琳的風流史之後、她更加無法肯定凱薩琳對自己和佩斯凡德的態度。

「走啦、小姐——走啦、見家長囉！」畫詩幸災樂禍地搧風點火，另一方面則是想報答佩斯凡德救過自己和撮合她與萊登的恩情。

萊登表面上跟著眾人離開、實則將自己的影子留在原地，等到大寢室內的人都走光後才現型，通過與影子建立視覺連結去偷看佩斯凡德的蓋牌，一看之下差點罵出聲來：「操、九寶蓮燈，這傢伙肯定出老千！」

交誼大廳由菲妮克絲副校長主持，此時她已經長成一名青春煥發的美少女，身著一套剪裁得體的套裝、用充滿活力的演講做開場，隨後便是四大加盟國領導人致詞，看著凱薩琳和父親李淵同台、李璉五味雜陳，尤其是凱薩琳頻頻將目光投向自己、李淵卻正眼都不看，這讓她更不是滋味。

繁瑣乏味的開幕程序結束後就是萬眾矚目的自助餐時間，偌大的交誼大廳以吧檯為單位、豐盛的菜餚飲品已經就位，蕩氣迴腸的古典樂佐清淡微甜的芳香沁人心脾，歡聲笑語在交誼大廳此起彼落，然而這樣美好夢幻的場合卻格外凸顯出聯合帝國境內種族階級的差異，跟在佩斯凡德身邊的萊登與畫詩就是最好的證明。

「沃姆溫特家的孩子怎麼會與惡魔和雜種為伍呢？」
「就是啊、那個雜種還是長安李家不要的女僕，跟那種人在一起多丟他母親的臉！」
「算了吧、不這樣怎麼凸顯出他的『獨一無二』。」
這些話都被畫詩聽在耳裡、難受在心裡，雖然這輩子到現在沒少被人歧視、不過以往都是自己默默承受，現在連累到佩斯凡德這個朋友的名聲還是讓畫詩感到良心不安。
萊登安慰她：「我們兩個的血統比妳還雜，那些話妳別放在心上。」
畫詩對萊登的口無遮攔感到緊張：「你怎麼能詆毀佩斯凡德殿下？」
「喔、不，他說的是事實；話再說回來、『純種』代表著明顯的基因劣勢，在遇到環境變遷時更容易被淘汰。」佩斯凡德轉過身來倒退走、指著二人說：「至於你們兩個可是取之不竭的寶庫，千萬別小看自己。」
佩斯凡德的讚賞讓兩人無所適從，他們都想不明白自己身上有什麼東西能吸引佩斯凡德這種成功人士，就在兩人疑惑時看到佩斯凡德身後的人、連忙下跪高呼：「參見女王陛下！」
佩斯凡德一愣、隨後就聽到凱薩琳充滿活力的聲音從背後傳來：「看來你交了不少新朋友、佩羅。」
「是啊、母親。」佩斯凡德沒有行禮、將家族日常搬到檯面上：「我來為妳介紹——這兩位是萊登和畫詩，還有……李璉人呢？」
畫詩左顧右盼：「咦？小姐剛剛明明還在這裡的啊。」
萊登目光掃視每一個吧檯：「她肯定又躲起來大吃特吃了。」
「二位平身吧，不用太拘謹。」凱薩琳露出親切的微笑：「佩斯凡德受你們不少照顧、對此朕非常感謝，改天你們來北方、朕一定要好好招待你們。」

「哪裡、我還欠他一頓啤酒。」

「奴婢萬謝女王隆恩。」

萊登和畫詩的反應形成強烈且有趣的對比——前者直接將凱薩琳和佩斯凡德當作自己人，後者則直覺地再次下跪謝恩，東西雙方的文化差異再次引起議論紛紛。

凱薩琳走上前輕輕扶起畫詩，笑容溫暖和善：「妳是佩羅的朋友、不用那麼見外。」

「動不動就下跪、怪不得他們東方人那麼容易得到女僕膝。」佩斯凡德的側頭輕語讓萊登差點憋不住笑。

「佩羅、拿出『賭徒』來讓我看一下。」

「就在這裡、我可是很用心在保養它。」

凱薩琳接過「賭徒」只看一眼就明白、曖昧地對著兒子笑：「我大概知道李家大小姐在哪裡了，我馬上就回來。」

話音剛落就看到凱薩琳化成一道閃光後消失，佩斯凡德尷尬又不失禮貌地笑著聳肩：「她說她會馬上回來、那就等吧。」

凱薩琳尋找的人此時正坐在宿舍女廁裡反覆咀嚼最後一顆雪釀脆梅，內心如同她捧著恆溫鐵盒、不斷失溫又不斷加溫的手掌，既希望見到偶像又害怕自己會在偶像面前出糗、留下壞印象，她最擔心的是萬一偶像本人和自己一直以來的幻想有巨大落差，她不確定自己是否能夠承受——畢竟她至今所有的離經叛道、犧牲和信念都是建立於此。

「原來我的護身咒文在妳身上，我還在想我兒子在哪裡弄丟了。」

「哇啊——」

天花板上抬頭看著她的人將李璉嚇得連滾帶爬出廁所隔間，直到透過洗手檯上的鏡子看到來者是凱薩琳才稍微平復驚恐的情緒。

「凱……凱薩琳陛下？」李璉扶著洗手台才能站穩腳步，她實在無法接受自己的偶像會在這種場合用這種方式登場。

「哎呀呀、這不是李璉公主嗎，妳好啊」凱薩琳步步逼近、用強大的氣場鎮住李璉：「看來妳還是那個容易害羞的小女孩呢。」

「啊、我沒有……」李璉還來不及轉身就感覺到凱薩琳將雙手搭在她的肩上，心一下子就提到嗓邊、不知該如何是好。

凱薩琳湊到李璉耳邊：「妳身上還有我兒子的味道呢，嗯——你們發展的速度比我想像中還快。」

曖昧之語讓李璉的臉頰直接被蒸到白裡透紅、說話變得語無倫次：「我沒有……他有摸過……我們只是牽手而已……難道……」

「那種精靈的味道啊、孩子的父親每次在床上都會弄得我滿身都是呢。」凱薩琳繼續加油添醋、期待著李璉的反應。

「咿——」李璉感到一陣頭暈目眩、在混亂的思緒中不斷回放過去的記憶：「他應該沒有機會吧？難道被男人摸到身體就會懷孕嗎？應該不會吧？等、等、等、等、不對、不對、不對！他有機會！他有機會啊！」

想到好幾次都在佩斯凡德的臂彎裡昏睡過去、李璉追悔莫及，然而轉念再想到每次都是在自己的床上醒來、自己的身體又沒有異樣加上該來的還是有來，她又陷入深思。

「我們什麼都沒做、我發誓、真的。」李璉高舉雙手發誓想證明自己的清白只是徒勞無功。

「真的什麼都沒做嗎？好可惜啊。」凱薩琳意味深長地用手指輕撫李璉的腹部。

「唉？」事情往預料的反方向發展讓李璉不知所措、只能任由凱薩琳擺布。

就在此時一個熟悉的聲音從兩人身後傳來：「凱薩琳、快把妳的髒手從我女兒身上拿開！」

不知為何李璉有種被人捉姦在床的感覺：「母……母后，您怎麼會在這裡？」

凱薩琳語帶酸意：「哎呀呀、這不是屏風上的孔雀嗎？」

來者正是李璉的母親、李淵的正室——竇雀屏，她與李淵結縭曾是流傳一時的佳話。

據說李淵還是黑玫瑰王朝的基層軍官時、曾到一位名為竇毅的高官宅邸參加酒宴，他一進宴會廳就看見嶄新的孔雀開屏屏風擺在主座之後，屏風後隱約有個嬌小的人影躲在孔雀尾羽間，他立刻就猜到那是竇毅年方二八的女兒，於是在每次喝酒時都不吞下、將酒精蒸發並透過臉頰毛細孔散出，如此一來雖然不知美酒作何滋味但能讓他在眾人酒意濃酣時保持清醒，隨後竇毅就宣布即將嫁女兒的消息——舉凡能射中屏風上孔雀雙眼者即能迎娶美嬌娘，眾人興高采烈之際才發現孔雀雙眼離竇毅頭頂不過五公分之差、那是榮華富貴與身敗名裂的距離，最後只有神智清醒的李淵靠著一手絕妙的風刃劈箭來一箭雙目、抱得美人歸的同時一夕成名；按照東方女性「嫁夫從夫」的傳統、竇毅的女兒也得到「竇雀屏」這個充滿紀念意義的新名字。

一邊是夢想、一邊是家人，兩者之間的衝突在宿舍女廁和李璉的心裡一觸即發。

「璉兒、過來母后這裡。」竇雀屏面容嚴肅如同過去每一次訓誡李璉的模樣：「那個女人沒有妳想像中那麼美好，等妳看清她的為人之後就會明白她只不過是個擅長堆砌謊言的騙子。」

「我不要！」李璉用盡所有的勇氣吐出人生第一次頂嘴：「這是我的選擇——我人生第一次做出選擇，我會負起所有責任，就算被騙、我也會自己承擔所有後果。」

竇雀屏氣得跺腳：「妳是用這種口氣在跟長輩說話嗎？」

凱薩琳幫李璉說情：「這孩子長大了、妳心知肚明，硬要綁住她不會有好下場，真的、我有經驗、我試過。」

「妳閉嘴、凱薩琳，妳少管我們李家的家事！」竇雀屏杏眼圓睜、怒意正盛：「李璉、妳給我聽好了——妳對社會險惡一無所知、將來一定會吃大虧，妳不相信家人、天底下還有誰能信，母后都是為妳好、為什麼妳就是聽不進去？」

「她在叛逆期啊。」凱薩琳與李璉搭肩並立：「現在是她建立獨立人格最重要的時候。」

「夠了！都給我住口！」竇雀屏直接上前要拉走李璉、想要強行用封印術帶走她，沒想到一抓住李璉的手腕就感覺魔力被大量抽離，整個人得扶著洗手台才不至於摔倒在地，難以置信又難掩失望地罵李璉：「妳看看妳、才離開家裡幾天就學這種邪魔歪道，我跟妳父王說去。」

李璉看向手腕辯解：「母后、不是妳想的那樣，我沒有……」

話還沒說完竇雀屏已經甩門而去。

李璉失落地低下頭：「母后……」

凱薩琳摟住她的臂膀、試著安慰她：「妳不用太在意、她從以前就是這副德行。」

李璉仰望凱薩琳的面容：「我真羨慕妳父親能全心全意支持妳的夢想。」

「那個臭老頭？」凱薩琳皺起眉頭、模仿起老男人的聲音：「『妳這臭丫頭就這樣一走了之，明天誰去放牛啊？家事誰來做啊？妳怎麼能這麼自私！』——我當初要跟著海索去學魔法的時候我爸跳腳跳到褲子都快掉了。」

李璉聽完當場楞住、急忙拿出完整版《凱薩琳傳奇》反駁：「可是、可是書上明明寫妳父親全力支持妳，就在第十三頁第二節第三行，是這樣寫沒錯啊。」

凱薩琳捧腹大笑、揶揄：「傻女孩、妳要相信那本故事書還是就在妳眼前的故事主角？」

來自靈魂深處的怒火熊熊燃燒、因為李璉發現自己從小就被餵食謊言長大，這把怒火讓她更加確信自己的選擇、方向和道路，決心要讓深埋的叛逆種子發芽。

這把怒火凱薩琳也看在眼裡，她還看見李璉的鬥志和潛力，自從她和佩斯凡德扯上關係後凱薩琳就一直關注著她，一系列的觀察結果和卡洛琳給予的評價讓凱薩琳決定全力扶持這個和自己有幾分相似的明日之星。

凱薩琳鼓勵李璉：「孩子、不管別人說什麼，最重要的是妳要相信自己——妳的選擇、妳的道路。」

李璉逐漸掃去陰霾：「謝謝妳、女王陛下。」

凱薩琳拍打她的肩膀、爽朗地笑著：「這麼見外幹嘛、叫我凱薩琳就好啦。」

現實竟是如此諷刺——相處二十多年的家人竟然不及剛認識二十分鐘的陌生人親密，一想至此李璉的內心又多添一份酸楚。

「對了、小璉——我能這樣叫妳吧。」凱薩琳說：「能不能讓我看一下那個『邪魔外道』呢？」

「這個。」李璉攤開右手掌心、疑惑地問：「母后怎麼會不認得中庸劍呢？」

「唉、果然又是那兩個死不了的老傢伙在作怪。」凱薩琳感性地說著：「妳母后肯定認得，只是她不願意承認女兒要獨立自主的事實，我能理解她的心情——那是一種很寂寞的感覺，感覺就像自己身體的一部份突然不見了一樣。」

「既然是這樣、母后為什麼不讓我知道她的心情，為什麼她還要說那些讓人聽了就反胃的話？」

「我猜她是害怕信仰動搖，她出生到現在都是依靠她所深信不疑的道理和準則去做任何事情，這能讓她安心、讓她不用去擔心別人的批評，因為大家都是這樣在做、沒有人會覺得奇怪，一旦她遇到規矩不能容許的事情就會心煩意亂、會想不通這種事情為什麼會發生，她會容易亂了分寸、總想試著把一切導回正軌卻徒勞無功，因為每件事都有例外，比如說——妳、孩子，妳就是她生命中的例外。」

凱薩琳的一席話讓李璉深深感受到她能成為英雄絕非命運使然，她的個人魅力、親合力、洞察力和話語渲染力都極具鼓舞性，讓人們可以放心去信任並擁戴她。

「好啦、小璉，我想我們該回去了，妳的朋友們都在等妳。」

「嗯！」

「妳會元素化？」

「會！」

「那就抓緊囉、接下來的風速會很快。」

「耶？啊——」

李璉的尖叫在腳尖離地的瞬間靜寂、女廁的磁磚牆壁在她眼裡模糊成一片糨糊，等到周遭畫面恢復正常時她已經凌亂成瘋婆子，宴會的喧鬧聲從四面八方湧向她的尖叫聲。

「你是怎麼知道他們是天生一對、兒子？」

「『兩個殘破的靈魂湊在一起恰好完整』，他們從人生經歷到基因都能互補、沒有道理不會互相吸引。」

維多里奧和佩斯凡德父子倆同時回頭，正好和假裝若無其事的凱薩琳對上眼，她身旁被惡整後的李璉只能尷尬地乾笑。

凱薩琳若無其事般拉著維多里奧：「親愛的、我們去看看那裡有什麼好吃的。」

「急什麼、我和妳兒子還沒聊完。」

「走就對了啦——」

凱薩琳臨走時向佩斯凡德眨眼暗示、後者心領神會。

佩斯凡德指向來賓休息室：「補個妝？」

李璉狼狽之餘感激之情洋溢於表：「補妝。」

經過佩斯凡德巧手打扮後李璉以典雅含蓄的輕妝展現在眾人面前，從妝點過程到完妝後攬著佩斯凡德的手臂成為全場焦點——一切都自然而然發生、坐實兩人情侶的身分，眾人也樂於見到王子和公主出雙入對，唯獨來自李璉家人的敵視目光讓她備感威脅、如同暴風雨前的壓抑，這份壓抑讓李璉徹夜難眠，這一晚她又回到剛要上齊柏林伯爵號時對未來懵懂不安的狀態。

翌日期末評鑑測驗經過冗長煩悶的開幕儀式後正式開始，團體項目有賴於卡洛琳將害群之馬通通淘汰進傷殘病患組，王選所帶領的中隊得以全力發揮並獲得第一名的佳績，緊接而來就是萬眾矚目的個人賽，新世代的超新星們匯聚一堂共同較技。

橢圓環形競技場的觀眾席裡坐滿平民家長和觀眾、其中又自然而然地分成純種人類區和亞種人類區，較有財力的貴族和中產階級會單獨包間，而位於權力頂端的紅盾家族與其加盟國領導人則在競技場中央外圓內方的塔樓上觀看比賽，五張王座立於塔樓正中央、圍成一個圓形，每張王座上都放上王冠而不坐人、遵循初代紅盾家族族長——大銀行家梅育．「利潤之父」．紅盾的訓誡：「世界上最孤獨的地方就在王冠之下、王座之上」。

「那位黑貓女孩是佩羅的朋友嗎？她的毛皮好漂亮、抱起來一定又舒服又保暖。」凱薩琳像個好奇心旺盛的小孩子、拉著維多里奧問東問西：「還有黑貓女孩旁邊的惡魔、里歐，你說他叫什麼名字？好帥喔——」

「來自安普敦的角鬥場之王、殺了自己的養父、愛上靈魂整形外科醫生，這種大人物妳竟然沒聽說過。」憤怒魔王薩麥爾作為自治區最高議會代表出席，赤裸的上半身修長苗條、沒有肌肉也沒有贅肉，只有純銀色魔力在皮膚下快速流動的紋路、如同皮囊下包裹著銀河星雲，下半身則是由大量魚鱗狀黑曜石片從小腹覆蓋至蜥蜴足爪，平穩輕柔的聲線聽不出任何憤怒：「比起貝爾芬格家的萊登雜亂無章的粗獷，妳兒子的美更有內涵。」

「嘿！」凱薩琳一手插腰、另一手指著薩麥爾的鼻子：「我兒子喜歡的是女人，你最好死了這條心。」

「妳大可以放心，比起他的肉體、他的怒火更迷人。」薩麥爾遠觀佩斯凡德的眼神如欣賞藝術巨作。

「怒火？」凱薩琳不解：「那孩子成長到現在我都沒給他什麼壓力、他在生什麼氣？」

薩麥爾笑而不語，愛西尼部落聯盟的現任布狄卡——布阿狄希亞走到凱薩琳身邊搭話：「初代、妳的孩子確實是萬人迷，伯爾蘭蒂亞在寄回部落的信中提到——若佩斯凡德到南方來、她一定要邀請他參加『泥牛魚祭』。」

凱薩琳聽聞後倒吸一口涼氣，知曉「泥牛魚祭」為何的人都知道伯爾蘭蒂亞信裡的話是赤裸裸的告白，「泥牛魚祭」在愛西尼部落聯盟建立前就已經是富有歷史性和社會性的節慶活動。

在上古時代南方雨林地區還是一片散狀環礁時、生活在此的人們以家族為單位實行遊牧生活、他們必須在居住的島礁被海水淹沒前將馴化後的泥牛魚趕往沒被淹沒的島礁附近，保護遷徙和捕獵泥牛魚的行為在社會發展的過程中自然而然演變成祭典活動。

在每年泥牛魚產卵的季節過後、每個家族中德高望重的族長會帶領已經性成熟的孩子前往泥牛魚的漁場集合，男孩帶著魚叉、女孩帶著魚網，所有孩子會在族長們的見證下合作捕撈泥牛魚——這項活動不僅訓練孩子在艱困環境下如何自立自強、同時維繫各個家族的連結並產生現今部落的雛形，在捕撈結束後女孩會邀請心儀的男孩一起返家沐浴、和女孩的家族成員共進晚餐並在女孩的帳篷過夜。

雖然泥牛魚祭現在已經偏向觀光表演性質，愛西尼部落聯盟目前也沒有迫切的生存和繁衍需求，其象徵性意義仍是存在，如同「槲寄生」伏特加的考驗。

「南方女人向來強勢，恐怕會常跟佩羅起衝突。」凱薩琳心口不一：「妳過譽了，二代，再說那孩子已經長大了，讓他自己決定吧。」

「是啊，孩子們都長大了，時間過得真快。」布阿狄希亞將髒辮束成的馬尾放在左肩，作為純種人類，她身上已經有深刻的歲月痕跡以及過去無數戰鬥留下的傷疤，右胸上和凱薩琳一模一樣的圖騰刺青證明她們一同出生入死的誓言：「伯爾蘭蒂亞是個有潛力的孩子，我很看好她成為下一任布狄卡，只要她學會控制自己的野性；看，初代，小勇士們上場了。」

李淵儘管表面不動聲色，聽到女兒上場時還是忍不住走向塔樓邊緣眺望，剛和凱薩琳起過口角的竇雀屏也隨身在側，只不過選了個離凱薩琳最遠的位置。

「那份對戰名單要是沒有卡洛琳從中作梗我都不信。」凱薩琳爽朗地笑著，另一側的李淵和竇雀屏則臉色鐵青，跟著選手團入場的李璉也是同樣的表情，她在十六強首戰的對手就是佩斯凡德，說不緊張都是騙人，然而她很快就壓下不安的情緒，將視線移到父母以及與他們同列的凱薩琳，李璉相信自己一定能爬到那座塔樓的高度。

「嘿，肌肉女，看樣子我跟妳是第一場。」萊登向觀眾席上和艾玉坐在一起的畫詩揮手，畫詩滿心期待的加油模樣是他角鬥場生涯中最棒的鼓勵。

「來啊，冠軍，讓我看看你的能耐。」伯爾蘭蒂亞喜歡主動挑戰她的人，這種人現在已經不多見。

個人戰的場地平台由軍事訓練場改建而成，由風、火、水、土四種屬性的水晶組成一個環境模擬系統，為了避免影響觀眾觀看品質，個人戰全都用基本訓練場地——平坦泥土地面外加對稱的石塊掩體，地理環境不會在對戰途中改變、對戰結束後會自行復原。

萊登和伯爾蘭蒂亞在主持人的唱名下進入平台，平台在作為裁判的卡洛琳退場後就升起邊防級四層防護罩作為觀眾安全的保證，至今能正面衝擊並一擊粉碎全部防護罩的只有巨龍孔丘的龍焰吐息，觀眾席上還有紅盾憲兵隊隨機應變以確保萬無一失。

萊登見伯爾蘭蒂亞空手上場、索性收起雙匕首說：「不如這樣吧、我們給後面那對比較精彩的留點時間——妳打我三拳、我打妳三拳，最後誰還站著誰就贏。」

「正合我意！」伯爾蘭蒂亞像食人魚聞到血腥味一樣朝萊登筆直衝去，撲上去的瞬間就是一個擒抱，過去打架時從萊沒有人能從她的臂力掙脫，緊接一個背摔就能乾淨俐落地拿下勝利。

出乎意料的是萊登雙臂外側暴長出能令人密集恐懼症發作的蛇牙，在格擋擒抱時將伯爾蘭蒂亞的手臂內側扎出無數個滲血小孔，伯爾蘭蒂亞吃痛之下只能先拉開安全距離、難以置信地看著萊登的魔化雙臂。

「他居然能控制魔化的部位！」

現場觀眾無不嘖嘖稱奇，無論是天使的聖化還是惡魔的魔化、都是透過大腦分泌的特殊魔力傳導至全身並引發全身細胞進行短暫質變，從有文字記載歷史以來就沒有成功將部分身軀魔化的紀錄，嘗試者不是殘廢就是精神錯亂。

凱薩琳跟著觀眾叫好吆喝、完全沒有女王該有的模樣，布阿狄希亞莞爾一笑後偏過頭去向薩麥爾問：「最高議會對萊登的能力完全沒興趣嗎？」

薩麥爾的回答略帶失落：「現在有興趣也已經來不及了，他的靈魂已經被凱薩琳的兒子買斷了。」

「漫著、我兒子買賣靈魂？你最好給我說清楚究竟是怎麼回事。」維多里奧有些沉不住氣，走私買賣違禁品和買賣靈魂的嚴重程度相比就像過失殺人和屠城，即便是最高議會的七位魔王也會當場被褫奪公民身分並就地正法，維多里奧完全不敢想像自己兒子會犯下此等人神共憤的滔天大罪。

「冷靜點、尖耳朵，這只是個比喻而已。」薩麥爾冷笑、操弄他人的憤怒總是能令他感到愉悅：「不如這樣說吧——佩斯凡德擅長掌握和滿足他人的渴望，他永遠都能讓其他人為他心甘情願地奉獻忠誠、就連惡魔也不例外。」

在場的國家元首都打了一個冷顫、一致看向凱薩琳，他們上一次聽到這種褒獎的對象正是伊卡芮波。

「別……別開玩笑，佩斯凡德才幾歲而已、怎麼可能有那麼多心機……」

凱薩琳正要為兒子辯解、競技場內就爆起鋪天蓋地的歡呼聲，一看之下才知道原來是萊登和伯爾蘭蒂亞的對戰剛華麗謝幕，正處於昏迷狀態並被萊登十字固定鎖住的伯爾蘭蒂亞的皮膚如同降溫的鐵塊、顯示她剛從暴怒狀態被擊昏，萊登不只雙臂外側、連膝蓋和腳後跟都生出大小不一的鬃毛狀蛇牙，顯然兩人剛經歷一波精彩刺激的激烈肉搏，最終由萊登施展十字固定法後用腳後跟取得致勝一擊。

萊登的飛吻致意沒有被梅菲斯特新聞社漏掉，實況轉播的投影儀上特寫畫詩嬌羞掩面的模樣，看在竇雀屏眼裡十分不是滋味，在她眼裡畫詩不過就是個帶壞自己女兒的卑賤下人，要不是她、李璉現在應該已經在柴家大院裡享受美滿的婚姻，不過眼下女兒已經站上對戰平台、丈夫也沒有表態，她有再多的不滿都只能往肚裡吞。

同為一國之君也同樣為人父母、凱薩琳很清楚李淵其實也希望家族多一個有出息的孩子，只是礙於政治和社會文化的桎梏、他也只能把這個願望往肚裡吞，「王冠之下、王座之上」說的就是他這種人。

此時李璉提著凝結好的冰矛上陣，在踏進對戰平台前看向中央塔樓、塔樓上每個人都面色凝重，她不知道自己哪來的勇氣將矛尖指向凱薩琳，這一幕同樣被媒體捕捉——現在全國上下都知道有個不平凡的女孩要挑戰傳說、預示新時代在此拉開序幕。

凱薩琳和對戰平台裡的卡洛琳相視一笑、心有靈犀，佩斯凡德和李璉身上投射出兩人年輕時事事較勁的身影。

佩斯凡德這次沒有「輕裝上陣」，動力外骨骼的骨架遍及四肢且被流線型金屬片覆蓋、看上去就像一件黑銀灰白相間的緊身衣，沒人曉得除了他手上的短弓之外還有多少武器藏在金屬片裡。

「雙方選手預備——開始！」

李璉決定先發制人、搶先將手中冰矛射向佩斯凡德，只見對方從容閃躲並徒手接住第三支冰矛、五指發力就將其折斷，隨後張弓上箭、每一支都瞄準李璉的面門，李璉同樣跳舞般閃避前兩支箭矢並徒手折斷第三支箭，挑釁般向佩斯凡德展示斷箭後扔到身後。

「這麼囂張啊。」凱薩琳雙手作傳聲筒、放聲大喊：「上啊、佩羅，快給她好看！」

竇雀屏對凱薩琳小孩子般行徑相當反感，她實在不能理解平時最愛跟凱薩琳作對的李淵今天異常安靜、全部的注意力都放在李璉身上；雖然她不願意承認但事實是李璉從外表到靈魂都已經不再是需要人細心呵護的陶瓷娃娃。

再看佩斯凡德張弓卻不搭箭，按動弓握把內側機鈕、箭座下方彈出板機裝置，扣動板機後放空弦，一枚直徑不到一公分的圓錐從箭座前端噴出，李璉以為是暗器、立刻就將身體元素化成風，沒想到爆炸聲從佩斯凡德右手肘後方傳來，他像甩鞭一樣將右拳直擊出殘影、一拳打在圓錐底座上，圓錐只是在空中停留一瞬間就消失，令人血壓飆升的音爆響徹全場，當下李璉的左臉被風壓擠壓變形、若沒元素化身體恐怕整個人已經當場報銷。

當李璉機械式轉動腦袋去看身後的防護罩時才發現——內部第一層防護罩已經被貫穿出一個切口光滑平整的圓孔、第二層被打出大量蛛網裂痕、圓錐死死地卡在第三層防護罩上。

「見鬼了，這是什麼破壞力？」耳鳴聲灌滿李璉的耳朵、難以抑制胸口的窒息感，和卡洛琳訓練時從來都沒有這種和死亡擦肩而過的感覺，有那麼一眨眼的功夫、她看右手肘冒煙的佩斯凡德爬起來時如見厲鬼。

「三支箭都是為了讓她的眼睛習慣箭的速度、潛意識默認佩斯凡德下一次攻擊的節奏後再出其不意地打出絕殺。」塔樓上的維多里奧看向先前被李璉折斷的箭矢：「恐怕李璉現在已經陷入被動了。」

凱薩琳得意洋洋：「哈、不愧是我兒子！」

布阿狄希亞補充說明：「幸虧他是妳兒子，要是沒有繼承妳的神性肉體、剛才手肘的爆炸推進力就會讓他右臂離開他的身體。」

看著三人一派輕鬆、從沒上過戰場的竇雀屏歇斯底里地怒吼：「你們有沒有搞清楚狀況，佩斯凡德根本不是在比試過招、他是在謀殺我的女兒！這場比賽應該要立刻停止。」

布阿狄希亞語帶鄙視：「妳女兒不是還沒死嗎，這表示她有這個能耐，別因為妳做不到就認為所有人都不行。」

竇雀屏發現自己勢單力薄又護女心切、焦急地尋求李淵來為她撐腰，沒想到李淵全身灌注地投入兩人對戰又示意她閉嘴，這讓她頓時感覺自己像被關進瘋人院的正常人，只能退到塔樓中央、不願再看。

對戰平台上的李璉躲在掩體後平復緊繃的身體狀態、內心感到無比喜悅，因為她終於找到願意認真對待她、將她的夢想當一回事的對手，若是佩斯凡德在這個舞台上處處讓著她、她反而會大失所望。

「好、冰矛還沒融化，接下來就換我……」

「妳在發什麼呆呢？」

佩斯凡德的笑容、拳頭和拳頭上流竄的絳紫色電流迎面而來，這一拳沒有任何閃躲的反應時間、李璉只能召喚中庸劍硬接，整個人連同破碎的掩體一起被擊飛，飛行途中暗自在胸腔和手掌凝聚魔力核心，落地同時立刻將兩顆魔力核心結合，張嘴吐出的火舌翻騰、形成烈焰風暴反擊，暴亂的焰浪對半個對戰平台進行無差別攻擊、佩斯凡德也被其吞沒。

全場觀眾都為李璉起立喝采，一方面是盲目追捧她手裡的中庸劍、另一方面是她勇於挑戰神之子的勇氣，對戰還沒結束觀眾就頗有謝幕的趨勢讓李璉感到莫名其妙、幸好佩斯凡德沒有讓她失望。

窒息箭在烈焰風暴散去時逐漸黯淡，佩斯凡德的動力服延伸出覆蓋頭部的面罩讓他不用再憋氣，空氣中逸散的魔力被動力服吸收、兩者同時作用下讓烈焰風暴沒有傷到佩斯凡德分毫。

李璉緊握手裡的中庸劍、無法相信自己全力一擊竟然沒有收效：「怎麼可能！」

佩斯凡德按下頸部機鈕來收納面罩、吸收魔力的動力服散發青藍色光暈：「沒想到吧、我的動力服跟妳手裡的『道玄劍』一樣材質。」

「道玄劍？」李璉不解：「這是中庸劍吧。」

「有機會再跟妳慢慢解釋吧。」佩斯凡德深吸一口氣、身體做拉弓姿勢並將身體中央重心壓到最低，整個人如同弓身等待出擊的毒蛇：「現在是時候該來分個勝負了、李璉。」

李璉點頭意會、屏息凝神，將剩餘可用的魔力毫無保留地注入中庸劍，這是她的極限、目前為止她能做到的最好，中庸劍彷彿接收到李璉的心意、劍身自主研磨開鋒、鋒芒如夜空指路的北極星。

正當眾人以為旗鼓相當的兩人要短兵相接時、李璉腳下的地面突然被掀起，原來佩斯凡德趁著李璉不注意時用左手護腕內的爪鉤繩勾住對戰平台邊緣、用自身的力量和動力服的絞盤將地面拉向自己，這招讓李璉整個人懸在半空中、失去任何閃躲的可能，眼見佩斯凡德破壞力十足的拳頭逼近，李璉只能咬牙旋身揮劍、至少要逼佩斯凡德放棄攻勢，這一劍佩斯凡不閃不躲也不招架、他的腦袋就這樣被李璉平削而斷。

尾聲

一切都發生得太突然。

「怎麼會……騙人的吧……」

天地之間剎那停頓，只有佩斯凡德身首分離後的沉重落地聲是現在進行式、彷彿是李璉生命走到盡頭的喪鐘。

方圓千里內的烏雲全都匯聚在對戰平台上方形成風暴漩渦，劇烈的下沉氣流籠罩整座學院，溫度驟降和氣壓驟升讓所有人都感受到無形的威壓，法蘭克福城的飛禽走獸乃至螻蟻都紛紛逃難，片刻之間狂風大作、暴雨傾瀉、電閃雷鳴、大地顫慄——傳說中神會將憤怒具象化成天災來懲戒世人。

此刻神就就在李璉面前、悲痛萬分。

此刻李璉就在神的面前、呆滯失魂。

暴風眼的上升氣流將雙腳癱軟的李璉硬生生舉到半空。

夢想、憧憬、願望和人生都在此時此刻破滅。

即便知道會跟防護罩一樣被湮滅、李淵和竇雀屏還是擋在女兒面前。

薩麥爾在塔樓上瘋笑、神的憤怒令他極樂癲狂。

一切都發生得地那麼突然。

又是一個剎那，風雨停歇、陰雨散去、光幕破雲、晴空萬里，神選擇暫時放下仇恨、因為多花一秒去復仇就少一秒讓兒子起死回生的時間，祂剛轉身要抱起佩斯凡德的屍體就看見維多里奧提著兒子的腦袋，霎時之間陷入思考泥淖。

「有看過腦袋被砍超過十秒還沒流血嗎？這顆頭顱做得跟真的一樣、肯定花了不少錢。」維多里奧用力踢了一下佩斯凡德的屍體：「知道事情輕重緩急嗎、還不快起來！」

怪事年年有、今年特別多，佩斯凡德的無頭屍就像被施展操屍術一樣從地上爬起來、自主脫掉動力服，動力服之下還有一副木製支撐骨架、卸下後佩斯凡德再脫去最後一層貼身上衣，人們這才看到他將腦袋縮進胸腔內、在一陣清脆的骨骼位移聲後整個人完好如初。

「反正是花我的錢，父親大人、可以請你把我的『頭』還給我嗎？」佩斯凡德揉著肩頸、舒展四肢：「還有你是怎麼看出來那顆頭是假的？」

維多里奧指著假頭顱的切口：「一劍斬落的切口不可能凹凸不平，很不巧我以前就在魯氏工業的鎖廠裡看過這種卡榫鎖，你這個戲法還不夠高明。」

佩斯凡德還想爭辯就被從神變回人的母親緊緊抱住，凱薩琳當著所有人的面嚎啕大哭：「不要再嚇我了、好不好，我真的好怕失去你！不要再嚇我啦！」

生離死別的戲碼總是能賺人熱淚，凱薩琳的真性情博得無數掌聲，從結果來看佩斯凡德自導自演的這場大戲無疑精彩且令人難忘，現在只剩劇末收尾。

李淵看佩斯凡德的眼神複雜、凱薩琳和伊卡芮波的身影在他眼中重疊在一起，賨雀屏則不斷呼喚著女兒的名字、無論怎麼做都沒辦法讓失魂無神的李璉回應，心急如焚的母親淚如雨下、轉而向她的王求救：「陛下、陛下！這該如何是好？」

「解鈴還需繫鈴人。」佩斯凡德向李淵毛遂自薦並輕柔地推開母親：「我馬上就會來。」

李淵終於打破長久以來的沉默：「寡人的女兒怎麼了？」

「什麼都沒變。」佩斯凡德與李淵擦肩而過後又轉過身、雙手握拳舉於胸前且語氣不容置否：「她全都變了。」

看著佩斯凡德靠近、竇雀屏緊緊地將女兒抱在懷裡：「你……你不要過來！」

李淵輕輕地將他的王后拉開：「讓她去吧。」

「可是……」竇雀屏無法宣洩內心的不安但李淵手掌的力道越來越大、她只能遵從命令。

佩斯凡德拿著預先準備好的辛辣藥水、沾染些許在手指上並抹在李璉的人中，大約三次呼吸的間隔後李璉就回神並跪倒在地開始劇烈咳嗽、大量眼淚和鼻涕不斷流出，竇雀屏連忙掙脫李淵、拿著手絹為女兒清潔。

「娘？母后？」李璉滿臉狐疑地看著同樣一把鼻涕一把淚的母親、一旁赤裸上身的佩斯凡德完好如初，又看四周眾人、無不是瞠目結舌，思緒渾沌的大腦無法想起剛剛發生什麼事情但內心平靜且安定——大概是習慣了，跟在佩斯凡德身邊就難免會發生這種事情，反正結果都是好的就行了、就像王子和公主在結局都會幸福快樂。

這場驚天動地的大戲讓之後發生的一切都索然無味，直到期末鑑測結束都再無任何令人印象深刻的事情。

當天晚餐時間輕夏旅館大開宴席、慶祝的是終於熬過四個月的折磨，李璉窩在房裡沒有參加，她自己也不曉得為什麼、自從她學會獨立並不斷讓自己變強後就感覺到自己和人群越來越疏離，現在她看著每個人都覺得陌生、就算是最親近的畫詩也是。

「佩斯凡德也有這種感覺嗎？」李璉倚窗望月、不斷問著自己：「凱薩琳知道這種感覺嗎？」

房門傳來聲響、一封加密的王家信件被塞進門縫，李璉操縱風將信件運至手上，滴血解密詳讀後內心沒有任何波瀾、只有淡然惆悵，遵循「閱後即焚」的信件註釋將其燃盡成灰。

最後一點灰離開手掌心時畫詩開門進房，左手提著水桶、右手端著從宴會上的美食佳餚，只見她臉帶紅暈、尾巴輕盈擺動，進門時嘴裡還哼著輕快小曲、想將狂歡的氛圍帶一點給李璉。

「小姐、妳沒來參加宴會實在太可惜了，佩斯凡德殿下剛剛表演『水箱逃脫』、超刺激的——在水裡用一根鐵絲在一分鐘內解開三個手銬耶！」畫詩明顯是多喝了兩杯、步伐有些找不到直線：「我幫妳拿來一些吃的還有止痛藥、都放在桌上。」

「嗯、謝謝。」

畫詩看出李璉有難言之隱，將水桶放在角落後就上前關心：「小姐、還是很難過嗎？」

「不是、我的月經下個禮拜才會來。」李璉的嘆息像是釋懷：「剛才父王派人送信給我、說他們回國之後就要將我從家族中除名，公主的封號和領地都會被收回，從今以後妳不用再叫我小姐了，現在我跟妳一樣是聯合帝國的國民；對了、妳也一起被除名了，妳現在可以跟萊登去過你們想要的生活、不會再有人強迫妳回去。」

「怎……怎麼會這樣！」突如其來的噩耗讓畫詩立刻酒醒，李璉故作堅強的模樣讓她心疼不已，她是美夢成真、李璉則是一無所有，令她費解的是李璉已經在各方面都證明自己的價值、為何還會換來這種結局：「難道說是因為妳激怒凱薩琳陛下？」

李璉搖搖頭、漫不經心的微笑意味深長：「不、還是那些可笑的理由。」

畫詩不曉得該怎麼安慰李璉——這是整個社會的共業，改變自己去融入或是離經叛道後被驅逐；沉默持續不久、畫詩想起佩斯凡德在這個房間跟她說過的話，她鼓起勇氣上前拉住李璉的手、說出因為階級隔閡而一直不敢說的話：「不管以後發生什麼事妳永遠都是我的姊妹、我的朋友、我的家人。」

「謝謝妳、畫詩，我還有妳和大家、這樣我就很滿足了。」李璉沒被月光照亮的半邊臉龐恍惚間看起來像佩斯凡德，說著李璉就拉著畫詩來到水桶旁：「妳帶什麼東西回來啊？黑乎乎的還有有中藥味？」

「啊、這個是、這個是……」畫詩突然將臉偏過去、眼神飄忽、尾巴擺動的頻率開始混亂。

李璉見狀便伸手往水桶裡掏、掏出一段動物的腸衣：「腸子？廚房的工作還沒做完嗎？」

「不是啦，就是……就是萊登後天生日，我們約好了。」

「妳要灌香腸？」

「沒有要灌香腸、沒有，這是要用來……用來避孕的。」

李璉一聽、同樣也是羞赧一紅，卻聽畫詩黯然苦笑：「我跟萊登說我可能已經不會懷孕了，他還是堅持要戴。」

李璉聽出不對勁、急忙問：「不會懷孕？為什麼？」

畫詩背對著李璉說：「被逼著吃那麼多墮胎藥、很多跟我一樣的女孩都停經了，我雖然還有但誰知道呢。」

李璉知道往事不堪回首但她確實對這方面的事情一無所知，她只能給予畫詩擁抱和歉意：「對不起、讓妳受這麼多苦。」

「沒關係啦、都過去了。」畫詩的強顏歡笑自然而然、已經練習到變成反射動作：「這次是我自願的、跟喜歡的人，所以這是我的第一次喔，說實話我很緊張呢。」

悲傷濃厚依舊、李璉卻無法流出眼淚。

（第一集完）

後記

初次見面、我是倉鼠，感謝每一位願意把故事讀到最後的朋友，也感謝金車奇幻小說獎的主辦單位、評審和秀威資訊出版社願意給予厚愛與機會。

在巴哈姆特勇者小屋創作多年，本書故事的原形——《魔導學院的魔術師》是我第一篇公開發表的中篇小說，當時抱著與知己互相分享故事的心態提筆，一路走來把生活中所見所聞和心境轉變改編成故事，經過多年磨練後回首望去、自己曾是如此稚嫩不成熟，於是乎就有趁著金車奇幻小說獎徵稿的機會給自己訂下目標的想法，將《魔導學院的魔術師》人物設定和故事情節去蕪存菁後回爐重造、以一個嶄新的故事去迎接挑戰，因此就有了《神的祕密：革命之後》的誕生。

《神的祕密：革命之後》劇情最初設計時就有賦予每個人物對照組的想法，因為我認為所有的好壞、善惡與對錯都是透過比較得出，在去除公式化的劍與魔法、政治陰謀和各種煽情元素後才能把活生生的人留下來，除了「獨一無二」的佩斯凡德、他自始至終的對照組都只會有他自己，正如超脫於愛恨情仇之外誰都無法避免的孤獨。

後續的故事會繼續擴充世界觀和深挖主角群的內心，它依然會維持充滿劍與魔法、政治陰謀和各種煽情元素的主基調，然而就像每個人都有自己的祕密、其他人也只能眼見為憑，《神的祕密》系列永遠不會只有一種解讀。

後記至此，相逢即是有緣、有緣就會再見，未來也請多多指教！

大漠倉鼠，二〇二一年六月十一日

釀奇幻61　PG2599

神的祕密：革命之後

作　　者	大漠倉鼠
責任編輯	喬齊安
圖文排版	蔡忠翰
封面設計	蔡瑋筠

出版策劃	釀出版
製作發行	秀威資訊科技股份有限公司 114 台北市內湖區瑞光路76巷65號1樓 電話：+886-2-2796-3638　傳真：+886-2-2796-1377 服務信箱：service@showwe.com.tw http://www.showwe.com.tw
郵政劃撥	19563868　戶名：秀威資訊科技股份有限公司
展售門市	國家書店【松江門市】 104 台北市中山區松江路209號1樓 電話：+886-2-2518-0207　傳真：+886-2-2518-0778
網路訂購	秀威網路書店：https://store.showwe.tw 國家網路書店：https://www.govbooks.com.tw
法律顧問	毛國樑　律師
總 經 銷	聯合發行股份有限公司 231新北市新店區寶橋路235巷6弄6號4F 電話：+886-2-2917-8022　傳真：+886-2-2915-6275

出版日期	2021年7月　BOD一版
定　　價	300元

讀者回函卡

Printed in Taiwan

國家圖書館出版品預行編目

神的祕密：革命之後/大漠倉鼠著. -- 一版. --
臺北市：釀出版, 2021.07
面；　公分. -- (釀奇幻 ; 61)
BOD版
ISBN 978-986-445-506-5(平裝)

863.57　　110010019